百年回眸

中共绍兴市委宣传部
绍兴市文学艺术界联合会 主编

浙江工商大学出版社
ZHEJIANG GONGSHANG UNIVERSITY PRESS
·杭州·

图书在版编目(CIP)数据

百年回眸 / 中共绍兴市委宣传部,绍兴市文学艺术
界联合会主编. — 杭州:浙江工商大学出版社,2021.5
ISBN 978-7-5178-4421-1

Ⅰ. ①百… Ⅱ. ①中… ②绍… Ⅲ. ①中国文学－当
代文学－作品综合集 Ⅳ. ①I217.1

中国版本图书馆CIP数据核字(2021)第058760号

百年回眸
BAINIAN HUIMOU

中共绍兴市委宣传部　绍兴市文学艺术界联合会　主编

责任编辑	沈敏丽
责任校对	何小玲
封面设计	王妤驰
责任印制	包建辉
出版发行	浙江工商大学出版社
	(杭州市教工路198号　邮政编码310012)
	(E-mail:zjgsupress@163.com)
	(网址:http://www.zjgsupress.com)
	电话:0571-88904980,88831806(传真)
排　　版	杭州彩地电脑图文有限公司
印　　刷	杭州高腾印务有限公司
开　　本	710mm×1000mm　1/16
印　　张	13.75
字　　数	190千
版 印 次	2021年5月第1版　2021年5月第1次印刷
书　　号	ISBN 978-7-5178-4421-1
定　　价	49.80元

编 委 会

主　任：丁如兴

副主任：魏建东

委　员：（按姓氏笔画排序）

马　炜　车东海　叶树明

陆　乐　徐龙淼　斯继东

董　冬　谢方儿

序言

　　回望百年光辉路，启迪万千后辈人。为庆祝中国共产党成立一百周年，2020 年，中共绍兴市委宣传部、绍兴市文学艺术界联合会谋划启动"百年回眸"主题文艺创作。绍兴作家以高度的责任意识、真诚的创作态度积极投身主题创作，以深入的艺术思考、敏锐的文学视角、丰富的创作手法、细腻的情感笔触叙写"绍兴故事"。这部《百年回眸》文学作品集正是此次主题创作的成果之一。

　　笔墨当随时代。《百年回眸》收录的这些作品中，既有描写战争年代的烽火硝烟，又有描写普通民众的觉醒抗争：有以中国共产党领导的绍兴第一支抗日武装——后堡抗日自卫队为题材，描述的绍兴普通民众在共产党人的影响下，走上革命道路的故事；有生动再现新四军战史上的著名历史事件——北撤，万余战士在生死存亡的紧急关头，按中央部署向北撤退突围的烽火往事……这些绍兴人民同旧时代的黑暗势力英勇抗争的故事将个人、家庭的命运与民族的命运紧密结合在一起，以小见大，思想深刻，语言朴实生动，情节感人至深，具有独特的视角和浓郁的地域特色。

　　作品集对改革开放后社会各领域的发展也着墨甚多：有讲述为突破纺织产业的发展困境，绍兴当地党委和政府突破成规，成立以纺织品交易为主体的轻纺市场，使轻纺业一跃成为绍兴地方经济支柱产业的变革故事；有以证券业在绍兴的兴起为背景，深刻揭示当代人心态和情感状态的都市生活故事；有以"枫桥经验"在民众日常生活中的实践为主线，发生在一个个平凡人身上的不平凡故事；还有以纪实的笔触描写在"最不适宜建桥的地方"建造一座世界级大桥这一创造历史的故事……

透过这些题材多样、情感丰沛、脉络清晰的"绍兴故事"，你能看到的是绍兴这座城市在中国共产党的领导下，从"站起来"到"富起来"，再到"强起来"的百年成长轨迹，也能看到当代绍兴作家以人民为中心、与时代同步伐的家国情怀、担当精神和创作风貌。

不忘来时路，走好脚下路，照亮前行路。相信这十则绍兴作家笔下的"绍兴故事"，一定能引领广大读者进一步了解红色绍兴的百年奋斗历程，进一步认识那些为了社会进步而视死如归的革命烈士、顽强奋斗的英雄人物、忘我奉献的先进模范，进一步赓续他们的精神血脉，进一步鼓起迈向新征程的精气神，进一步凝聚起实现中华民族伟大复兴的磅礴力量。这是回眸百年的意义，也是编著此书的初衷！

本书在创作和出版过程中，得到了中共绍兴市委党史研究室的大力支持，在此表示感谢。

编委会

二〇二一年四月

目录

小说篇

纪实文学篇

小说篇

水乡枪声

陈文超

一

古城绍兴的西北面，鉴湖之滨，有一个盛产黄酒的小镇，人们管它叫"酒镇"。酒镇出产的黄酒也叫绍兴老酒，名闻天下，有"东方佳酿"之美誉，曾在一九一五年巴拿马万国博览会上得过金奖。这里几乎家家户户都酿酒。大户人家成百上千坛地酿，中户人家几十上百坛地酿，就是贫穷人家，也要到别人那里去搭几坛。

这是一座浸泡在酒缸里的小镇。千百年来，酒镇人在这片土地上繁衍生息，辛勤劳作。劳作之余，抿抿老酒，剥剥茴香豆，日子悠长，平和宁静。

一条小河穿镇而过，把小镇隔出南北两条街，人称"双面街"，由一座大木桥和一座小木桥相连通。

我母亲家就在北街。我母亲家是徐姓，是镇上的望族，他们世代居住的台门也是镇上最大最气派的。

一九四一年四月十六日的傍晚，一向平静的徐家台门一片慌乱。

日本人突然攻下了三江城，正在向绍兴城逼近，而酒镇正是绍兴城的西北门户，首当其冲。

首先听到消息的徐家台门立马紧张起来，大家开始做逃难的准备。每个人都惊慌失措。尤其是那些女眷，更是对日本人怕得要命。大家知道日本佬不但野蛮凶残，而且十分下作。一年多前，驻扎在钱塘江北岸的日军侵袭周边的钱清、柯桥、安昌等地，烧杀抢掠，无恶不作，几百男丁被枪杀，上百女子遭奸淫。想想都让人毛骨悚然。

徐家台门的正式名称叫"隆泰昌"，从名称上就能看出这里曾经的兴旺与富足。事实上徐姓家族在镇上有两个支脉。另一支在对面的南街，也有一个大台门，叫"一径堂"。与"隆泰昌"相比，"一径堂"这个名字似乎显得有点冷清和低调。然而，三十多年前，那里出了个"逆子"，胆大包天，刺杀了清朝的一个封疆大吏。噩耗迅速传到镇上：满门抄斩！于是徐家举家出逃。谢天谢地，刚逃到绍兴城东的五云门外，又传来喜讯，不用逃了，快回家吧，不会杀头了。原来是"逆子"的老爹徐老太爷早就料到自己的儿子迟早会闯大祸，事先在当地报纸上刊登了"脱离父子关系"的声明。

一场虚惊。

然而这一次也会像上次那样幸运吗？

次日凌晨四点，一条白篷航船在夜色中悄悄停到徐家台门前的河埠头。徐家又一次开始了举家出逃，男女老少有三十来人，包括我外公外婆和我母亲以及她的三个弟妹。我母亲是老大，当时九岁，小舅还要人抱。哦，差点忘了，在这支逃难队伍里竟还有一个外人：后来成为我姑妈的徐家奶娘！

一个多月前，姑妈得了伤寒症，卧床不起，前不久才刚刚能够勉强起床走路。这场伤寒来势汹汹，差点要了她的性命。病后的姑妈瘦得皮包骨头，脸色蜡黄，奶水自然早已没了，头发也几乎掉光了。要不要带我姑妈一起走，大家的意见并不一致。许多人都认为带不得，她拖着这样的一副病体，根本受不了长途颠簸，还会拖累大家。但后来我太外公（绍兴人管母亲的爷爷叫太外公）坚持要带她走。太外公说，她如今在镇子里一个亲人也没有，又病成这样，将她扔下不管是很不道德的。徐家世世代代行善积德，不能做这种事。再说，别人知道了又会怎么看呢？太外公是一家之主，威望很高，所有人都怕他，他一发话，大家都不作声了。只有我姑妈自己说，她不想凑这个热闹，到时自己活不下来，还会连累徐家的老爷少爷和太太小姐们。太外公对她说："你一个女人家，年纪轻轻的，独自一人留在台门里，日本人冲进来搜查，那你就悲惨了！"姑妈苦笑着回答说，她已变得人不人鬼不鬼，用不着怕了。太外公便说，日本人可比畜生还要畜生，八十多岁的老太太都会糟蹋的。姑妈一听这话，也不作声了。她不怕死，但怕被糟蹋。

但太外公自己不走，任大家怎么劝也不走。太外公是镇长，是公职人员，不能临阵脱逃，给人留下笑柄和骂名。外公说："还是一块儿走吧，您是镇长，日本人不会放过您的！"可太外公说他已是半截身子埋进土里的人了，又染病在身，无所谓了。他这个镇长的头衔到时或许还会有些用处。

"您想当汉奸？"外公疑惑地问。

"闭嘴！"太外公怒喝道，双眼瞪得溜圆。

外公急忙缩进舌头。太外公两只眼睛瞪圆时很恐怖。

二

凌晨四点半，大家上了船，开始往西南方向出逃。他们逃难的目的地是诸暨的一个山村。诸暨是绍兴府管辖的一个县，不远。那里有我太外公的一个世交，也是当地的大户。白篷航船先向南，然后向西，快到诸暨时，已近中午。此时水路已断，得走山路。外公在当地雇了一辆手拉车，让孩子们和我姑妈坐车，其他人步行。正是人间四月天，阳光明媚。道路两边，鲜红的杜鹃花开满山野，洁白的绣球花沉甸甸地压在花枝上，柳絮像雪花一样在阳光下飘舞。孩子们一路欢呼，吵嚷着要去采摘杜鹃花。但大人们心事重重，在大家眼里，杜鹃花如同飞溅的鲜血，而绣球花和柳絮就像缟素。

一路上走走停停，下午三点到达浙赣铁路附近，发现景象大变，逃难的人突然增加了。到处都是向南行走的人，扶老携小，拖儿带女。外公感到奇怪，在路边找了个人问了一下，对方告诉他，日本人要打通浙赣铁路，这里要打仗呢！外公问："怎么从没听说过这里要打仗呢？"那人说："不骗你。第三战区的军队就在前面构筑工事布防，大家都往那儿跑呢。"

大家无奈，只能硬着头皮跟着难民朝南走。一路上大家忐忑不安，生怕日本人从后面追上来。大约又走了一个多钟头，日本人倒没打过来，日本的飞机却飞过来了。随着尖厉的防空警报一阵阵响起，人们尖叫着向路两旁的山上四散逃窜。替徐家拉车的老汉也顾不得讨要工钱，弃车而逃。大人们也急忙抱起孩子跑向山坡，慌乱中竟忘记了我姑妈。

姑妈的身体极度虚弱，加上长途颠簸，更是浑身乏力。她望望四周，人们已作鸟兽散，逃到山上躲起来了。她只得挣扎着从手拉车上走下，但没走几步，便眼冒金星，头晕目眩，天和地在眼前不断地变换着位置，两条腿再也抬不起来了。姑妈心里就想，算了，算了，听天由命吧！便一屁股坐在地上，等死。

飞机真的来了，有四五架，发出巨大的轰鸣声。但姑妈此刻好像一点也不怕了。她在心里说，炸吧，炸吧，炸死了好。炸死了就可以去跟亲人们团聚了。

飞机开始投弹，一时间，山崩了，地陷了，天塌下来了，耳朵好像也被震飞了。可姑妈的脑海里竟是一片空白。很快，她便什么都不知道了。

姑妈醒过来时，已经暮色苍茫，大地一片死一般的寂静。她抬眼望了望四周，只见到处冒着烟，四处燃着火。山已不再巍峨，变得千疮百孔，满目焦土；树也不再伟岸，横七竖八地被烟熏着，被火燎着。原来姹紫嫣红开遍，如今都成了断枝残干。姑妈的鼻子里满是死亡的气息。她甚至瞥见了断肢和残腿。但这时候的姑妈似乎已失去了恐惧感，她只是木然地望着西面的天空。太阳在那儿一点一点坠下去，最后颤抖了一下，掉落到山背后，一道红光飞到天边，像血光一般。紧接着，夜色从四面八方包围过来，但姑妈仍然一点也不害怕，她决定坐在那里等死。

姑妈瘦骨嶙峋，脸色苍白，头上残剩的几根稀稀拉拉的头发焦黄焦黄的。如果此时有个人经过她身旁，一定会以为遇到了鬼。然而，如果仔细观察，就会发现她原来一定是个美人坯子。

是的，我姑妈曾是酒镇上出了名的美人。颀长苗条的身子有将近一米七高，瓜子脸，眼睛很大，下颌棱角分明。

姑妈一动不动地坐在那里，想得很远很远。

姑妈出生在酒镇的一个贫穷人家，姓陈。在酒镇，陈姓家族也非常显赫，出过陆军二级上将，但这个和我姑妈似乎没一点关系。她的父亲，也就是我的爷爷只是个码头搬运工。不过我爷爷长得人高马大，力气也大，干活又肯下死力，所挣的钱还能勉强维持一家人的温饱。然而，我爷爷有个毛病，嗜酒如命。酒喝得太多，加上活儿重，劳累过度，得了肝硬化。病了一年多后便离开了人世，给我奶奶留下了一屁股的债和四个饭量极大却还不会干活的孩子。好在我奶奶也能干，她白天给人家当女佣，晚上又揽针线活到自己家里做，硬是饥一顿饱一顿地把四个孩子拉扯大。眼看姑妈的两个哥哥也会干活挣钱了，我奶奶似乎看到了希望。可那一年，日本人占领了杭州。

有一天，姑妈的两个哥哥摇了一船木柴到杭州清波门的柴火市场去卖，却再也没有回来。我奶奶四处打听，才打听到他哥俩已被日本人抓走，估计早已送到东北做劳工去了。

老大老二一下子不见了，家里的顶梁柱轰然倒塌。刚刚出现的希望突然破灭，我奶奶的精神受到巨大打击。她开始神思恍惚，像祥林嫂那样一天到晚念叨要去找她的老大老二。终于有一天，她真的出去找了，估计找得很远很远，因为她再也没在酒镇出现过。

于是偌大的一家子就只剩下了我姑妈和我父亲姐弟两个，那一年，姑妈十五岁，父亲九岁。为了生计，姑妈给人当保姆，姐弟俩相依为命，苦熬着日子。两年后，姑妈经人介绍，嫁给了一个码头搬运工，姑父长得人高马大，干活也肯下死力，就像她的父亲，但不喝酒，而且人很厚道。

码头搬运工待姑妈很好，姑妈有了一个幸福的归宿。第二年，姑妈为他生下了一个女儿。女儿长到三个月时，码头搬运工运一批大米到古镇安昌，遭遇日寇扫荡，满满的一船大米被劫走，他本人也被枪杀，尸体掉入江水中，葬身鱼腹。

幸福消失得如此突然，如同做了一场梦。

从最初的悲伤中缓过神来后，姑妈看着怀里三个多月大的女儿，再想想在街上流浪，要靠自己照应的十二岁的弟弟，感到一片茫然。这时，有人对她说，南街有个姓王的人家想抱养一个女婴，而北街的徐家台门正想找个奶娘。这样或许是两全其美，母女都可有个活路。年轻的姑妈满怀痛苦地想了三天三夜，最后含着眼泪，咬咬牙，狠狠心答应了。就这样姑妈让亲生女儿断了奶，离开了自己的怀抱，她身上的奶水去喂了别人家的孩子。姑妈当时才十八岁，本该是个天真烂漫的年龄，却过早地承受了常人无法承受的伤痛。

可是，王家并不喜欢她的女儿，他们只是想领养一个童养媳而已。他们竟将孩子交给家里的一个老爷爷看管，夜里也让她女儿和他睡在一间柴草间里。在她女儿一岁多时，有一天晚上，老爷爷喝醉了酒，迷迷糊糊地睡着了，睡梦中一只手碰倒了床边的蜡烛。蜡烛掉进草堆里，燃起了熊熊大火。大火扑灭后，人们在草间里找到了一截黑黑的木头样的东西和一个同样黑黑的球状物。

听到这个噩耗，姑妈的精神突然崩溃，也像她母亲当年那样神思恍惚，一天到晚像祥林嫂那样念叨："那火烧起来温度是很高的，她一定会感到热，感到烫。"但姑妈毕竟年轻，她并没有疯，只是病了。由于悲伤过度，免疫力降低，伤寒病菌乘虚而入。

徐家善良，他们没有将她一脚踢开，反而为她求医看病，并派人伺候她。为了让她的弟弟有口饭吃，徐老先生特意托人联系，让他去诸暨给一户地主家放牛。

当夜色完全降落时，月亮升上了天空，给大地投下一片惨白。姑妈依然一动不动地坐在山路边，脑子里想着过往的事。自己的命为什么会这么苦啊！而这一切都是日本人带给她的。那该死的日本佬，千刀万剐的日本佬！姑妈想了好一阵子，才将思绪收回来，收回到刚才敌机的狂轰滥炸上，于是她想起了徐家逃难的那一群老老少少。菩萨保佑，但愿他们都毫发无伤。

三

四周一片死寂，但姑妈依然毫不惧怕。这时她看到月光下走来了一个人，肩上挑着个货郎担。那人看到姑妈，突然停住脚步。姑妈心里想，他一定以为自己撞见了鬼。可是，那人似乎并不怕她，竟放下货郎担在她前面站住了，并仔细打量着她。姑妈也打量他。他看上去有点老，很瘦，个子也不高，一张脸被太阳晒得黑黑的。姑妈又把目光投向他的货郎担，知道这人是做鸡毛换糖生意的。这种人在酒镇很常见。一只箩筐里装鸡毛和别的破烂，另一只箩筐里放个铁框子，里面有一块很大的糖饼。有人给他破烂，他就拿一把小凿子和小榔头凿一块或大或小的糖饼交换。小的时候，只要一听到拨浪鼓的声音，姑妈和她的兄弟们就在家里到处寻找鸡毛鸭毛或破鞋烂袜之类的东西去换糖吃。

姑妈在打量他时，那男人一句话也没说。过了好一会儿，他才走到她身边，轻轻地说："跟我走吧！"

姑妈没有拒绝，只是有气无力地说："我走不动了，一步也走不动了。"

那人也没说话，默默地把铁框子拿到另一只箩筐里，然后也不管姑妈同不同意，将她横抱起来，放入箩筐，姑妈的屁股下面是一堆破布。姑妈也不反抗，显然，她已决定听天由命了。

那人又到山坡上搬来一块石头，放入左边的箩筐里，压了压轻重，然后挑起担子就走。他走的是相反方向，看样子是要回绍兴。姑妈也没问他，她什么也不想问，她似乎对一切都无所谓了，就像一片秋天的落叶，随风飘零，飘到哪里算哪里。由于往回走基本上是下坡路，那人走路的速度很快。

一路上两个人谁也没有说话。然而，此时的姑妈好像渐渐有了精神，体力也开始一点点恢复了，对挑着她走的这个男人似乎也产生了兴趣。她看到这个挑着货郎担的男人走路健步如飞，虽然是下坡路，但石头和活人加起来总也有一百多斤吧。姑妈由此断定这男人并不像看上去那么老，估计不会超过三十岁。

"你歇会儿吧。"姑妈先开口说话了。

但那男人没回答她，顾自己往前走着。

直到那人自己也觉得累了，终于放下担子坐到地上休息。姑妈又问道："怎么称呼你？"

"我姓胡，你就叫我老胡好了。"男人很简单地说。

姑妈点点头："我姓陈，你叫我陈妹吧。"

男人没说什么。过了一会儿，他又挑起担子赶路。前面的路还很长，他也许感到寂寞了，开始问姑妈是哪里人，为什么独自一人待在那里。姑妈便一股脑儿地将自己的身世以及逃难的经过跟他说了。说完，哭着喊道："该死的、千刀万剐的日本佬啊！"

男人听完她的诉说，很严肃地对她说："这笔债一定要让他们还的！"

"就凭你？"姑妈疑惑地问。

男人没有回答她，又开始低着头走他的路。

多年以后，已经成为这个男人的妻子的我姑妈，总会带着十分幸福的心情说起这段经历：她是被这个男人用货郎担挑走的。而已做了我的姑父的老胡则喜滋滋地说："太合算了，我用货郎担白捡了一个漂亮姑娘。"

天亮时，姑妈又一次回到了绍兴。路上几乎没有人。他们走近一座石桥时，姑妈看到台阶上坐着一个十二三岁，脸上脏兮兮、头发乱蓬蓬的少年。仔细一看，惊得喊了一声："小弟，怎么是你？"

原来那少年就是我父亲。

我父亲定定神，打量了她一番，也认出了她，失声喊道："姐！"

姐弟两人相拥而泣。

"姐，你怎么变成这个样子了？为什么会到这里来？"父亲问道。姑妈告诉他说："姐生病了。跟徐家人一起逃难，遇到日本佬飞机轰炸，逃散了。姑妈走不动，只好等死，多亏这位胡大哥救了我。"

我父亲急忙向那男人道了谢。

姑妈又问我父亲："你不是去诸暨给人放牛了吗？怎么回来了？"

父亲没有马上回答她，转头问胡大哥："我已一天没吃东西了，你有吃的吗？"

胡大哥赶忙从布包袱里取出几张玉米饼，同时递给他一只装着水的竹筒。

父亲吃喝完后，渐渐有了体力，就向他俩讲了自己的经历。

那天中午时分，父亲在村子外放牛，一股从萧山方向过来的日军，大约有二十个，坐着卡车冲进村子，挨家挨户抢粮食。他们抢满一车稻谷后离开了村子。但离开时有一个士兵掉了队。他掉队的原因是在村口看到一个漂亮的女子，就"花姑娘，花姑娘"地叫喊着追了过去。女子大喊"救命"，一村民见此情景，跑进村子喊人，大家听说只有一个日本人，纷纷拿着锄头跑出来，将那日本兵团团围住，高喊"打死他，打死他"。那日本兵见势不妙，便拉响了腰间的手榴弹。村民们就找了个地方把那个被炸死的日本兵埋了。

日军快到萧山时，发现少了一个人，立即原路返回。路上由于汉奸告密，他们很快知道了是我父亲所在的村子里的人干的。日军迅速冲进村子，见人就抓。凡是来不及逃走的都被抓进一所小学校里，一共抓了近二百人，男女老少都有，其中包括我父亲。他们被集中在一个小操场上。有个军官一声令下，十多个日本兵就齐刷刷地端起刺刀开始了杀人比赛，将村民当作活靶子，连女人和小孩也不放过。我父亲看他们一连刺死了十多个，吓得腿都软了。这时，有个姓李的杀猪佬猛地喊道："反正要死，跟他们拼了！"喊完，就跑到教室外的走廊里抓起一张课桌向日本兵砸过去。于是立即就有四五把刺刀向他刺来。杀猪佬又举起一张课桌，左挡右挡，日本兵的刺刀硬是近不了他的身。父亲说，估摸他是练过拳头的。杀猪佬一挑头，其他十几个年轻小伙子也纷纷举起课桌跟日本人拼命。一时间，日军都集中去对付那些小伙子，有人就开始往外逃。我父亲也逃了出来。

父亲逃出学校，没命地朝学校后面的山坡上跑，直到跑不动了，才坐下暂歇。不一会儿，刚才跟日本人拼命的小伙子里也有三个逃了出来，他们气喘吁吁地在父亲身边站定。一个问，不知道有多少人逃出来了。另一个说，大概只有三四十个吧。父亲从他们的问答中得知，带头的那位杀猪佬也死了，身上被刺了十几刀。三人当中有一个父亲认识，是个砍柴的，姓杜。他说："这下村里可惨了。我是不回去了。我有个哥们在东白山拉了支队伍，劫富济贫，如今举起了抗日旗。我打算去投奔他，杀他娘的日本佬！报仇！"

"我们跟你去！"另两个立刻响应。

"我也去。"父亲突然说。

但砍柴佬不同意："你那么小，又不是诸暨人，快回你的老家去。"

父亲说："我在老家也没什么人了。大哥二哥被日本佬抓走了，姐夫被日本佬打死了。我妈不知疯死在什么地方，我爹老早就病死了。我跟日本人有仇。"

但他们仍然不同意，还威胁说，如果硬要跟去，就弄死他。

父亲不能同去，只得回绍兴，他一路乞讨，走了两天两夜才进入绍兴境内。

听完父亲的述说，姑妈唏嘘不已。胡大哥则依然严肃地说："这笔债一定要还的！"就像这之前和我姑妈说的那样。

"就凭你？"父亲疑惑地问道，就像姑妈前面问他的那样。

胡大哥不语，他们继续赶路。

走过金三角后，离绍兴城不远了，路上的人也多了起来，看样子是从城里逃出来的。胡大哥找了个人问了问，那人说，日本人已占领了绍兴城，你们怎么还要去？胡大哥也没说什么，接着往前走。我父亲又问他说："还进城？"

胡大哥此刻话多了起来。他说："日本人已经打下的地方反而没事。而且我估计在绍兴城里的日本兵不会多，他们占领绍兴的目的是打通宁绍线。日军本来就很少，他们一定会把有限的兵力放在陶堰、东关这些交通要道，那里有新四军游击队在活动。在城里的大多是'和平军'。'和平军'虽然帮日本人，但他们毕竟是中国人，一般不会滥杀无辜。"

想不到这挑货郎担的居然知道得这么多，还用了"滥杀无辜"这个成语，显然是个文化人。父亲疑惑起来，觉得此人不是个一般的人。我父亲也是个机灵人，曾免费上过两年私塾。

他们从偏门进城，进城时遇到了"和平军"的盘查。为首的一个腰间别着一把驳壳枪。

"什么人？从哪里来的？"对方喝问道。

胡大哥摇了摇手里的拨浪鼓："鸡毛换糖，从诸暨那边来的。"

"那两个呢？"对方又指了指我姑妈和我父亲。

胡大哥说："是我老婆和我小舅子，我们一起在诸暨做生意。我老婆病了，只好带她回家，我家就在东湖村。"

别驳壳枪的没再问，拿起放糖饼的铁框，在装有石头和破布的箩筐里掏了几掏。然后，叫我姑妈站起来。胡大哥连忙说："她病得厉害，站不起来。再说，她得的是疟疾，会传染的，您还是别碰。"说着，悄悄地把一包老刀牌香烟递了过去。对方接过香烟后捂住嘴巴，然后用大拇指朝身后指了指："走吧走吧。"

进入城内，街道上几乎没人。他们穿过城区，出城时没被盘问。

四

绍兴五云门外的东湖，是当地著名的风景区，被誉为天然山水盆景。东湖北岸的笔架山山麓，有一座不大的寺庙，叫"福安寺"。胡大哥将他们姐弟带到寺庙门口，对他们说："你们两个先在这里住上几天，反正你们在酒镇也没什么亲人了。这里的法师是我的亲戚，和我关系很好，又懂中医，会看伤寒。"我姑妈听后，没说什么。我父亲问："有饭吃吗？"胡大哥说："有。"父亲高兴地说："那就好。"

三人走进寺庙，一位六十来岁的有点佝偻的老住持走了出来："阿弥陀佛，施主来自何方？"胡大哥忙上前跟他耳语了几句，老住持点点头。胡大哥便叫父亲将我姑妈扶起来，在破布堆里挖出一只信封。父亲一看这信封，马上联想起刚才的那包老刀牌香烟，便越发相信这位挑货郎担的胡大哥绝不是一般的人。

被我父亲猜着了。挑货郎担的胡大哥真不是个一般人。他是中共绍兴县工委书记陈平伯特地向上级请求调派来的特派员，前来指导绍兴地区的抗日斗争。

当天晚上，他安顿好了我姑妈和我父亲后，独自走进了寺庙里一间偏僻的屋子。过了一会儿，老住持领进来一个二十多岁的穿长衫的男子。那人一进门就说："你是胡特派员吧？我叫刘平。"

"我就是。"胡大哥说。同时站了起来。

"终于把你盼来了。"那位叫刘平的人紧紧握住胡大哥的手说。

两人简单地寒暄了几句，马上进入正题。胡特派员说："中共绍属工委的同志叫我先和你接头，然后再去见陈平伯同志。请问，我什么时候能见到他？"

"哦，真对不起，形势有了变化。根据上级指示，平伯同志要隐蔽一段时间，不方便马上见你。他让我全权代表他向你交代工作。"刘平带着抱歉的口吻说。

胡特派员点点头："那好，你说说情况吧。"

"是这样的，"刘平说，"我们在离这儿向北十里路，一个叫后溇的地方成立了一支抗日自卫队，这也是我党在绍兴建立的第一个敌后抗日武装。有三十多个队员，都是平伯同志从上虞、新昌、诸暨等几个绍兴下面的县招来的，他们当中有的是党员或入党积极分子，有的和日寇有着深仇大恨，素质都很高。队长叫周铁群，原来在新四军教导队工作。皖南事变后来到我们这里。这支队伍归平伯同志直接领导。如今他不便出面，所以让你代表他。平伯同志说，你长期在浙东根据地工作，理解党的抗日政策与方针，指导起抗日斗争来一定会得心应手。"

胡特派员一面认真地听，一面频频点头。忽然，他好像想起了什么，抬头问道："你现在是不是还在当县政府的秘书？"

"哦，差点忘了。邓县长在撤退时不幸中弹殉职，现在由我代理县长职务。"刘平说。

"这太好了！"胡特派员一听，高兴得差点跳起来。

刘平还告诉胡特派员，他已派施竞成同志担任了皋埠区的区长，派杨浩友同志担任了东湖办事处的主任。两人都是共产党员，自卫队有事可以跟他俩联系。迫于形势，自卫队暂时还不能公开身份，名义上属于国民政府皋埠区中队。

胡特派员听完后不禁赞叹道："想不到党在绍兴的工作开展得这么好！"

接着，胡特派员请刘平具体介绍一下绍兴的抗日斗争环境。

刘平说："有点复杂。你知道，绍兴是汪兆铭的祖籍地。他父亲就在这里长大，他家的祖坟也在这里。所以，汪伪机构对这里特别关注。早在绍兴沦陷前就已经派敌特潜入。比如这次，日军刚攻下三江城，藏在城内的便衣队立即占据了电话、电灯公司。故敌人逼近绍兴时，我机关、部队均一无所知。第八十六军政治部剧团甚至还在城内演剧。午夜时分，敌人攻到郊区，城里的便衣队成为内应。军队猝不及防，只好仓皇撤离。我估计，绍兴以后也会成为汪伪政府清乡的重点地区。这样，我们以后的斗争可能会更加困难。"

听了这些，胡特派员不禁想起他到绍兴偏门地区前路过钟堰寺的事。据说，那是汪兆铭家的祖庙。

接下来，刘平请他说说看法，特别是关于抗日自卫队该怎样开展斗争方面的事。胡特派员说："我党的抗日方针是放手发动群众，壮大人民力量。所以我想，现阶段，自卫队应该深入群众，与他们建立起鱼水关系，积极向群众宣传党的抗日主张，努力扩大中国共产党的影响。同时，加强训练，开展对敌斗争，牵制敌人，减轻慈溪、余姚和镇海三北区新四军游击队的压力。"

刘平表示同意。紧接着，他告诉胡特派员："平伯同志还给了你另一个任务，希望你能把统战工作开展起来。"

"你们有目标和重点了吗？"胡特派员问道。

"酒镇。"刘平说。

"酒镇？"胡特派员扬了一下眉毛。

"是的，酒镇。"刘平说，"你可能有所不知，我们绍兴虽说是鱼米之乡，实际上粮食还是很缺的。酒镇是富庶之地，有良田万顷，又盛产黄酒，有许多大地主、大财主，他们当中不乏爱国的开明乡绅，如果统战工作做得好，不但可以为自卫队筹粮筹款，还能支援三北游击队。"

"有道理。"胡特派员说。

"更有利的是，"刘平继续说道，"酒镇的镇长徐老先生是爱国人士，早年留学日本时追随孙中山先生参加同盟会，在酒镇有非常高的威望。"

"哦！"胡特派员听了这话，便想起了我的姑妈，她在徐家做过奶娘。但他有些疑惑地问刘平："日本人都已进来了，他还做镇长，不是要被人骂成汉奸了吗？"

"是这样的。"刘平笑道，"他实际上有自己的小九九。他清楚日本人一进来，肯定要来找他，因为他曾留学日本，会日语。可他又不愿离开酒镇，一则年纪大了，最近又得了肺病，不想漂泊在外。二则，他在酒镇有很多房产，还有一个大酒坊、一个钱庄，舍不得啊！徐老先生与邓县长是世交好友，所以他向邓县长讨教。邓县长劝他留下来，说日本人总归要找个人维持局面的，如果弄个铁杆汉奸，酒镇人遭的罪会更大。邓县长还对他说，只要他真心帮助政府抗日，政府一定会记住他的。我知道这个情况后，马上向平伯同志汇报。平伯同志也立即派人与徐老先生联系，结果一拍即合。"

"原来如此。"胡特派员也笑道，"这事说起来还有点巧。"

他将在路上遇见我姑妈和我父亲的事跟刘平讲了一下："还多亏了那姐弟俩的掩护，路上省了不少麻烦。"

五

次日上午，胡特派员，也就是那位胡大哥，到偏殿去看望我姑妈。我父亲刚伺候她喝了稀粥。胡大哥问她好点了吗，姑妈说好多了，对胡大哥表示了感谢。姑妈的气色确实好了许多。然后，他又对我父亲说："小弟，你出来一下，我有话跟你说。"

父亲跟他来到罗汉殿，胡大哥问他："你想不想找个有饭吃的事做？"

"想啊！"父亲想也没想就回答道。

"那好，你下午跟我去一趟后溇村。"

下午，办事处的杨主任派人用船将他们送到了后溇村。

后溇村比较大，大概有五六百户人家。四面环水，只有村北有一座小石桥通向一座小山，从那儿再往前走就是曹娥江了。胡大哥站在村口观察了一会儿，心想，这地方不错，几乎与外界隔断，便于隐蔽，而且进退有据。他们穿过村子走到石桥边，然后又折向西面，看到一块打谷场，场上放着许多稻草人，有二十多个人正在练拼刺刀。父亲心里一下就明白了，眼前的这位胡大哥原来是打日本人的。他的耳畔又响起了胡大哥的那句话："这笔债总要还的！"

他们继续向打谷场走去，父亲突然惊讶地喊道："杜大哥！"

原来他看见了那个砍柴佬，那个不让他去东白山的砍柴佬。

砍柴佬也认出了父亲，急忙跑过来问他："你怎么到这里来了？"

父亲指了指胡大哥说："我在回绍兴的路上遇到这位大哥，是他把我带过来的。你呢？"

砍柴佬说，他们三个去东白山，半路上遇到他的那位哥们带着八九个人下山，说是要去绍兴参加抗日自卫队，他们就跟着来了。

胡大哥听着他俩的对话，也大感意外。砍柴佬看了看他，警惕地问："你是什么人？来干什么？"

胡大哥对他笑笑："是你们周队长叫我来的，他人在哪里？"

砍柴佬说："就在前面的吴家祠堂。"

两人便向吴家祠堂走去。路上，父亲问他："你是要我拿枪打日本佬吧？"

"不是。"

"那你叫我来干什么？"

"送信。"

"送信？我不干。"父亲说。

胡大哥说："你还小，不能打仗。而且，对我们来说，送信和打日本佬一样重要。"

父亲不说话了，因为此时的胡大哥在他心目中已平添了七分威信。

他俩走进了吴家祠堂。这天的晚饭，父亲是和自卫队员们一起吃的。天黑时，胡大哥对他说："我们要开个会，你到祠堂门口替我们看着。有人过来，就跑到后窗报告一声。"

这是我父亲第一次参加抗日工作。

六

我父亲从此成了抗日自卫队的一名信使。

父亲怎么也没想到，他送的第一封信竟是给我母亲的爷爷——我的太外公的，也就是刘平说的那位徐镇长徐老先生。

父亲非常熟悉徐老先生的模样，也很怕他。徐老先生身材矮胖，脑袋很大，而且肉嘟嘟的，有点像电影《闪闪的红星》里的还乡团团长胡汉三。他脸上从不带笑影，尤其是那两只眼袋，丰满得有些夸张，特别令父亲害怕。从懂事开始，父亲就经常看到他独自在街上巡视。父亲在街上远远地望见他，就急忙躲开，溜进旁边的弄堂里。

不过，父亲虽然怕他，却对他很有好感。这好感主要来自正月初一到初三的三顿早餐。那是徐老先生当镇长后，动员镇上的有钱人共同为穷苦人做的善事。早餐的内容是一碗白粥和两个肉包子。此举受到了穷人们的赞扬，也使我父亲感动。那时我爷爷已死，家里正过着吃了上顿没下顿的日子。父亲说，他小时候也盼过年，但主要还是盼那三顿早餐。

父亲知道酒镇的人也都非常敬畏徐老先生，而且还知道徐老先生是坚决主张抗日的，因为日本佬侵占杭州后，父亲曾亲自听过他的演讲，用的是带浓重绍兴腔的官话，还一顿一顿的："父老乡亲们，现在，国难当头，前方将士，正在，浴血奋战。我们大家要，精诚团结，厉行节约，支援抗日。现在，我提议，把两饭一粥，改为两粥一饭。"

父亲当时也和别人一起为他的演讲鼓掌。遗憾的是，那次演讲以后，父亲的三顿早餐没了。

父亲也感到疑惑，日本佬已占领了酒镇，坚决抗战的徐老先生怎么还会当镇长呢？

想到马上就要和这位"胡汉三"近距离接触了，父亲的心里不免有些忐忑。但与此同时，父亲好像又很想来酒镇。他甚至希望自己不是将信送到镇公所，而是直接送进徐家台门。因为他很想见一见那位徐家大小姐——我的母亲。父亲的脑子里一直被她占据着，怎么也忘不了。

我姑妈在徐家台门做奶娘时，徐家人为了保证奶水的数量和质量，给她吃得很好，几乎天天有大鱼大肉。姑妈常常会偷偷地留下一些，放在灶肚子里，叫我父亲趁人家午睡时溜进灶间，躲在灶门口吃。那时我母亲还小，不爱午睡，常一个人到灶间来玩，但姑妈并不避她，她知道我母亲是不会说出去的。有几次，姑妈没有机会给我父亲留食物，父亲像饿狼扑空一样很失望。我母亲看到后，可怜他，就拿些吃的给他。有一次，竟给了他两只刚出锅的热腾腾的粽子和一个鸡腿。父亲当时激动得眼泪都快流出来了。从此，父亲再也忘不了这位徐家大小姐了。

父亲进了酒镇。在通往镇公所的桥边，遇到"和平军"盘查，父亲就跟在人群后面走，随手向他们举了举手里的信封，就很顺利地过去了。估计他们以为是上司送来的信。

进了镇公所，父亲看到我太外公坐在办公桌后，桌上放着一把算盘，他正低头看一本账本之类的东西。我父亲一见他就吃了一惊，徐老先生瘦了许多，脸上已不再肉嘟嘟了，眼袋也不丰满，干瘪下去了。看来他的肺病已越来越重，父亲想。

徐老先生抬头看了一眼我父亲，也惊了一下："你不是在诸暨放牛吗？怎么回来了？"

父亲忙简单地向他说明了原因，然后毕恭毕敬地把手中的信递给他。

徐老先生接过信看了看，淡淡地说："我有数了。你回去跟你们杨主任说，东西过几天送到。"

从镇公所出来，父亲又到徐家台门附近去转了一会儿，希望徐家大小姐能走出台门，好让他看一眼。可惜未能如愿。

几次与徐老先生接触后，父亲感觉这人并不像看上去那么可怕。父亲一直为抗日自卫队送信，信的内容大多是催粮催款的。父亲觉得别的乡长、保长都不如我太外公对他客气。比如有一天他到一个乡公所送信，有个别驳壳枪的人扫了眼信封，见是抗日自卫队送来的，马上喊道："来人，把他抓到皇军的宪兵队去。"父亲吓得腿都软了。好在当时走进来一个官职可能更大的人，对父亲喝问道："快说，谁派你来的？"父亲急忙说："我真的不知道，我是个要饭的，路上有个人给了我几个铜板，我就给他送信了。"

那人就说："哼！一个叫花子，知道个卵，给我滚！"

父亲不禁想起了胡大哥说的话："那些'和平军'虽然做了汉奸，但也不敢太为难自卫队的，他们懂得为自己留条后路。"

九月的一天，快近中午时，我父亲要出发去酒镇送信。他刚走到村口，突然听到村西方向有人在大喊："日本佬来了，日本佬进村了！"父亲转身一看，发现有个村民边喊边向吴家祠堂跑去，从背影看，好像是村里的吴和尚。父亲再往河边看，发现大批日军正在上岸。父亲被眼前的境况吓蒙了，一时不知如何是好。他忽然看到旁边有一间屋顶已坍塌了的牛棚，便躲了进去。

父亲紧张得大气也不敢出。过了一会儿，外面响起了枪声。等枪声渐渐远去后，父亲趴到墙头上往吴家祠堂方向望了望，他看到日军正朝村北追击，一群自卫队员也在边打边退，已快退到石桥上了。父亲此时已镇静下来，开始担心祠堂里的自卫队队员有没有全部撤出，他特别担心胡大哥的生死。他看到祠堂方向已没有敌人，便产生了去看看的想法。可是，刚走出牛棚，突然发现一群日本兵与"和平军"正在村子里搜查。父亲的心又紧张起来，正在这时，他听到有个女人在轻声叫他："小弟弟，跟我来。"父亲回头一看，见是村里的柳大妈。柳大妈一把将他拉进了自己的家，将一件黑色的破衣服披在他身上，叫他在灶下烧火，她自己则在灶上炒菜。

过了一会儿，一个日本兵走到门口并朝里面探了探头，但只是嘟哝了一声就走了，估计误以为是一对母子。

七

父亲在柳大妈家一直躲到太阳偏西，才偷偷地逃到福安寺。

我姑妈一直住在福安寺。经过老住持数月的中草药调理，她的病已完全好了，脸上也有了血色，头发也开始重新长起来了，已经能够帮着打扫寺院了。

见弟弟慌慌张张地跑来，姑妈惊问道："怎么啦，你这么慌张？"

"不好了，"父亲说，"日本佬打进了后溇村，自卫队被打散了，可能死了很多人。"

"啊！"姑妈一听，脸都白了，"胡大哥怎么样？"

"不清楚，"父亲说，"我也是靠柳大妈救下来的。"

姑妈听后，立即将双掌合拢放在胸口："菩萨保佑，菩萨保佑，菩萨保佑啊！"

姑妈又去找老住持。老住持对她说，这事他已知道了。他们已派人去打听了，一有消息马上会告诉她的。

这天夜里，姐弟两人一直坐到后半夜，等着消息。后来，姑妈叫父亲先去睡，自己则一直坐到天亮。天亮后，姑妈来到大殿，上了香，在菩萨前久久跪拜。老住持走过来劝道："阿弥陀佛，施主莫急，吉人自有天相。"

姐弟两个苦熬着等到傍晚，老住持突然带着胡大哥走进了姑妈住的屋子。

"你来了？胡大哥！"姑妈见到胡大哥，喜出望外，我父亲也高兴得跳了起来。

"从陶堰、东关来的日伪军突然打进后溇村，自卫队遭难了。"胡大哥说，"幸亏村民吴和尚不顾危险及时报信，否则后果不堪设想。尽管这样，自卫队也损失惨重。周队长和王指导员以及另外三个战士都牺牲了，还有两个战士被敌人抓走了。"

我姑妈和我父亲听了，都倒吸了一口凉气。父亲问胡大哥："你是怎么跑出来的？"

"是村里的友生大妈救了我。"胡大哥说。接着，他大致讲了下事情的经过。

吴和尚的及时报信给了自卫队撤退的时间。当时，他和周队长、王指导员以及另外五个战士爬到屋顶狙击敌人，掩护其他战士撤退。待他们完成任务爬下楼顶向北撤时，遇到了日军，五人被打死，两人被抓。胡大哥是最后撤的，离敌人最远。他看看前面敌人太多，只好返回村里，却发现村里也有敌人。正在进退两难之际，突然看见友生大妈走了过来。友生大妈说，快进我屋里，有地方躲藏。胡大哥信以为真，便跟了进去。没想到那只是一间三十平方米的屋子，里面只有一座柴灶和一张床，根本没地方藏身。友生大妈马上将他推到大门后面，却发现大门下端的门板已破，于是急忙拿来一块砖头填在他脚下，还在门边放了只水桶。然后，走出屋子，坐在门口若无其事地织她的网。

很快，一个日军走到门口张望了一下，然后跑进屋里，从床底下拿走了一根绳子。胡大哥说，可能是去绑被抓的自卫队队员的。过了一会儿，又跑进来一个日军，拿了灶上的一盒火柴就走。

好险哪！姑妈和父亲听了，又倒吸了一口凉气。

胡大哥问我父亲："敌人进村时你已离开村子了吧？"

"还没呢，是柳大妈救了我。"父亲说。他又把当时的情况跟胡大哥说了一遍。

胡大哥感慨道："救命之恩不能忘啊！这也说明我们的自卫队离开了老百姓将寸步难行。"

姑妈问他："你们现在打算怎么办？"

胡大哥说："我们在撤退时决定，自卫队突围后去上虞老三北新四军游击队整训和学习。我也要连夜出发，到那里与他们会合。"说完，他又问我父亲："你和我一起去好吗？"

"好的，我跟你去，胡大哥。"父亲高兴地回答。

"那我怎么办？"姑妈突然问道。

胡大哥沉默了一下，问姑妈："这么多日子下来，你应该知道我的身份了吧？"

姑妈点点头："我知道。我不管你是什么人，只要打日本佬，我就愿意跟你。"

胡大哥就对她说："我们准备与酒镇的徐老先生沟通，让你去徐家台门做女佣，我们希望你能代替小弟做我们的情报员。办事处已在酒镇外面的王城寺安排了一个交通员，你把情报送到那里就可以了。不知你愿意不愿意？"

"我愿意。"姑妈立即回答。

八

当天夜里，姑妈含着眼泪送走了胡大哥和我父亲。三天后，东湖办事处派人用小船把我姑妈送到酒镇，姑妈又进了徐家台门。

从此，我姑妈成了绍兴地下党组织的一名情报员，成为我太外公和陈平伯同志之间的联系人。这期间，我姑妈时时刻刻都牵挂着她的胡大哥和她的弟弟。

两个多月后的一天，姑妈去王城寺送信，意外地见到了她日思夜想的胡大哥。

"啊！胡大哥，你怎么在这里？"姑妈又惊又喜地喊道。

"你是——"胡大哥看了看她，一时竟认不出来。

"我是陈妹呀，你怎么连我也认不得了？"姑妈说。

"哦，是陈妹啊，你变化太大了，变得我都认不出了。"胡大哥大为惊讶。

是啊！此时的我姑妈已不是逃难时那个三分像人七分像鬼的陈妹了。她的头发已经长全，两只大眼睛闪闪发亮，脸色红润，充满了青春活力。胡大哥跟她说话时，一颗心禁不住怦怦乱跳。但他马上平静了下来，告诉她说："自卫队在老三北区游击队休整和学习了两个月。不久前陈平伯同志在曹娥江边的江村建立了浙东抗日游击大队，平伯同志让我带着队伍过来，和他们会合。"

"太好了，我们又能见面了。"姑妈说。接着又问："小弟呢？他怎么没来见我？"

胡大哥说："他没来。小弟进步很快，人又机灵，留在游击队总部当通信员了。"

"小弟有出息了。"姑妈听了，十分欣慰。

胡大哥又告诉她说，他们这次来，要在曹娥江边打一仗，一则打击一下日军和伪军的嚣张气焰，二则为后溇村牺牲的战友报仇。

"嗯，"姑妈点点头，"你可要当心点啊。"

"放心吧，"胡大哥说，"你等着我们的好消息，打完胜仗，我一定来看你。"

"嗯！"姑妈又点了点头。

几天以后果然有了好消息，酒镇里到处在传：抗日游击大队在曹娥江边打了个大胜仗，消灭了五十多个日军和伪军。姑妈的心里又是一阵惊喜。从那以后，姑妈就天天盼着胡大哥。他说过，等打了胜仗就来看她。这时候的姑妈，已有了别样的心思，因为她想起那天在王城寺，他看她时的眼神很特别。一想起这个，她的心便怦怦地跳。

可是，姑妈等了十多天，胡大哥始终没来。她想自己去王城寺问问，但又不敢。徐老先生当时已病重住院，镇公所的事已交给别人，姑妈已无信可送。按纪律，她是不能随便去联络点的。

一天傍晚，我外公将一个陌生男人领进了我姑妈住的下房，竟是胡大哥！

外公离开后，姑妈轻声问道："你怎么到这儿来了？"

"游击大队被打散了。"胡大哥一脸沉重地说。

"怎么会这样？不是刚打了胜仗吗？"姑妈说。

胡大哥告诉她，由于游击队重创了日军和伪军，敌人调集重兵疯狂反扑。这次的损失比后溇村那次还要重，一共牺牲了二十七个战士。

姑妈听了，黯然问道："那你以后有什么打算？"

胡大哥说："突围出去的人继续转移到老三北游击队。上级指示我离开绍兴，去余姚参与创建四明山新四军浙东抗日根据地。另外，由于形势复杂，绍兴地下党组织要更加隐蔽地活动。鉴于徐老先生已病重离职，你的任务也完成了。"

姑妈深情地看了胡大哥一眼："你什么时候能回来？"

"不知道，时间可能会很长。"胡大哥说。

姑妈深深地叹了口气。

胡大哥见我姑妈一脸茫然若失的样子，又对她说："组织上要我问问你，愿不愿意跟我去四明山？那里特别缺少女同志。"

"当然愿意！"姑妈的脸上一下子有了光亮。

"可是，"胡大哥轻声对她说，"那里不比酒镇，深山野岭，很苦的。"

"我是吃不了苦的人吗？"姑妈反问道，"我这辈子跟定你了，你到哪里我也跟到哪里。"说到这儿，姑妈突然羞红了脸："你别忘了，那天在偏门，你可对'和平军'说过，我是你老婆。"

胡大哥一听这话，禁不住心口发热，但他表面上依然很冷静地说："那好，你安排一下，明天这个时候去王城寺找我。"

尾　声

我姑妈和我父亲一直跟着胡大哥在四明山打游击。这期间，胡大哥与我姑妈结为夫妻，成了我的姑爹。抗日战争胜利后，他们一起随浙东游击队北撤，参加了人民解放战争。一九四九年春夏之交，他们又打回来解放了绍兴。随后，又去了杭州，姑爹和姑妈转业到地方担任领导职务，父亲则在军管会工作。两年后，我父亲向他姐姐说了自己的心事和秘密。

"好啊，徐家大小姐我知道，人很善良，听说她已师范毕业，在做老师。"姑妈说。

姑妈立即动身，去绍兴和我外公谈了谈，我外公满口应承。那时我太外公早就去世了，我外公他们不会经营，坐吃山空，已经成了破落户。我母亲也十分愿意，因为那时我父亲已经成了我母亲眼里的英雄。

婚后，我母亲也调到了杭州。

由于两家人在杭州没有别的亲人，所以只要一有时间就相互串门聊天，他们总是聊那些难忘的战斗岁月，而聊得最多的是他们在绍兴留下的抗日足迹。是啊，在那里，我姑爹参与领导了绍兴第一支抗日武装，打响了党领导的平原水乡抗日第一枪。在那里，我父亲和姑妈走上了革命的道路。那里有他们无法忘记的战友——牺牲的抗日英烈，也有他们的救命恩人柳大妈、友生大妈和吴和尚等人。

姑妈说："还有一个人我们也不应该忘记，徐老先生。"

姑爹点点头说："是的，凡是为抗日出过力的，我们都不能忘记他们。"

地　火

王锦忠

那山梁下一定压着地火。否则，半山腰哪来的热气？

大约长到六七岁光景，我的脚力已经能走到六峰山的山下。那时，我便对潺潺而来的山涧充满了好奇。它与别处的不同，涧上蒸腾着一层热气，把手探入水里，竟烫得只好急急地缩回。我猜想那地下一定燃烧着一团很大的火，比姚村所有家里的灶膛火加起来的还要大。

我开始寻思着地热的好处，总不能白白地浪费吧。我把掏来的鸟蛋放入浅水里，只需数到一百，那蛋就可以剥了壳吃了。或者，拿地瓜在发热的岩体上煨烤，不一会儿，便会散出诱人的熟香。

能压住火的山应该是很不一般的吧！五指山压住了孙猴子，六峰山压的又是什么？

六峰山由六座山峰肩挨着肩连在一起，山路弯弯，把几个村镇像珠子一般串了起来。山的最西面是诸暨，最东面是柯桥。我十五岁的时候就跟着娘往返于诸暨与柯桥之间，一水儿的山路，中心点是我们姚村。姚村人也并不全姓姚，我们家就姓韩，是从祖父那时逃荒而来。爹给我取了个"开山"的大名，大概是寄望于我长大后能为姚村村民开辟出一条直通绍兴城里的大路。我们从诸暨市面上收购大米，沿着山道，挑往柯桥的街头出售。又从柯桥的街道购得食盐，从原路折回，挑到诸暨的街头出售，从中赚点差价，勉强糊个口。

　　自然，我跟不上大人们的脚力，但有娘在，不至于落单。这种被叫作"盐米挑夫"的行当很久前便有了，但我可能是其中年龄最小的一个。爹是个箔工，在我七岁那年，得了怪病走了。三个月后，妹妹也走了。家里一下子只剩下我与娘了，原本的两亩水田，早在为爹筹集药费时，就卖给了同村的人。就这样，我与娘一下子成了无产者，不干挑夫还能干什么？

　　我在六峰山的山路上盘桓时，总有一种被逼迫感，那一重重的山挤压着我，让我喘不过气来。六峰山压的是我吧，可我又不是孙猴子。我心里发堵，却又不好意思跟娘说，只好一路忍着。有时，我的脸会憋得通红，脑子也随之发晕起来，脚步打起了战，像是马上会昏厥过去。

　　好在，娘会适时地递过来一句话，憩息一会儿再走吧。娘的话音一落，我已经把屁股搁在了山道的石阶上了。这个时候，我特别想爹，脑海里会闪现一个念头：爹在就好了，那样我就可以留在家里，不用走那么远的山路。

　　我在当挑夫前干过纸工。再往前，就是上了三年私塾。

　　自从爹走后，娘的脸上就再也找不到笑意了。娘趁我不注意的时候，不知道偷偷地哭过多少回。为了独自抚养我，娘没有选择改嫁。我们家的田地也没了，只能靠做工来过活。

　　没了父亲的姚村，对于母亲来说很是伤感，这不是我一个七岁的孩子所能体会的。娘决定暂时离开，去娘家湖塘小住，以一手针线活，来供我念私塾，糊两张口。

　　我读了三年私塾就辍学了。辍学的原因是日本佬用枪炮轰开了国门，从上海滩登陆，分兵直逼浙江。其时，母亲正带我生活在湖塘的外婆家，因战乱逼近，只好回到了姚村。

　　我读不了书了。那么，十岁的我又能去干什么呢？

　　做手纸。

　　之前，外公与父亲都是打锡箔的师傅，在锡箔作坊里受人尊重。锡箔是用薄薄的锡条打在裁剪好的黄纸上的，这种黄纸叫手纸，在我们乡下也叫"迷信纸"。手纸呈长方形，每张大约长一米、宽半米。

十岁的我，为了填饱肚子，就进了村里的做纸作坊，从事其中的一道工序——晒纸。晒纸的前道工序是捞纸，将嫩竹捣碎成竹浆倒入水槽，然后用绷着纱帘的木框格去水槽中筛捞，每一次捞起，沥干后就是一张湿纸。

晒纸实为烘纸，大多在作坊里进行，只有在天气晴好的时候，才会拿湿纸到露天里晾晒。烘纸是将捞起的湿纸贴在焗塔上，烘干后揭下，整理成叠。焗塔是用砖块砌墙的中空形建筑，腹部似灶膛，靠焚烧柴木输送热量，以热量来烘干湿纸。

那时，我只是个十岁的童工，身高不够，所以晒纸工作由大人干，我只打个下手——接过大人揭下来的黄纸，整理叠放。黄纸一般以一百五十张为一刀，沿中线对折后叠放。折叠后的黄纸二十刀为一捆，捆扎工作另有专人负责。捆扎完后交给外场，由外场师傅打磨毛边。纸边磨平齐整后，算是我们姚村做纸作坊的成品，可以发货到绍兴城北桥的锡箔作坊了。

当时，村里的做纸作坊实行的是按劳取酬、多劳多得的结算方式，而我因为是个童工学徒，没有报酬，起先甚至没有工作餐。要在一段时间后，才能吃到作坊提供的工作餐，填饱肚子。

我就在那里认识了同为纸工学徒的朱民生。民生是邻村朱家坞人，比我还大两岁。虽同为学徒，但民生进场早，已能得到一份微薄的工钱。

空的时候，民生与我会一起跑到六峰山下，去看漫山遍野的红杜鹃。那片怒放的火红，总让人升起一种怦然心动的热烈感。然后，我们会各自倚在树干上，远远地看着那条冒着热气的溪涧发呆。有一次，民生问我："开山，这山下是否压着一团火，一团很大的火？"

我说，应该是吧，否则哪能把一条溪涧给煮沸了！

我们行走在山道上，感觉自己在六峰山的巍峨里是那么渺小。而山路弯弯，一头通向诸暨，一头通向柯桥，仿佛世界也就只剩下了这两头，中间无非是姚村或朱家坞。

"以后，我想到外面去看看。"

走着走着，民生忽然冒出一句话来。我知道他一向脑子活络，但这又何尝不是我的想法？六峰山以外无非是诸暨或柯桥，在我的脑子里，去柯桥或诸暨的街头也就算是见世面了。

很久以前，精明的村人发现了一个现象，即，诸暨的米便宜，柯桥的盐不贵。那么，这些人就动起了脑筋，是否可以往返两地贩买贩卖，从中赚个差价，用以养家糊口？于是，姚村便有了一支挑夫队，也就多了一门可以养家糊口的营生。

我离开了做纸作坊，随着母亲加入了这支挑夫队伍，大概是挑夫的获利要高于作坊的纸工。十五岁正是少年长身体的时候，在长年的肩挑跋涉下，身上的重压抑制了我身高的增长，直接影响了我的个子。我的肩头时常火辣辣的，感觉自己成了那六峰山下被压着的地火，只不过压在我身上的是一副生活的重担。

我成了贩夫的一员。用的工具只有一支扁担、两只布袋、两条绳索。那两只布袋，我们当时称为洋粉袋，是盛过面粉的布袋。

村里的大人组成了一支挑夫队，我与娘跟随着队伍一起行动。当时，仅凭我与娘两个人，是不敢单独行动的。我们不敢走大路，唯恐遭"和平军"掠夺。因此，我们走的都是山间小路，隐秘地穿行于山野林间。好在走的都是熟路，而且路线大都固定，时间上可以确保不耽搁。

我用洋粉袋装大米，绳索勒成"黄狗套"。这是一种简便的打结固定法，像勒住黄狗的脖颈那般，勒住前后两只装大米的布袋，用扁担挑起，跟在我娘的身后。当时，由于年纪尚小，体力不足，加上路途遥远，我也只能挑二十斤左右的大米。娘一个妇人，力气有限，也与我所挑的米量差不多。我与娘各挑一担，不敢掉队。从姚村到诸暨县城大约一百里路程，一天内要转回。回来后，在家里过上一夜，第二天去柯桥把米卖掉。

我们在柯桥街面上摆摊，形成一种集群的模式。不用叫卖，只需蹲在那里，镇上的居民自会来问价：你这大米多少钱一升？升即升箩，钱是汪伪政府的储备券。问好价格后，如果对方有意向，就会量几升。我们设摊卖米的同时，柯桥卖盐的人照例会上来兜售食盐。他们清楚我们这些挑夫的营生，在卖完大米后，每次都会买了柯桥的食盐去诸暨转手出售。这叫"路不落空，两不耽误"。

我在做盐米挑夫的那些日子里，朱民生还在做他的纸工。但后来随他父亲去了苏州，据说在那里还做纸工。或许，这正遂了他去外面看看的心愿，又或许在苏州做纸工，工钱会比绍兴高些。

在姚村，由于我爷爷是个外来户，韩姓成了孤姓，一时很难融入本地的家族。因此，我幼小时很少能与村里的孩子一起结伴玩耍，被村里的大姓宗族冷淡排挤。这么一来，我反而与邻村的孩子相处得更多些，比如朱家坞的朱民生。

爹去世了，田也没了，我与娘的日子过得一天紧似一天，开始向往着外面的世界。也许是因为绍兴太小，也许是因为姚村太穷，更也许是因为舅舅去了无锡打工，十九岁那年，我跟着娘一起逃难去了苏州。

到了苏州，我娘找了一份给酒店老板家做保姆的工作。而我则在酒店里当学徒。所谓的学徒，其实就是个打杂的，主要工作是去顾客家收回买酒时盛酒带走的酒壶。许多顾客上门买酒时都没有随带盛酒器具，而酒店为了揽客，只好允许他们装了酒后把酒壶带走。但带走的酒壶如果不及时收回，既会耽误反复使用，又有被遗忘失落的可能。年轻人腿脚灵便些，而这个活又不需要技术，自然，收酒壶的活就落到了我的头上。

那时苏州流行的酒壶主要是锡壶，也有用洋铁皮做的。这与我们绍兴差不多，锡壶不但在酒店使用，还经常作为新人出嫁的嫁妆。而洋铁皮制作的酒壶，在绍兴也比较多见，叫爨桶。爨桶的功能主要是在冷天里热酒。在冬季，绍兴人吃老酒习惯加热后再饮用，比较舒适暖胃。只不过，爨桶主要用于茶楼酒肆等经营场所，居家用得甚少。

我们的酒店其实是一处专门卖酒的门市，酒是从别处进的。但顾客来我们酒店不一定是买了酒便走，也有喜欢坐下来喝的。故而我们酒店也会提供桌椅板凳，以利于促销。上门来喝酒的顾客，下酒菜是自备的，大都是些干货，譬如花生、青豆、薯干之类。我们酒店并不经营炒菜业务，也不提供下酒的糕点果品。如果不出门回收酒壶，我在酒店就干些舀酒递壶的活，有点像人们常说的店小二。在打烊后，自然还要清扫场地，擦拭桌凳。

我跟师傅都寄住在酒店。白天，桌椅板凳是用来营业的，招待客人用。到了晚上，等客人散去，打扫完卫生，我们就把桌子拼在一起当床睡。但被褥存放在阁楼上。因此，每天夜里睡前，须爬梯子上去取下。大多数情况下，我先取自己的被褥，再去取师傅的被褥。

梯子旁边的墙上有一块板，板用铁钉钉在墙上。有一次，我在取了师傅被褥下梯子时，身体有些摇晃，为了寻求平衡，下意识地伸手去够那块板。不料，那板上的铁钉早已锈烂，手一扶上去整块板便掉了下来。我一时扑空，失去平衡，从梯子上结结实实地摔到地上，当即头破血流，头部一下子肿胀发麻起来。

我被送进了医院，接受治疗，当时酒店老板替我支付了医疗费用。

住院两三天后，我便出了院。但老板也没有再收留我的意思，工钱也被住院的药费抵冲了，我只好离开酒店，去找别的工作。

我流浪在苏州城的街头，心想着找下一个赖以糊口的工作。我问自己，我能干些什么活？我不能，除了小时候在姚村学得的做纸晒纸这个活计，别无长处。我想到了朱民生，因为在苏州的这些日子里，我与朱民生常有往来。于是，我去了民生在的那家做纸作坊，干起了在老家时干过的晒纸工作。

我在远离姚村的苏州，干与在姚村时一样的晒纸工作。但身在异乡，注定要想念姚村。我想念姚村的时候总是会想起六峰山，想起六峰山上的杜鹃花。它们的怒放好像是地热的另一种宣泄，比溪涧蒸腾的热气更像火焰。

苏州的繁华不是我的。我连苏州有哪些景点都一无所知。苏州的春色再好，也不会在我一个逃难的异乡人心中荡起一丝的暖意。我与娘的心一直系着一个叫姚村的地方，被魂牵梦萦的乡愁缠绕。

大年三十前，娘病倒了。我知道这一次病倒是娘久病不医的暴发。

零星的爆竹声在苏州城里钝响，而我与娘挤在租来的狭小空间里度过了与平常无异的大年夜，没有加菜，没有新衣，也没有新贴的灶神爷。到了正月初一，娘想用什么来增添一些春节的气氛，于是对我说，开山，今天是正月初一，你拿几个钱去买几颗糖吃吧。

我已经二十二岁了，照理是不应该把水果糖当作我的零食的。可是，我真的如孩童般地拿了几枚铜钱出去，买了几颗水果糖回来。我口中含着水果糖，吞咽着穷人的甜蜜，吞咽一个被亏欠了童年的青年的时光，饥饿贴在了我与病床上的一个异乡妇人的脸上，一起过一个绍兴人在苏州的春节。

正月初一不宜走亲。在苏州，我与娘也无亲可走，就窝在出租房里一起挨过寒意里的年节喜庆。到了傍晚，我也早早地上床，哪怕是没有睡意。因为，躺在床上，可以抵消不时袭来的饿意。我闭上眼，想象酒店老板家里丰盛的晚餐，加上锡壶里温热的老酒，咽着唾液，如同咽下的是猪肘的油水。娘抛过来零星的交谈，时不时地打断我的思路，但至少传递了空气里那一丝唯一的暖意。

娘挤在我的床后，狭小的出租房里只够铺设一张床位。我忘了自己是什么时候睡着的，没有闹钟，更没有手表，这两样东西就连在老板家里也没见过。我把窗前的光亮当作时钟，在苏州城里，过着姚村的日出而作、日落而息的生活。到了正月初二早上，我起床时，叫了几声娘，但娘却没有回应。我翻开被褥一看，触手冰凉，娘已经断了气。

娘是长期有病，她的病与爹的病差不多，身体一直处于病恹恹之中。其实，后来我也患过同样的病，伴着咳嗽、发热。因为贫穷，她替人做保姆、打杂工，只能糊口，根本没钱去看病。就这样，娘的病一直拖着，终于熬不过我二十二岁那年的正月，客死他乡。

娘没了，我手忙脚乱起来。我经历过妹妹的死，那时七岁的我只是在一旁发呆，妹妹的处置自然由爹娘负责。我也经历过爹的去世，但爹去世时由娘和大人们操心。可是，这次不同了，娘死在了他乡，而且身边只有我一个人，怎么办？好在，当时，我舅舅在无锡打工，我就赶往无锡去叫舅舅。舅舅跟我一起回到苏州，把我娘安葬在了苏州仓街。

娘去世后，我心中悲痛欲绝。在苏州，我举目无亲，每次做纸回来，屋里再也没有跟我说话的人。我被无尽的孤独包围着，出租房里，笼罩着的是愁苦与悲伤。我不想一个人留在苏州，我不应该留在苏州。至少，我应该回到家乡去，回到姚村，不再漂泊。

我决定回到姚村。临行前，我去向民生告别。我说，我这算是看过外面的世界了，也没我想象的那么好。民生只是沉默着，他拿不出反驳我的依据来。我们拥抱了对方，算是一次在异乡的告别。

我回到绍兴时，正是我二十二岁那年的年初。

可是，在姚村，我是个无地可种的人。姚村的做纸作坊一时也不缺人，怎么办？我得糊口呀！

有人建议我，可以去村东姚福贵家做长工。我犹豫了一下，我真的没有想过要去做长工，只有赤贫的人才会去做长工。但为了活下去，我又能有什么路可走。

姚福贵家有田约五六十亩，缺不少人手。福贵家是女人当家，当家的是姚福贵的老婆，姚村的人都叫她福贵嫂。我去与福贵嫂说给她家当长工的事，我说只想糊个口，至于工钱，多少给些就是了。福贵嫂同意了，这样就达成了口头约定。我没有过多的要求，这自然是受雇主欢迎的。

我在姚福贵家当了长工，晴天砍柴，雨天舂米，挑担劈柴，春播秋收。凡是体力活，都得干。有时候，还得挑几十双草鞋去漓渚坞头交货。好在，二十二岁的我身子骨已经长得结实多了，经得起各种农活的考验。而且，由于年轻，劳累了一天后，只要睡一个晚上，第二天力气就又回来了。

那个时候，我的表姐夫在堡里任副堡长，信息灵通。表姐夫这个人常说大话不脸红，因此有了"大炮"的绰号。但这种人也有一个好处，就是活动能力强，有一定的号召力。

大约是十月份，"大炮"对我说："开山，你可以走了，到外面去避避风头。堡里刚开了会，又要抓壮丁了。你的户口在苏州，先抓的就是你这类没有户口的人。"我知道"大炮"真的是看在亲缘的分上，才通知我的，对他表示了感谢。我不想去给汪伪政府当炮灰，死了还会落个汉奸二狗子的骂名，八辈子也抬不起头来，我得赶紧走。但是，出门要路费，否则，我怎么坐车坐船？路上吃什么？

我只好去福贵嫂那里讨要工钱。我想我要的不多，给个路费就是了，福贵嫂应该不会刁难我的。

福贵嫂一听要结工钱，冷着脸对我说："我哪来的钱呢！你说要走，我看你是撂挑子。眼看着我们家的晚稻快熟了，正缺收割的人手呢，你却来告诉我要走。你这是关键时候给我出难题呀！"

我知道，人要是想赖账，总是会编出一两种说法来。她这套说辞，是不顾及我想逃避抓壮丁的事实，满嘴歪理。但钱在她口袋里，我又不好去硬抢，只好像挨了一记闷棍似的离开了。这么一来，我的工钱要不到了，干了八个月也就白干了。

我不是一个容易动气的人。这大概是因为爹走得早，跟娘生活了很长一段时间，学到了娘的温和与隐忍。

我只好去找表姐借了路费，才得以逃到苏州。

我再一次逃到了苏州，在朱民生那里继续替人做晒纸工。但这次出走，是纯粹为了逃避抽抓壮丁的，我的心已经不愿意再外出漂泊了。因此，我只在苏州停留了两三个月，到二十三岁的上半年，我又迫切地回到了绍兴。

这时候抗日战争已经结束，共产党的抗日队伍为了避免发生内战而主动撤出了浙江，蒋介石的国民党部队乘机占据了浙江全境。经过多年的战乱，老百姓终于盼来了赶走日寇的这一天，以为能过上太平的日子。谁知道，蒋介石又挑起了内战的战火。

打仗是要人马的。人去哪里找？抓壮丁呀。可老百姓不愿意当国民党反动派的炮灰呀。

这次，朱民生跟着他爹也一起回到了绍兴。在他们看来，既然抗战胜利了，苦难也该到头了吧，国民政府也应该着力于恢复民生、休养生息了吧。

没想到的是，在我回到姚村的时候，正赶上村里在抓壮丁。我想，真不让人活了！刚逃了汪精卫的壮丁，又赶上蒋介石抓壮丁，怎么办？

想问怎么办的又何尝只有我一人，村里的后生一个个正发愁呢，自然，朱家坞又何以幸免？我想去找民生商量对策，没想到民生先找上了我。两个人讨论了一下，觉得去替国民党当炮灰，太不值得了。那去干什么好呢？到处都在抓壮丁，活也干不了，地也种不了，要不我们去参加金萧支队吧。为什么要去投奔金萧支队呢？因为那是老百姓的队伍呀。

于是，我们两个人一拍即合，决定去投奔金萧支队。

但问题又产生了，我们怎么去找金萧支队？总得有人领个路作个保吧。民生说，他的表哥是红军，可以去贺家山找他姨妈，一定会有法子。

就在那年，在我二十三岁的开春，我与朱民生两人，一起离开了姚村，走上了去投奔革命的光明之路。

这个时候，解放战争已经爆发，北方已经解放，但长江以南尚属于国统区。我们二人到了贺家山头，找到了朱民生的姨妈。说明了来意，姨妈非常高兴。姨妈说，他儿子贺文斌的确在共产党的队伍里当干部，说着，还从床脚下挖出一张他儿子的照片来，只见他儿子身穿一套蓝灰色的军装，戴着一顶八角帽，看着特别精神。

我们把贺文斌的照片传阅了一番，脸上都洋溢着兴奋之情。但民生姨妈很快把照片收了回去，又好好地塞入床脚下。我们的心情又归于平静，民生说，照片倒是看了，但照片又不是个大活人，领不了路呀。姨妈说，不要发愁，叫贺文斌的堂弟贺文虎领你们去吧。果真，我们找对了人，民生姨妈真有帮我们找金萧支队的办法，我们也算是不虚此行。

贺文虎估计是共产党的交通员，人就在贺家山头，民生姨妈去找他十分方便。

当时，重建的金萧支队以诸暨县赵家镇作为根据地。贺文虎对路径非常熟悉，直接把我们二人领到金萧支队的队部，路上并无耽搁。支队干部问贺文虎，这两个人是来干什么的？贺文虎回答说，是来参加金萧支队的。

支队干部收下了我们，贺文虎与我们告别，返回了贺家山头。

我们两个人被分派到不同的大队，民生被分到三大队，我被分派到二大队，大队长叫祁荣山。我被安排留在了支队部，与计划去义乌重建建荣大队的三个干部在一起。

义乌原有一支建荣大队，在抗日战争期间坚持敌后游击斗争，给日军以有力的袭扰与破坏，经历过多次战斗，威震敌胆。抗战结束后，国民党来了浙江，在义乌活动的建荣大队在国民党军队的逼迫下没有了活动空间，与金萧支队一起，北撤山东。从此，义乌成了一片真空地带，没有共产党的队伍活动。内战爆发后，为了跟国民党反动派展开解放民众的斗争，上级指示，利用当地良好的群众基础，重建建荣大队。

为了护送我们几位去义乌组建建荣大队的同志，金萧支队在杨支队长的率领下，集体隐蔽行动，昼伏夜出，奔赴义乌。

支队下设三个大队，共有八百多人。这么一支庞大的队伍要穿行在国统区，也算是一次有规模的行动。为了避免不必要的遭遇战，顺利送前去义乌重建建荣大队的同志到达，队伍还是采取了谨慎的行军方式，白天潜伏于茂密的树林里，晚上才开拔前进。

不过，队伍也不是一味地采取回避战术，如果遇上小股反动派部队，也不客气，就地消灭。这不，在途经的一个叫黄家泾的地方，我便迎来了参加金萧支队后的第一次战斗。

这天夜里，部队在离黄家泾不远处的一处叫黄泥潾的地方驻营。黄家泾是个城镇，镇外有座庙，镇里有几处祠堂。支队长派侦察兵去打探镇里的情况，据村民反映，镇里驻扎的国民党军队，来老百姓家里收过捐费。在村口的庙里，住着大约三四十个国民党士兵，有两挺机枪。侦察兵把从老乡那里了解到的情况汇报给了支队部。

当时，我们整个支队有八百多人，很难做到默不出声，有不少人在唱革命歌曲，场面有些嘈杂。这个时候，杨支队长走上一处高坡，向大家示意，请大家安静。他说，同志们，请安静，告诉大家一个好消息，今晚要给大家吃"囫囵吞"了（即包敌人"饺子"）。据侦察得知，在黄家泾镇外的一个庙里，驻扎着三四十个国民党反动派，我们悄悄地包围上去，把他们一窝端了。

大家听闻这个消息，非常兴奋，一个个群情激愤，摩拳擦掌。而我那时不过是一个连枪都没摸过的新兵，对于即将到来的战斗却有一种既兴奋又紧张的心情。不过，杨支队长是个细心的人，他特地走到我身边说，等会儿你只要跟在我的后面就是了。我觉得这是首长对我的关心，也是一次近距离学习打仗的好机会。我暗暗对自己说，我一定能从杨支队长身上学到许多战斗经验，他可是个身经百战的老兵。

于是，支队部在前，我们紧跟着支队部，悄悄地摸到庙门不远处。

杨支队长就冲在队伍的最前面，并且第一个扑了上去，缴了敌人的机枪，并打响了黄家泾战斗的第一枪。

在夜色的掩护下，我们的行动既隐秘又迅速，很快就逼近了国民党部队驻扎的寺庙。但可能是由于队伍过于庞大，黑压压的一片，而且不时有人影在晃动，我们的行动还是被哨兵发现了。

只听见庙门口的国民党哨兵喝问："你们是哪里的？"

杨支队长回了句："自己人。"

但这个哨兵十分警觉，几经张望，还是发现情况有点不对，于是朝我们这边开了一枪。

这一枪可坏了，在寂静的夜里无疑如半空里一个响雷，把庙里休息的国民党兵全都惊醒了。

说时迟那时快，杨支队长说了声"包围寺庙"，便率先一个箭步冲上前去。后面的战士紧紧跟随，大家呼啦啦冲上去包围了寺庙。

庙里的国民党士兵正在睡觉，听到枪声后，一个个穿戴不齐地准备冲出庙门。先冲出来的是一名机枪手，他提着一把机枪问哨兵："发生了什么事？"

还没等哨兵回答，冲在最前面的杨支队长已经走近，边走边招呼："是自己人。"

由于夜色昏暗,机枪手还真以为是自己人,于是把机枪放在了地上,准备去穿那件拎在手中的弹匣背心。这样的机会岂能错过,说时迟那时快,杨支队长纵身一扑,一下扑在了机枪上。而那个机枪手见走近的人突然有了动作,才知道情况不对头,也急急地俯身摁住了机枪。还没等他使上力,杨支队长便抢先用力一拽,把机枪夺了过来。杨支队长把枪口对着那国民党的机枪手及哨兵,毫不犹豫地一阵扫射。与此同时,后面紧跟上来的队伍包围了寺庙,封住了庙门,一下子使还来不及逃出庙门的国民党兵全数成了瓮中之鳖。

杨支队长向庙里喊话:"你们已经被我金萧支队包围了,唯有放下武器,双手举在头顶,依次出来,乖乖地缴械投降,才可以免去一死。否则,我们就往里扔手榴弹了。"

这一喊可真灵,只听里面的国民党士兵急急地喊着"我们投降",便一个个放下武器,出门向我们投降。

这个时候,我忽然想到了一个问题:为什么国民党军队没有我们金萧支队的战士这么斗志昂扬?

很简单,国民党士兵一个个都是由抽抓的壮丁组成的,心里盘算着不想成为炮灰,缺少为谁而战的目的性。而我们金萧支队的战士,一个个都是自愿加入的,是为建立一个人人有田种、老百姓当家做主的新社会而革命,这么一比较,差距就出来了。

我一直紧随在杨支队长的身后,杨支队长的果敢、敏捷、机智、勇敢,在这次摸哨过程中表现得淋漓尽致。那种沉着、冷静的斗争经验,是从无数次战斗中练就的,这使我油然而生敬意。我心里想着,我要参加多少次战斗,才会成为一名像杨支队长那样的优秀战士啊?

正在这个时候,杨支队长转过身来,对我说了声"接着",把新缴获的机枪向我扔了过来,说,这机枪就归你了。我捧住机枪,赶紧回答了一声:"是,谢谢首长!"我满心喜欢,抚摸着手中的机枪,因为我明白,机枪对于一支队伍的重要性，这是首长对我的信任。在当时，我们金萧支队虽说也属于人民解放军的序列，但说到底，是一支游击队，装备自不能与正规军比。队伍中几乎没有炮火配备，机枪便是最有分量的武器了。从此，我就成了金萧支队的一名机枪手。

在收拾完庙里的国民党军队后，支队通过对俘虏的审问，获悉黄家泾镇里尚有国民党军队盘桓，分散驻扎在几个祠堂里。支队长马上进行了分兵布置，采取三个大队分头出击，对各个祠堂进行分割包围的办法，实施各个击破。

国民党反动派军队的战斗力真的不行，在听到这边的枪声后，放哨的国民党士兵都吓得逃进了各个祠堂躲藏起来，竟然没有一个敢往外冲，与我们交上火的。我们的部队分别守住了祠堂的大门，朝内喝令"缴枪不杀"，如敢反抗，一律扔手榴弹进去。

一阵安静后，国民党官兵只好一个个缴了枪。就这样，所有祠堂里驻扎的国民党官兵都成了俘虏。

黄家泾战斗击毙、击伤、俘虏国民党士兵一百多人，应该是一个连的编制。而我在刚刚加入金萧支队后，便迎来了第一次战斗，并得到了一把缴获的机枪，成为一名红色机枪手，收获不小。我们向着义乌挺进，向着解放全中国的光辉道路前进。

作为无田无地无产业的我，年少时便成了一名长途跋涉的挑夫，被迫做勉强糊口的纸工，逃避壮丁抽抓；又被迫为人做长工，接受连工钱都无法结算的无耻压榨，也无力去反抗。这些苦难，源自一个黑暗的旧世界，一个剥削人的制度。它们就像六峰山的重重山梁，压迫着我与姚村的村民，让我们喘不过气来。而地火在蓄积着力量，我们渴望光明，渴望建立一个人人有田种的新社会，我们要斗争，为自己、为子孙后代，创造一个人人平等、没有压迫与剥削的新社会。要实现这一切，只有反抗，拿起武器，用枪杆子打出一个崭新的世界来。

现在，我的手中正紧握了一把机枪。它是从敌人手中缴获的，我们不但要从敌人手中缴获武器，还要从敌人手中接收祖国的大好河山，还人民一个朗朗乾坤。

"韩开山，你手中的这把机枪是有名头的。"杨支队长对我说，它是由美国支援给国民党军队的，由加拿大英格利斯公司制造。这种布伦式轻机枪是在英国布伦轻机枪的基础上改进而成的，除了弹匣换成了二十发弹匣以外，其余的部件和布伦轻机枪完全相同。这种轻机枪在国内被叫作勃然轻机枪，在机匣的右侧有钢印打着中文"七九勃然 加拿大造"字样。

我按着杨支队长的介绍快速地查看着机枪的型号。我得尽快认识一下我的新搭档，摸透它的脾性，才能与它在战斗时有良好的默契。这把机枪不但是我们建荣大队的"宝贝疙瘩"，更是我的心头肉。除了在营地时，我会把它放下，出去时就紧紧带在身上。平时，我还要对它进行定时的保养。枪管、弹匣、撞针是可以一一拆卸的，拆卸后用布细细地擦拭，然后，再上油组装。弹匣呈长方形，双排，能装二十发子弹。整把机枪重约二十五斤，使用操作不难，经简单指导后便会使用。机枪手还配有弹匣背心，队里设有正副机枪手各一名。

自从这把机枪成了我的武器后，我一直在等待着与它来上一次畅快淋漓的"对话"。它就像我肢体的延伸，有时候我觉得它像我的喉舌，随时准备着向所有的黑暗进行愤怒的控诉；或者，它更像我的拳头，充满着无穷的力量，能粉碎一切罪恶的枷锁。

没有让我等待得太久，在接下来的左林战斗中，我第一次让它在我的手中发出了怒吼。

在向义乌挺进的路上，我们绕不开一处有国民党军驻守的乡政府——左林。

我们这次行军，支队部制定了一项作战措施：一路过去，凡是遇到的小股国民党部队，一律采取消灭方式，为今后开展工作，清除障碍。

针对左林战斗，支队部制订的作战方案是，不但要消灭左林乡政府的国民党军队，而且还要营造声势，威慑盘踞在附近山上的国民党军队，让他们不敢下山营救左林的国民党驻军，并为今后建荣大队在义乌的活动打下良好的基础。因此，支队在派遣一个大队包围左林乡政府的同时，在外围，让其他部队朝四周山头的国民党驻军鸣枪，发动佯攻。

根据分兵布置，我与所在的大队被安排在外围御敌。那一夜，我脚踏大地，举起手中的机枪，向着夜色，向着比夜色黑得更为浓重的连绵的山头，喷射出红色的火焰。那火焰撕扯着沉沉的夜色，像是在宣泄我多年来受尽苦难的怒火。

战斗在这种浩大的声势下展开，既突然又猛烈，暴风骤雨般地席卷了大地。战斗结束后，围攻乡政府的大队共缴获两挺机枪、几十支步枪，以及大量的弹药。

这一夜，老百姓以为发生了什么，都窝在家里不敢出门。第二天起来，一开门，就看到了满墙的标语。于是，相互传递着消息，说，昨晚共产党的部队打过来了。

经历了左林战斗，我的身心如同受到了洗礼，我清楚自己已经不再是那个逆来顺受的韩开山，面对压迫与剥削，我将用手中的机枪说话。

我们到了义乌，支队让我们扎根义乌，扩大建荣大队。义乌有着良好的革命基础，抗战时期的建荣大队播下了革命种子。我们的队伍发展得很快，但我们尚不能向城市发动进攻。我们只能开展一些游击战斗，白天我们隐蔽在根据地，夜里开展一些袭扰行动。我们的活动有效地牵制了国民党反动派的兵力，而与此同时，解放军南下部队势如破竹，鼓舞着我们在敌后战斗的游击部队。

渡江战役打响后，解放军成功渡江。蒋介石见大势已去，退守台湾。

建荣大队开始制订解放义乌的战斗方案。可喜的是，义乌县城的国民党守军无心恋战，于一九四九年五月四日，由一一〇师师长廖云升带领四个团一个营共五千六百多人，在义乌县城西门一带宣布起义，义乌的斗争形势在南下大军到来前有了良好的逆转态势。一九四九年五月八日，第二野战军三兵团第十二军三十五师一〇四团进驻义乌。随后，建荣大队随南下大军一起战斗，解放了义乌全境。我参加了解放义乌的所有战斗，为自己的革命生涯，留下了值得回忆的光荣岁月。

一九四九年五月中下旬，建荣大队随金萧支队一起奉命撤销建制，进行就地整编，光荣地完成了历史任务。而我与十几名诸暨籍的建荣大队战士奉命回到诸暨，编入了县大队，参与剿灭国民党残部的战斗与地方治安行动。

六峰山一带最大的反动武装，是集聚在黄故岭的一支国民党残余部队。别看在我们口里被称为残部，毕竟是正规军的班底，战术素养高于我们县大队，又占尽了地利。我们在最初的战斗中犯上了轻敌的思想错误，吃了败仗。

"韩开山，去大队部报到！"

这一天，我正在擦枪，传令兵站在门口喊我。我急匆匆地来到大队部，大队长和指导员早早地在里面等着我了。

"韩开山，听说你是姚村人？"大队长问。

"是的。"

"那你对六峰山的地形应该很熟悉？"

"报告大队长，不是一般的熟悉，是非常熟悉。"

"为什么是非常熟悉，你给我说说。"

"因为我十五岁就当了挑夫，闭着眼睛也能走六峰山的山道。"

"好，我要的就是你这句话。"大队长一拍桌子，咧开嘴哈哈地笑了起来。

我不明白他为什么这么问，又为什么这么乐，傻傻地站在那里。还是指导员打破了僵局，向我招招手，吩咐我坐下，交给了我一个十分光荣的任务。

当时的斗争形势并不如一些人想象的那么好，虽说浙江全境解放了，但来不及撤走的国民党部队就盘踞在各个山头，对共产党新建立的地方政权开展破坏活动。另一方面，退守台湾的蒋介石并不死心，叫嚣着要反攻大陆，授意来不及撤退的残余部队做好响应的准备。而国际上，以美国为首的帝国主义也十分排斥新中国这个红色政权的诞生与存在，酝酿着所谓的第三次世界大战，有扑灭红色革命政权的企图。在这些国内外形势的综合影响下，一些革命意志不够坚定的共产党人开始产生了动摇，尤其是那些刚刚被招入的武装人员，政治觉悟参差不齐，也有产生摇摆情绪的，在收买者的鼓动下，个别区中队出现了部分队员叛变革命的现象。这在人民群众中造成了极其恶劣的影响。

新生的政权不但要建立国民经济的新秩序，恢复工农业生产，恢复城市商业与市容，而且还要坚决打击、消灭各地的国民党残余部队，与敌特恶势力做坚决的斗争。

我从大队部回来的第二天，便化装潜回了姚村，又悄悄地摸上了六峰山。我扮成一个采草药的汉子，背着竹篓，往国民党残部盘踞的黄故岭巡行而上。我选了一条隐秘的小道，那是我年少时与朱民生经常攀爬的野路，似乎没有第三人知道这条路了。只是，这么些年过去了，那条小道已经被疯长的灌木侵占。正在我发愁之际，背后响起了一个声音：

"你是谁？"

我下意识地把手伸向了腰部，摁住了短枪。这时，那声音再一次响起：

"你也是采药的？我以前怎么就没见过你呢？"

我镇定下来，分辨出那是一个姑娘的声音，于是松开了摁在枪上的手。我慢慢地转过身来，看清楚，这是一个身材结实、脸上透着俏皮的女孩。她背着一只竹篓，一看就是个采草药的药农。我心里清楚，我是个假药农，她才是真的。那我要如何回答她呢？

"家里有老人又患咳病了，听说这山顶上有一味草药，叫什么蒿菜，想来采摘些，就是不知道怎么上去。"我灵机一动。

"原来是这样啊。那叫鲜茼蒿菜，煎时要去除残渣，最好放点糖。"姑娘回我。

"妹子，你是郎中？"我问。

"我爹是朱家坞的郎中，年纪大了，上山采药身子骨不行，所以这事由我来做。"

我点点头，心想，你能告诉我上山顶的路怎么走就好了，那治咳的事是我编的，采不采蒿菜才不打紧呢。

"噢，对了，你不是要上山顶吗？我知道怎么上去，跟我来。"姑娘热情地说道。

我跟在她身后，转过一个小土坡，她停了下来，用手向前指了指，说："你就沿着这条小路上去，那是我爹采药时踩出来的一条路，直达六峰山的最高峰——黄故岭。"

还没等我说谢谢，她就转身走远了。她头上插了一朵红杜鹃，很快淹没在满山的红杜鹃里。

我按着她指引的方向摸了上去，清楚自己此行的任务，既要摸清国民党残部的驻防布置和火力配备，又要避免被人发现行踪，为二次剿灭战打个漂亮仗做保障。

之后，大队部根据我汇报的敌情制订了新的战斗计划：先由我领路，带领两个中队摸黑悄悄地从秘径上去，到了山顶占领有利地形后埋伏起来；再由一个中队在山下佯攻，吸引敌军的火力。然后，山上的两个中队突袭敌方暴露的各个火力点，上下夹攻，摧毁这个顽固的国民党军窝点。

战斗在黎明前打响，惊恐的国民党军从睡梦中起来仓促应战。正当他们用所有火力集中对付山下的进攻时，后方的头顶上落下了雨点般的手榴弹。火光照亮了山梁，我仿佛看到了六峰山的地火从山头开花一样地喷涌而出，绚烂了黎明前的夜空。这个时候，山上队员纷纷从隐蔽处杀出，如猛虎下山冲向敌人的背后。我手中的机枪再一次被唤醒，脚下的地火再一次连接上了我身体的热血，化作愤怒的火焰喷射而出。

经历了战斗洗礼的六峰山恢复了平静，唯有火红的杜鹃爬满了山坡，静默里展示着怒放的生命。六峰山上再也没有了反动武装，新政权再也不用担心敌特搞破坏。战斗结束后，我获得了嘉奖。但我并不在乎这些，我想，我应该可以放心地回乡了，分得一块属于自己的土地，娶一个妻子，安心地过上平凡而平静的日子。

大队部批准了我返乡的请求。我告别了战友，回到了阔别已久的姚村。

姚村的村民一改之前对我的态度，他们不再计较我姓韩，我们家开始变得前所未有的热闹。来的人都想听我给他们讲讲金萧支队的事，尤其是发生在黄故岭的歼敌战斗。接着，我被推举为农会主任，着手搞起了土改工作。意外的是，我在去朱家坞搞土改时遇上了那个采药的姑娘，她说她现在是朱家坞的妇女主任，叫杜鹃。

"韩开山，韩开山，出来！"

这一天，农会里进来一个身穿军装的人，高喊着要见韩开山。我出门迎了上去，发现竟然是朱民生。他身后跟着一个姑娘，我一眼就认出来，那是杜鹃。民生一进门便给了我一个结实的拥抱，然后，激动地说："开山，仗还没有打完呢，你小子倒想过种地娶媳妇的安稳日子了，可美帝国主义不答应啊！他们开着飞机越过了鸭绿江，在东北人民的头顶上像苍蝇一样又是拉屎又是撒尿呢，看样子早晚会打进来。走，跟我一起去保家卫国，打过鸭绿江，帮助朝鲜人民军兄弟赶跑美帝国主义！"

我这才意识到，民生的世界大过了六峰山，而我总是把目光盯在姚村。

这个春天特别冷，而地火燃遍了大地。我与民生穿上了厚厚的军衣，带着连队，坐上了往北开的火车。民生的挎包上绣了一束红杜鹃，像火那样怒放着，特别扎眼。火车到了北京后，转道向东，战士们一路歌唱，共同奔赴一个白山黑水的战场。所幸的是，这一次我与民生再也不用分开，终于可以并肩战斗了。

大江大河

朱 平

过了五月，曹娥江的水就汩汩地涨起来。梅雨还没结束，小暑又来了，日子就在一阵潮湿一阵闷热里翻滚。

元贵最恼这样的天气，雨太多，湿气大，总觉得屋子里的棉花湿答答地发黏，每弹一下，牛筋嗡嗡地振，虎口都是麻麻的。他把粘在额前的花絮抹开，手却不敢有湿的，刚放下槌子，门口夏姑便冲了进来："元贵，你那只小舢板呢？解放军要过江。"

"过江？你怎么知道要过江？"

"布告都贴出来了，我还在码头看到解放军一个个在跟人说，就在明天。快，小舢板呢？你藏哪里了？"

元贵不响，拿起槌子只顾弹棉花。小舢板是在的，但那只小舢板是他的。或者说，他所有的家当就只有那只小舢板。

夏姑不依不饶，走到跟前拉下弹弓："问你话呢！在哪里？"

小姐脾气又来了。元贵心里这样想着，却不敢有任何声响。本来嘛，他不过是个长工，夏姑是朱家大小姐，东家就她一个女儿，向来宠着。夏姑平日里倒不算娇气，但真要蛮横起来，那是十头牛拉不回的犟。

元贵把位置让出来，顾自走到床板另一边，拿起细竹竿把散在一边的棉花轻轻往里堆，再一缕一缕地挑松。往常他最喜欢做这个，棉絮飘起来就像雪花，他总要轻得不能再轻，连挑的动作都是小心翼翼，生怕袖口带风。

但今天明显烦躁，棉絮根本压不下去。更可气的是，夏姑在对面把弹弓的弦绷了又松，绷了又松，发出"嘭嘭"的声音，那一边的棉絮好大一片被弄得飞起来。这下元贵真恼了："这是金田家的喜被，少了斤两我可赔不起。"

"好好，我不弄就是了，那你告诉我小舢板在哪里？"夏姑歪着头笑眯眯地看着元贵，一边用手轻轻拍着棉絮往里整。元贵看着这笑感觉哪里不对，但又一时接不上话。果然，没等他反应过来，夏姑的手往上用力一吸，整片棉絮都飘了起来。"哼，你不说我自己找。"话音未落，夏姑已经往后门一溜烟地跑不见了。元贵望着乱成一团的床板，深深叹了口气，飘在面前的棉絮也被"呼"地一下吹得老远。

要说这个台门里最了解夏姑的就该是元贵了。元贵到朱家时不过十二岁，六七年过去，如今十八岁，他虽然瘦，但江里下网捕鱼绝对是一把好手。奇怪的是天天江风夹着海风吹，也没见他怎么黑。虽然常被人笑话白，但元贵觉得只要一站到夏姑旁边，他就会黑下去。夏姑要么像一道光，古灵精怪地抓不到她，要么就是江面月光下波光粼粼的细碎片，忽闪忽闪的，不知道哪一片是她。

朱家不算大户人家，不过是祖传好几代的弹花手艺人。据说刚开始的时候也是靠着一弦一木槌走江湖，像收破烂的走街串巷地叫卖，哪里有生意就哪里找块空地开张经营。到了夏姑太爷爷这一代，不知为什么就特别爱往曹娥江这个方向走，可能是江边的棉被容易板结发硬，也可能是当时这位太爷爷特别爱吃江里的鱼鲜，总之定居之后，生意越来越好。后来家族庞大起来，竟聚成了一个台门，都说朱家弹的棉被两大好，一是磨盘的功夫，二是压在棉被上摆的"囍"字。前面盖得舒服，后面看得舒服，虽然没挂牌匾，但也成了方圆几十里的老字号。

元贵什么时候流浪到这里的自己老早不记得了，也好像从来没去想过那回事。东家对他不薄，尤其是夏姑，几乎是从小到大的玩伴，抓鱼摸虾就爱跟在他后面。去年刚满十六岁，东家让夏姑接管账房，果然很快有了管家的模样，这下换成元贵跟在夏姑后面了。反正元贵也喜欢被夏姑管着，只是今天非要他捐小舢板，他还真不愿意。

小舢板是元贵捡来的破船，不知道哪里漂来冲在江边，他看着还行，就一块板一块板地修起来。自从有了这条小舢板，以前只能在滩上挖挖贝壳、捡捡田螺，现在一下子就能冲到江上海里，撒网捕鱼特别好用。夏姑又不是不知道，元贵对这条小舢板有多宝贝，别人家两三年刷一次桐油，元贵非要一年刷一次，就怕海边盐分大，船板烂得快。现在说捐就捐，元贵怎么都转不过弯来。

夏姑能到哪里去找呢？还不就是那几条村河。但自从江对岸驻扎了国民党军队，元贵老早悄悄转移了地方。听村里人说，国民党军队来了整整三个团，沿曹娥江东岸三十公里，抓了很多老百姓当壮丁，日日夜夜修防御工事，还搜罗所有江上的船，一律沉了。吓得元贵连夜把船挪到荷花塘里，也没敢叫人帮忙，一个人把船搬上岸，拖了好长一段路。五月的荷叶还小，长得也不茂密，元贵硬是把船弄沉了一半才算藏了起来。

棉花是没法弹了，外面的雨忽然大起来，也不知道夏姑带伞了没有。元贵拎起一把伞就往外冲，找遍了横竖几条村河，也没见夏姑。转到荷花塘的时候，他还特意去绕了一圈，一路隐约看到好几条船都半沉在塘里，不禁高兴起来。谁家不这样？又不缺我那一条。这么想着，就彻底放下心来。

只是夏姑会去哪里，这么大的雨，也不怕淋感冒了。元贵转了下念头，赶紧往码头跑，果然看见几名解放军正把一条木帆船往江滩上挪，个个被雨淋得睁不开眼，又好像怎么都使不上劲。元贵正看得出神，肩上被谁重重地拍了一下。

"看什么呢，还不快去帮忙？"金田全身湿透地从后面冒出来，"快，你也去，搭把手。"

"这是干什么？"元贵拉住金田，"你不懂吗？涨潮进港，落潮出港，哪里要这么推着下水？"

金田嘻嘻地笑，只顾往前去。元贵又问："这是谁家的船？"

"我也不知道，反正我娘说，好汉不吃眼前亏，管他什么军，他们来叫人，我们就去，不就出点力气的事，谁知道他们要怎样？"

说得也是，这是打仗，又不是捕鱼，平白无故地捐船出来，打沉了找谁说去。元贵问："见到夏姑了吗？"

"哦，在那里，江边那破房子里。"金田用手一指，管自己拖船去了。

真是瞎折腾。元贵一边嘀咕，一边往破房子跑去。刚靠近门口，就听到夏姑的声音："肯定不行，龙山高，下面都是滩地，国民党军队只要守在那里，我们肯定上不去。要走必须是蒿坝馒头山，那里我熟悉。"元贵刚站到门口，夏姑就看见了，一把拽过他，说："你怎么来了？首长，这是元贵，他比我还熟悉。元贵你说，馒头山的浅滩咱们去摸过鱼，如果从那里渡江，是不是肯定行？"

元贵忙点头。金田说得对，识时务者为俊杰，说是说解放军不乱杀人，但看这阵势，几个黄绿色军装的一脸严肃，威严地对着一张地图指指点点，谁知道什么时候一不高兴就抽出腰间那家伙。

"是不是，你说话啊。"夏姑推了元贵两把。元贵只得小鸡啄米似的继续点头，直说着："是是，长官，是这样的。"

叫首长的那人微微点头，说："现在的情况非常紧急，我们的部队一早开拔到东关、道墟，就跟国民党部队交上了火，敌强我弱，这样一对峙，不光消耗力量，一旦拖久了，势必影响整个战局，必须找到突破点。"他转头对旁边的人说："参谋长，你看怎么样，我们先派突击队去馒头山侦察地形，能不能从浅滩突破。留下的队伍抓紧训练，适应渡江作战，部队里好些是北方来的旱鸭子，水里跟岸上可不一样，先浅水练，再深水游，只有一天时间，必须抓紧。还有宣传队，多调几个人，一定要发动群众力量，对捐船的、搬运的，都要发大米、发工资，能够一起渡江的还要加倍，对群众的后勤保障必须到位，苦了我们自己也不能亏了他们，这样老百姓才有积极性。"

"是，首长！"参谋长赶紧布置下去，回头对夏姑说，"想不到你一个女娃这么有觉悟。我们一路找向导，见到我们不是躲开了，就是一问三不知。老百姓对我们还是不了解，曹娥江要是能渡过去，这一片就都解放了啊。解放是什么你知道吗？就是老百姓不受欺负，当家做主。"

"对，就是要不受欺负。我的三个哥哥去年都被国民党军队抓了做壮丁去，我爹也是没有办法才让我管家，他们年纪大了，管不了了。村口的广播是你们放的吧，我听了很久，好些都听懂了，没有共产党就没有新中国，我们要吃饱饭不受欺负。现在哥哥们在哪里也不知道，家里就我一个女孩子，还好元贵一直在帮我，如果我们不支前，不靠着你们，什么时候能翻身都不知道。"夏姑抓着元贵的手用力地紧了紧，元贵的脑门一下子冲上一股热血，去年国民党军队来抓壮丁的时候，幸亏他带着夏姑去抓鱼了，就是划了那条小舢板，那天还抓了特别多的鱼，回来却看到东家倒在地上动弹不得，如果他在，肯定也被抓了去，那就见不到夏姑了。元贵看了看身边这道光，一下子脱口而出："我找到小舢板了，我就是来捐船的。"

"真的啊！"夏姑高兴地要跳起来。元贵说："对，船沉了一半，比较难找。参谋长，我们可以一起去做工作，我知道村民把船藏在哪里了。"

参谋长也高兴地说："太好了，我派人跟你们一起去。"

"不用不用，你们做你们的事，我们两个保证完成任务。"元贵说，"对了，参谋长，能不能把捐船的奖励先给我？"

夏姑用脚狠狠地踹了下元贵，元贵"啊"地叫出声来。参谋长一看反倒笑了，说："这个没问题，我相信你们。"

元贵拎着沉甸甸的一袋米，想不起上一次吃大米饭是什么时候了。曹娥江口通江达海，尤其是咸淡水混合的水域，鱼蟹特别多，也正因为靠海，饿了就到水里抓几条鱼，滩上还能捡几只蟹，倒也没怎么饿着，但白米饭到底是不一样的，隔着袋子都能闻到香气。元贵把米袋子凑到夏姑跟前，说："你闻闻，你闻闻，多香啊！"

"瞧你那样！"夏姑生气地往外走，元贵紧跟着把伞送上去，夏姑接过伞转身就搁桌子上，"这个留在这里吧，外面大雨里面小雨的。"说完就往外走。

金田还在推船，装腔作势地特别卖力。见到元贵过去，又挤眉弄眼地说："你也来，快，帮我一把。"元贵笑着拍他两下，说："给你看样东西。"他找了个雨淋不到的地方，小心地把米拿出来："我把船捐了，这是奖励。"

"啧啧啧。"金田摸着米粒不停地摇头，"还有这种好事。刚才他们还问我，江里的鱼怎么打，他们自己也好几顿没米饭吃了。"

这倒是真的，夏姑出门就抱怨元贵，解放军自己都没米吃，干吗非要这袋米。元贵听了有点不好意思，但他也有自己的打算，一来是真的特别特别想吃米饭，夏姑不也好久没吃米饭了吗？二来拿着奖励去做工作，不是更有效果？现在金田被他这么一说，果然动了心，为了做那床喜被，还有准备彩礼，他家已经欠了好些银子。

元贵说："船别推了，快省点力气做点别的，帮我捞船去。刚才首长说了，捐船的、搬运的，还有能一起渡江的，都有奖励。"

"那我是不是能拿双份？"金田像是突然开了窍，丢下绳子就跑向拖船的队长，肯定去说涨潮的事了。

元贵也想拿双份，他问夏姑："首长说的突击队是真的吗？我能去吗？"这也是夏姑正在考虑的问题，刚才情急之下这么一说，现在想想还是很担心。元贵虽然熟悉地形、水性不错，也会划船，但真要做突击队员，万一碰到国民党军队，肯定吓得不轻，那就误大事了。一早她在码头观察了很久，老百姓表面上很欢迎解放军，但其实能躲就躲，能避则避，哪个小老百姓不怕朝廷不怕官，更何况国民党军队三天两头放个冷炮，开春后那么多鱼汛她都没敢让元贵去，万一碰颗枪子，那就是有去无回。但如果失去这个机会，不能一举拿下，横竖都是有去无回。刚才首长说了，对岸的国民党军队是根难啃的骨头，如果以硬碰硬，肯定难，必须智取。夏姑点点头，说："当然去，我也去，就用你的小舢板。"

"你也去？你一个女娃怎么能去？这绝对不行。"按往常元贵怎么都不会说出这样的话，但突击队又不是小孩过家家，"你打打不过，跑跑不快，不能去。"

"傻瓜。"夏姑突然就笑了出来，"你一个人去我不放心，万一他们说的话你都听不懂呢，我怎么也是念过几年书的，我可以指挥你打，跟着你跑。"说着夏姑就跑起来，元贵赶紧去追，荷花塘的田埂都是烂泥，被雨下得打滑，急得元贵直接掉进了塘里。

金田赶到的时候，元贵已经一身泥巴一身雨水地把小舢板拖到了岸边，舀完船里的水，竟然瞥到舱里还藏了条大鲢鱼，大概是被船板夹住游不出去了。夏姑开心地大笑起来，又有米又有鱼，元贵也觉得一切都是好兆头，听夏姑的准没错。小时候念私塾的时候，夏姑就是最灵光的，别说识字背古诗，就是心算也特别快，一床被子送来的时候多少重，弹好了多少重，再按着被子的面宽加上纱线是多少重，她闭眼都能说出来。有时候元贵跟她报账，哗啦啦一长串，她一下就能说出个总数，如果数字报错了，她还要指着说他不仔细，吓得元贵每次都要多加几分小心。夏姑说她脑子里有个算盘，噼里啪啦地自己就在那里打好了。元贵听得一头雾水，但他越来越相信，听夏姑的不会错。

小舢板一路抬到河边，他们见谁就说这事。没一会儿，村民都七七八八地抬了船出来。本来嘛，船沉在水底时间长了会坏，有的就算藏得很好，也担心哪天保不齐被搜出来，不如拿了奖励实在。

一下子收到那么多船，参谋长高兴地多奖励了一袋米。这下金田更积极了，直说还差多少船，他全包了。参谋长告诉夏姑，晚上就发起总攻，突击队要趁着夜色先行出发。从百官到馒头山大概八公里路，如果从水路走，黄昏就要出发。

领了任务，元贵倒安心起来。回家换了身衣服，夏姑一边煮饭一边杀鱼，柴火烧得很旺，元贵也躲过去烤火，初夏的水还很冷，现在才觉得缓了过来。夏姑只穿了单衣，元贵把自己的那件大厚夹袄拿了出来，给她披上。还没上身，夏姑就躲了开去："忙着呢，不冷。"

这夹袄是元贵最厚的衣服，也是划小舢板的必备之物，江面宽，风大浪急，可以说每个常去捕鱼的人都有这么一件。开始也不过是件粗布上衣，后来一块补丁摞着一块补丁就渐渐厚起来，不同的是别人家的袄子上面除了汗水就是江水，常常夹着一股咸臭的鱼腥味，穿起来简直就是一件又硬又沉的盔甲。元贵的这件却从来都是干净清爽的，夏姑把攒下来多的棉絮替了一些进去，成了一件真正的夹袄之后，他就更加宝贝了，拉网收鱼都要在外面披层油纸，如果下雨了宁可脱了夹袄再去收网。

金田每次看到都要笑话他，说他"只要俏，冻得跳"。元贵才不会理他，他特别喜欢躺在船板上晒太阳，每次就拿这个当被子盖，又软又厚，压风还保暖。金田这下又羡慕得紧，元贵才笑他："等你有了喜被也可以这么盖。"金田叫起来："原来你这是喜被啊，怪不得这么舍不得。"如果是喜被就好了，元贵仰面躺着闭上眼睛，任太阳亮亮地照在脸上，就像做梦一样。

米饭的香隐隐地飘出来，汤锅里的水好像已经能听到沸腾的声音，元贵想着黏稠的米汤和脆脆的锅巴就忍不住咽了口水。夏姑说："你赶紧去弹花，金田的喜被等着用的。"

"也没那么急，这兵荒马乱的，早着呢。"

夏姑把鱼鳞刮得飞快，头也不抬地说："让你去你就去。等我这边好了，你那边也可以收线了，我来放'囍'字。"

就要离开这个暖乎乎的地方了，元贵赶紧用火钳拨了几下柴火，里面红彤彤地烧得更旺了，还发出呼呼的声音。他想如果现在能丢个红薯进去就好了，要不放根玉米也行，不知道把鱼放进去能不能烤得好吃，那要在外面包层荷叶，还不能被夏姑发现，不然她又要说。

说就说吧，反正都听你的就是了。元贵和着节奏"砰砰"地弹着棉花，觉得今天的槌子特别轻，手起槌落，干脆利落，快得像上了发条，棉絮也飞得更有弹性，显得更加白净细腻。只是奇怪，往常夏姑最烦放"囍"字，总说绕来绕去放不工整，还要看上去有立体感，那就更难了。今天怎么这么有兴致？元贵把弓弦埋得更深，棉花就飞得更高，如果不是这么大的力气，金田这祖传的被子比压板上的豆腐干还瓷实，还真没人敢接手。

　　元贵想起金田总是一惊一乍的表情，就觉得好笑。金田也老大不小了，好些年才说成这门亲事，据说那姑娘没别的要求，就想要一床喜被。金田家哪有大红的被面，买也买不来，借也借不到，思来想去还是觉得不能亏了人家姑娘。金田再三央求元贵，被面上的"囍"字一定要体面。这还用说吗？元贵虽然不识字，但摆"囍"字却是很有本事，这本事以后还要传内不传外、传男不传女。元贵想着就又顾自笑起来，哪来的男女啊，如果，如果，忽然他的脑子里就闪出一个念头，如果突击行动有个三长两短呢？

　　怪不得夏姑这么催他，她一定是想到了这一层，才这么大方地煮白米饭，不然肯定是煮稀饭的。元贵的手不觉沉重起来，听着灶间锅铲的碰撞声，突然涌上一阵说不出的难过。他把纱线一根一根拉直了平铺在棉絮上，横线纵线密密地拉成网状，往常都要两个人站成对角线拉的，但现在他觉得一个人也可以。不记得绕了多少圈，总之他像要把整捆纱线都用在这床喜被上一样，如果回不来，这将是他弹的最后一床喜被。

　　夏姑叫他吃饭的时候，他才想到还要放"囍"字。"囍"字应该在纱线中间，这样才不会走样，夏姑看着密密麻麻的纵横线，笑着说："金田看到八成高兴得要疯掉，我都没见过做得这么厚实的喜被，你看看你，绷了多少层，这下亏大了。"她随手拿起一旁的红绿纱线："来，摆好'囍'字就吃饭。"

　　本来他是想自己先摆一根绿线，红线让夏姑依样画葫芦就可以了。但夏姑非要自己来，绕了好久，还是歪歪扭扭地不成样。元贵憋着心头的难受，不耐烦地说："你不要弄了，我来，我都饿死了。"夏姑不情愿地让开，可是纱线在他手上却抖得厉害，这是从来都没有过的事。摆好"囍"字就吃饭，吃完饭就该准备出发了，很快日近黄昏，很快天色就黑，元贵觉得自己的心都在抖。

　　不知什么时候，夏姑的手盖在他的手上，他瞬间感觉被一种温暖包裹，像是冬天掉落江里，明明外面数九严寒，水底却温暖如春。"我教你。"夏姑的声音传来，元贵的手不由自主地跟着夏姑的手，横竖左右，字要够大，线要够粗，末了还要再叠一层，红的厚，绿的薄，"囍"字看上去更加立体。明明夏姑比他还要会，明明夏姑什么都知道。元贵的手像是已经融化了，可是夏姑的声音比手还柔软，她说："元贵，这是我们的'囍'字。"

一路赶到码头，元贵还感觉晕晕乎乎。小舢板已经泊在岸边，漂在浩瀚的江水里，他第一次发现曹娥江那么宽，船又那么小。船身随波而起，黄色的江水沿着船舷翻滚，船又随浪而下。然而一沉一浮间，元贵的胸口却有种喷涌而出的力量，在催他前进。

江岸一片热闹，各种河船海船齐刷刷排成一排，金田挥着大旗指挥得有模有样。参谋长布置突击任务，元贵才知道金田已经做了临时船队长。"船队长是不是奖励更多？"元贵问。参谋长笑着说："都一样，现在好多人抢着干。幸亏了你们，这么短的时间就征到二百多艘船，我们一不偷二不抢，全靠老百姓自觉自愿。给的奖励待遇虽然不高，但不光是你、金田，还有其他好多老百姓都帮我们做工作去了，一传十十传百，比我们的宣传队强多了。"

正说着，金田也跑了过来："报告参谋长，船都集结好了，就等首长命令。"参谋长望着整一排船，满意地点头："不错，金田，你的宣传能力、组织能力都非常强，这些船你要负责到底，编号排序，跟谁家借的，有什么损耗，都要记在账上，我们怎么出发就怎么回来，一条都不能少。"

金田立正敬礼，大声回答："是，参谋长，保证完成任务。"

元贵笑着说："金田，才半天，你就有模有样了。"

"那是当然，我又接到新任务了。"金田拍着胸脯说，"这可是我的强项，你看那边，他们在练水性，都北方来的，一见水就晕、一上船就吐，我等下就教他们练憋气，还有怎么划水，真要掉江里了，狗刨的都管用。"

"对对，你那几下比狗刨的管用多了。"元贵作势装着样子，逗得夏姑都笑了。

参谋长说："金田是个好同志，不光集了那么多船，还把自己家的房子给我们做指挥室，那个破房子不用了，伞你们带着，这天气，指不定什么时候又下雨了。"

金田一看就知道是元贵手上拿的那把伞，面有惭愧地说："唉，是我认识不到位，捐了船才明白解放军是真的好。你们搬进去没多久，我娘就一直在夸，说你们来了，她都不用做事了，挑水、劈柴、烧火，战士们卷起袖子就干活，地上扫得很干净，水缸都是满满的，走到哪里就整齐到哪里，甚至园子里摘点蔬菜都给钱。哪像国民党军队，来了就打枪，弄得鸡飞狗跳，乱成一团，一边抓壮丁，一边杀猪喝酒。参谋长，人心都是肉长的，我不过借了个地方给你们，但你们不拿群众一针一线，还把我们团结起来，杀到江对岸消灭国民党军队，我弟弟都想跟你们去。"

"那好啊，热烈欢迎，你让他来报名，我立刻安排。还有你，我看你也很有潜力。"参谋长笑着说。

金田倒愣了下，连连摇头："不不，我还要娶媳妇呢，我那喜被已经让元贵在弹了。元贵，你要弹得好一点的。不对啊，元贵，你这就去突击队了？那我的喜被怎么办？"

"什么怎么办？"夏姑一下踩在金田脚背上。金田疼得大叫起来，才回过神赶紧说："是是，我乱说我乱说，元贵你一定要早点回来，不然我就不娶媳妇了。"

"这还差不多。你抢了那么多任务，我们还等你办喜酒呢。"夏姑说完看了眼元贵，元贵竟刷地脸红了。夏姑说："参谋长，突击队任务特殊，能不能先给我们训练下，打仗的船和打鱼的船可不一样。"

参谋长哈哈笑起来："我看你这个女娃潜力更大，考虑问题非常周全，你放心，我已经安排好了，全队十个人，元贵就负责划船、带路。"

"那我呢？"夏姑问。

"你们两个只能去一个。"

"不行，我必须跟元贵一起去。"夏姑说，"参谋长，一来元贵可能听不懂北方战士的话，二来元贵又划船又看路，我在能有照应。你看我都准备好了，这是路线图，上面哪里有暗礁，哪里可以藏身，我都知道。我的建议是突击队分两条船，彼此有个掩护，甚至有人受伤也好周转。"

参谋长微微点头："你这个女娃，的确有想法，我们再仔细商量下。"

战前训练只有两个小时，元贵既兴奋又紧张。打枪扔手榴弹，怎么救伤员，怎么救自己，都让他战战兢兢、忐忑不安。尤其在营房看到那么多受伤的战士，白色绷带渗出的鲜血，他连眼睛都不敢睁大，但夏姑一直用手轻轻捏他，他很快觉得也没什么大不了的。革命不就是流血流汗，千千万万个战士倒下了，还有千千万万个战士站起来，现在，他就是站起来的那一个。夏姑说，等完成突击队任务，她也来这里上识字班，私塾和识字班教的肯定不一样，等她学会了就教给他，"福""禄""寿""喜""富""贵""康""宁"各种好寓意的被子都可以弹。

突击队最终确定两条船，参谋长把他们送上小舢板的时候，金田也跟来了，原来另一个船工就是金田的弟弟。金林和元贵同年，也有一等一的好水性，只是元贵的水性是自己练的，金林的水性却是被逼出来的。金林家的田在江对岸，每次都要摆渡过去，后来农闲的时候，金林就自己在江上开了摆渡船，风里去浪里来的，赚的钱虽然辛苦，但也能补贴家用。偏那天刚摆渡到江心的时候，被国民党军队的船拦住，船被一下子翻沉不说，船上十几个人都掉到江里，早春的江水还很冷，有几个就再也没上岸。

金林恨透了国民党军队，一心想报仇，甚至常常伏在江边的草荡里，看有没有机会突袭，弄倒一个是一个。要不是解放军指挥部搬到家里，母亲是一定不让他报名的。后来他说："哥在家娶妻生子，保护爹娘，我到外面参军打仗，保卫国家，都一样。如果我不把船上那几条命要回来，我一辈子都不安心。"母亲含泪送别，终于说："金林，你安心去，我的儿子和我院里的儿子一样，都是国家的儿子。"

参谋长也感动了，想不到一位老太太能有这样的觉悟，他抱歉地对金林说："突击队时间紧、任务重，你虽有一腔热血，但一定不能冲动，随时都要保护好战友，更要保护好自己。这是参军的奖励，先从我这里预支一块大洋，还有军装也来不及领，这是我的军帽，你戴上，回来还给我，换一整套新的。"

队员们已经集结完毕，队长做了简单的战前动员便分头上船。船像离弦的箭往江心驶去，天又下起小雨，风也越来越大，四周望去，一片雾茫茫的。金林熟悉水域划在前面，元贵的船上只有夏姑和队长，他们研究了很久路线图，但一路比对过去，好几个点都有误差。到底是凭记忆画的，以前注意力在摸鱼上，现在许多细节回忆起来都不确定。夜幕渐渐落下，江面上的薄雾越来越浓，能见度也越来越低，两船人都不再说话，只有划船的水流声哗哗作响。

离馒头山还有一里路的样子，队长指令靠岸休整。旁边是一处芦苇荡，水浅草深，元贵担心小舢板搁浅，随手点起一根蜡烛。队长正在拨开船旁的苇草，等他看到火光刚要制止，已经听到有人呵斥："什么人在那里？"夏姑眼疾手快，将蜡烛踢到水里，队长压低声音说："快伏倒。"一声冷枪就传了过来。三人动也不敢动一下，过了许久，终于听到船桨划水的声音，队长对夏姑做了个手势，侧身翻到船下。

"什么东西掉水里了？"等到对方的船头冒出来，元贵终于看清说话的是国民党军队的巡逻兵。

"长官，是我抓的鱼掉江里了。"他紧张地搓着手，说，"被枪声惊着了，手一滑，鱼就掉船板上，扑腾两下没抓住掉下去了。"元贵指着对面的水："您看，一下就不见。可惜了，还是条海鲈鱼。"

身后年轻点的巡逻小兵一步跨上小舢板，大摇大摆地从船头走到船尾，又从船尾走到船头。船身剧烈地摇晃起来，夏姑吓得直往船边挪，刚好就是队长翻身下去的位置。船身慢慢斜到一边，元贵见状连忙退到夏姑对角线的地方，船身才又慢慢斜过来。小兵站在夏姑边上，看了两眼说："哪来的鱼，连个鱼篓子都没有。你说，你们两个这么晚了出来摸什么鱼？"

夏姑连忙回答："长官，我们吃了晚饭刚出来，您不知道，开春鱼汛多起来，我们白天不敢出来，怕影响你们工作，晚上人少，水也静，这个时间点鱼都饿了，就喜欢到水草多的地方觅食。"夏姑又对着元贵说："快把地笼拿出来。"

"长官，那个地笼就是用来捕小鱼小虾的，捕来的小鱼小虾这两天我们都没舍得吃，拿来做鲈鱼的饵子了。鲈鱼这东西好娇贵的，对水的要求高，对吃的也讲究。小长官，我看你不像本地人，赶明儿我们还在这里，给你们留几条大的，海鲈鱼就这个季节才鲜。"夏姑说完叫元贵去把地笼放苇草丛里，但小兵围着夏姑越看越起劲："小姑娘伶牙俐齿的，长得也俊，要不到江对岸钓吧，哥哥看你钓鲈鱼。"说着伸手去拉夏姑，夏姑一声叫出来，元贵跟着扑了上来，小舢板剧烈地摇晃起来。

那边船上的巡逻兵一看这场面慌了，举着枪瞄来瞄去大声地喊："不许动，再动我开枪了。"但元贵只顾和小兵扭在一起，夏姑始终被隔在小兵后面用不上劲，忽然想起船舱肚里的雨伞，一把抽出来狠狠地刺过去，小兵腰一软歪了下去。与此同时，"砰"地枪响了，元贵脑子一静，一个反手就把小兵扣在船板上，夏姑拉过绳子三下两下绑好了，又随手抓一蓬苇草塞进嘴里。转头才发现船上那个巡逻兵已经倒在血泊中，队长浑身湿透地站在船舷上。

队长说："这里不能久留，我们从岸上走。"

"那他怎么办？"元贵指着小兵。队长叹口气："都是爹妈的孩子，浙东一路解放过来，国民党军队已是强弩之末，放了他吧。"

"他会回去报信的。"

小兵"呜呜"叫个不停，夏姑伸手拔了苇草，小兵喘着气说："不会的，长官，我是被抓了壮丁才当的兵，我不回去，我跟着你们。"他见队长没反应，继续说："如果你们要到对岸去，不走水路，必须翻过凤凰山才能绕到馒头山，我们驻军在那里半个多月，我天天在这附近巡逻，路我熟，我带你们去。"

天色基本黑了下来，元贵和金林虽然知道大概方向，但刚才水路都出现误差，更何况翻山。队长还是摇摇头，故意说："这一带我们也熟。解放军优待俘虏，我看你这么小，还是早点回家，我给你路费。"

"不不，长官，我这怎么回去也不知道，你就让我跟着你们，我也恨国民党军队，但我不那样他们不把我当自己人。"小兵一改刚才的痞气，转到夏姑面前："妹子，我给你跪下了，刚才是我不对，你就让我跟着你们，等解放了，我回家才有好日子过。"

夏姑看看元贵，元贵看看队长。队长说："你说得对，解放了才有好日子过。那就跟着我们，你来带路，速度要快，时间要短，如果中间出点差错，再想回家可就没机会了。"小兵连连点头，虽然双手绑着，但行动迅速，芦苇荡里只转了两下就上了小路。再过去是村庄，看起来空空荡荡，没走多久，却隐隐听到后面传来车声，还有灯光。队长示意大家藏起来，用望远镜一看，不光有汽车灯光，还有手电筒灯光，行军速度很快，看起来训练有素，难道是国民党军队的增兵？眼看队伍越来越近，小兵挥手示意，转到屋后的小路上，竟然有一段泥路直直地往上。大家三下两下跟过去，很快上到一处小山包，原来是座土庙。

小兵靠着墙角小声说："早上听他们在说，会有派来增援的队伍，馒头山那地方偏僻，驻军周围村子基本没什么人，壮丁抓不到，防御工事修得慢，只有两个地堡还有点威力。我们都想着反正解放军就要打过来了，早晚要被冲破的，好几个壮丁趁不注意跑了，结果被抓回来死得更惨，人心散得厉害，听说领头的往上报告了好几次，现在总算派人来了。"

"他们有车，只能走大路，有车不见得比我们快。"队长说，"我们要赶在前面渡过去。"

元贵说："对的，我记得下了凤凰山就是馒头山，那里有处浅滩，但必须要船，我们现在没有船。"

"这不是问题，我知道哪里有船。"小兵望着大路上的队伍慢慢过去，终于舒了口气，"妈的，增援来了，我偏不做国军了。"

金林"扑哧"笑了出来："过了今晚，看你明天怎么说？"

队长咳嗽两声，几人赶紧不说话。他把小兵手上绑的绳子松了，压低了声音说："你就是我们的人，再回去他们也不要你。赶紧出发，必须赶在前面。"

"是。"小兵松松双手，直接往庙里进去，从后门穿出，又是一条山路。一队人匆匆前行，爬上馒头山顶的空旷处，山脚的曹娥江一览无余。深灰色的天光里，江水如一条大蟒盘踞在两座山间，夜风夹岸而过。

元贵一个激灵，脱下夹袄给夏姑穿上，用力地紧了紧衣领。夏姑任由他整理，只是抬头望他，眼里的小星星在月光下特别明亮，元贵不禁双手扶住她的头，轻轻叫了声"夏姑"。金林在后面催促："嫂子快点。"元贵刚想骂人，却又一下子忍住了，心想，金林这小子，真够精的。他拉起夏姑的手，赶紧跟上。再往下，战争随时可能打响。

快到山脚的时候，走在最前的小兵突然脚下一滑，金林想要拉住他，却已经滑了一段路，幸好被一棵大树挡住才稳了下来。小兵伤得不轻，队长一摸脚踝，说："骨头应该没事，但也不能再走。"

元贵说："我来背他。"

"不用。"小兵挣扎着起来，"给我找根树枝，船离这不远了，我不碍事。"

转过几个弯，一片水域豁然开朗，十来艘船齐齐地排在河边，大家都兴奋起来。突击队分头查看地形，怎么处理这些船成了问题。队长沉思片刻说："整个水塘只有一个出口，现在时间紧，如果把船弄沉不仅响声大，而且工具、人手都不够。"

"队长，我看是不是把这些船都放了，趁着夜里退潮，用水流把船带走。"夏姑说。

小兵靠在一边已经满头大汗，他喘着粗气说："对，看来只有这个办法。国民党军队驻地接应的人也会过来，时间没剩多少了，这些船都要放掉，我们用竹排渡过去。"

谁都看出小兵强忍着痛，尤其是停下来后，再要向前挪更加艰难。元贵扶着他，还没站起来就又歪下去。金林撸起小兵的裤管，一看腿关节已经肿得跟腿肚子一般粗了。"不能再走了。"金林蹲到前面，不由分说就把小兵背起来。队长问："竹排在哪里？"小兵却一句话都没说，金林扭头一看才发现他已经泪流满面。金林急得赶紧把他放下来："啊呀，你哭什么，快说竹排在哪里？"

小兵哽咽着："从小到大，只有亲爹才这么背我。金林哥，我叫你哥成吗？"

金林重重地点头，他想起参谋长的话："解放军打仗就是为了解放穷人，我们来自五湖四海，但我们都是兄弟姐妹。"他整整参谋长给的帽子，说："好兄弟，我背你。"

两张竹排就拴在船外面，不仔细看根本发现不了。上了竹排，元贵、金林各撑一张，顺着水流急急而下，而另一边，放散的船只也很快离岸，越漂越远。从这里到驻点有很长一段浅滩，以前元贵来摸鱼也看到过竹排，当时就觉得扎张竹排挺不错，吃水小、浮力大，比船轻，速度也快，在这种浅水滩摸鱼很好用。但越靠近江东，越觉得小兵的主意很好，竹排没有木船划桨时嘎吱嘎吱的响声，尤其在看起来夜深人静又风平浪静的江面上，非常有优势。

他们要完成的不仅仅是侦察任务，更要在这个防守薄弱的驻点直接突破。队长说："突击队就是'敢死队'，就是'枪靶子'，别看我们现在生龙活虎，很可能下一秒就被炸个粉碎稀巴烂。"他把"稀巴烂"三个字从牙齿缝里蹦出来，元贵的牙床也下意识地抽紧，早知道夏姑就不该来。

他总是若有若无地望着她，月光下的江面显得特别宽，而夏姑就像被蒙了一圈光影，裹在夹袄里显得特别娇小，元贵在心里默念：我一定会保护你，胜过我的生命。他小心地撑篙，动作尽量轻，竹篙抽离水面，连划水的声音都几乎听不到，只有自己的呼吸声跟着提拉的一停一顿，感觉那就是一把机关枪，随时可以抽出来高高扬起，狠狠地一顿扫射。

对面驻地一片安静，只有三三两两的巡逻兵在堤岸上走来走去。小兵趴在竹排上，望着对岸，他那只被扭伤的脚已经肿胀得无法动弹，直直地挺在那里。他说："我们平常的巡逻队分三组，但从昨天开始，已经加强力量。你们能看到的只是第一道，还有第二道，然后是两道交通壕，修得又深又宽，有吊桥，有电网，平常吊桥不用，架梯才能攀登。过了才是地堡，虽然是石灰窑改造过来的，但居高临下视线好，一旦开炮射击，几乎没有盲点。"

队长频频点头，国民党军队的作战方式他们研究过，如果不是精良部队，基本就是这种打法。问题是现在力量悬殊，任何响动都会惊动驻点。队长让竹排隐入附近水草丛，决定兵分三路，一队泅水过去，出其不意去除巡逻眼线，另两队直接上岸，其中一队制服巡逻兵，另一队直冲地堡，避开火力狙击。小兵已经不能移动，夏姑跟着留守竹排，以便接应撤退。夏姑虽然表示不满，但还是服从大局。元贵又一次替夏姑整了整夹袄，便翻身下水。

沿堤岸一路泅水，很快到了预定位置，元贵找好支点在下面站稳，队长踩着他的肩膀一个飞起，直接把岸上的巡逻兵扑倒，其他人相继上岸。与此同时，岸上的一组也撂倒了一个巡逻兵，有人喊起来，枪声也跟着响起来。子弹在耳边呼啸而过，黑暗里枪火的光亮此起彼伏，元贵什么也不管了，直直地往壕沟冲去。但梯子已经被国民党军队抽掉，大家互相推拉，再次用人梯登上。剪去铁丝网，避开绊脚坑，各种致命的障碍物到处都是，很快就有队员受伤，元贵的脸也被弹片擦破，脚上好像也有伤，但他什么都顾不得了，只有一个念头——"向前冲"。

四周战壕和石墙处看起来已经没有什么火力，国民党军队节节退守龟缩进地堡。此时的地堡就像两只穷途末路的野兽负隅顽抗，疯狂地吐着枪火。不远处看到金林的身影一闪，元贵知道爆破组已经冲到附近，正准备炸药。火力组守着两侧枪眼，一方面压制火力，另一方面防守对面地堡的侧射。地堡虽然火力大，但越接近，它的射击死角就越大。一名狙击队员匍匐到地堡的两个枪眼之间，就在国民党军队的眼皮子底下，通过一个枪眼往地堡里塞手榴弹，却被另一个枪眼的机枪扫到，倒了下来。很快地堡内手榴弹爆炸发出巨大响声，地堡被炸出一个洞，国民党军队乱成一团，火力顿时失去威力。

就在突击队在爆炸烟幕中乘胜追击的时候，金林突然倒地，元贵冲过去想要扶住已经来不及。他捂着左胸一脸痛苦，眼里只有惊恐与绝望。元贵用力地把他揽在怀里，替他捂住左胸，过了一会儿才想起怎么胸口没有流血，仔细一看果然没有血，赶紧把他移到一旁。金林长吁一口气，从胸前摸出一块大洋，正是参谋长预支给他的那一块。大洋上有一处深深的凹痕，元贵说："你命真大。"金林忽然直起身四下里看，终于找到掉在一旁的军帽，用力地抓在手上，捂到胸口，眼泪都下来了。

天色微亮，枪声越来越稀疏，局势已被完全控制，对方的人纷纷缴械投降，有的从地堡里鬼哭狼嚎地出来，有的从战壕里被灰头土脸地架出来。元贵趁着空隙赶紧跑回上岸处，看到夏姑仍在船上，才松了口气。他跑过去叫："夏姑夏姑，我们胜利了。"夏姑也向他挥手，起身上岸，刚爬了一半堤坝，水里却响起巨大的爆炸声，火光冲天，竹排被整个翻起来，水面炸出大片水花。元贵惊得不知所措，忽然看到旁边人影一闪，来不及多想，追过去端起机枪一顿乱射，尘土夹着烟雾，什么都看不清。直到机枪搋不出子弹，四周也完全安静下来，水面零星地浮起几根竹片，整面江水都被鲜血染红了。元贵无力地跪下来，望着夏姑上岸的地方，空荡荡的什么都没有。

队长和几名队员从后面冲上来直奔岸边。金林扶起元贵，元贵的身子一直往下沉，金林用力地把他揽在怀里，却不知道怎么安慰。忽然，金林看到水面隐约浮着一件衣服，他推推元贵，说："夹袄，夹袄！"元贵忽地坐直了身，疯一样地起来，一个猛子扎进水里。

许多年后，元贵仍会常常想起落水的那个瞬间。清冷的江水像一针强心剂，鲜血的腥味如海水倒灌刺激鼻腔，五脏六腑在翻江倒海，而他像机枪扫出去的子弹，用尽所有力气飞速向前。一个伸手却拍沉了衣服，棉絮吸饱水很快又肿胀着浮起来。他抓在手里，嘶喊着"夏姑"，江水像是要把他也吞没，他绝望地沉到江底又任由水力浮到水面，根本没有回音。直到金林的竹排停在身边，他才看到夏姑浑身是血地躺在上面。金林跳到水中，把他托到竹排上，他颤抖着爬过去，夏姑已经没有知觉。他用力地摇她叫她，队长一把把他拉开，说："夏姑没事，她被气流炸晕过去了。"

炸弹炸碎了小兵，而夏姑因为堤坝挡住半身，捡回了半条命。两张竹排剩了一张，去的人却剩得一半不到。元贵把夹袄挤干水，盖在夏姑身上，他一直静静地守着，任竹排漂在江中，血水渐渐淡了，直到看不见那片狼藉。前方传来捷报，大部队已经迅速渡江登上龙山，国民党军队在两面夹击下，防御阵地被一举击溃。晨光穿出云层照着江面，泛着明亮的光，新的一天开始了。元贵伏在夏姑耳边，轻声说："真的解放了，夏姑，你听到了吗？"

元贵和夏姑结婚那天，也是这样的天气，晴朗、湿润，江面吹来咸咸的风，夏姑一身红嫁衣坐在小舢板中央，后面是更大的一只小舢板，锣鼓齐鸣、唢呐祝福，江边一排渔船挂满彩带整齐地停靠着，领头的金田和金田媳妇挥着彩旗，最大的一艘渔船停在前面，元贵披着大红绸神采飞扬地站在船头。

渔船缓缓前行接小舢板到岸边，元贵走过去，把夏姑用力地抱起，岸边的欢呼声更响了。岸上，金田已经准备好一把椅子，和小舢板一样的颜色，桐油刷得锃亮，好像把阳光也凝固在了木椅上。元贵把夏姑轻轻地放到上面，仔细地用一块四方的小棉被盖在她的膝盖上。看得出还是那件夹袄，元贵重新弹了花，替了棉芯，同样在里面编了"囍"字，细密柔软的红绿纱线，他用圆盘磨了很久，像熨斗熨过，服帖平整、饱满有弹性。医生说，有一颗子弹导致夏姑颅脑外伤出血，压迫中枢神经，随着血块的吸收，有可能恢复半边瘫痪的部分功能，但完全恢复的可能性很小。

屋门口的小河上，元贵利用架起的小桥搭了一间房子。房子有窗，可以望见曹娥江，春夏秋冬，每天元贵都会把夏姑抱出来，坐在那里，看江水东流，潮涨潮落。

北　撤

顾志坤

一

当新四军浙东游击纵队政治部文工队指导员虞海娟在山泉村那间民房的松板床上被一个噩梦惊醒的时候，离她约上百千米远的杭州湾中一座面积不到零点五平方千米的小尖山岛上，一个名叫周海生的新四军浙东游击纵队教导大队的大队长却是彻夜未眠。

小尖山岛四周的潮水这时已经退去了，太阳刚刚从海平面升起，因为有台风将在三北沿海一带登陆，海面上的风浪比平时明显增大了许多。尽管如此，现在毕竟还是仲秋的季节，在白天，经过太阳照射的海滩仍是温暖宜人的。

此刻，在小岛南侧的一块巨岩下，三五成群地靠坐着一些穿着灰色军装的人，他们衣衫褴褛，目光呆滞，严峻可怖的脸上满是血污，模样看起来简直是人不像人，鬼不像鬼。

小尖山岛的岩石呈灰黑色，当地渔民将这种岩石俗称为火山石，遇到雨天火具和柴火受潮时，在杭州湾捕鱼的渔民会把船靠上这座小岛，然后取几块火山石互击，即能发出火花，点燃柴火，或取暖，或烹食。

这时候，在一块岩石下面的避风处，有两位战士就在击石取火，在他们猛烈的互击下，有一朵小小的火苗落在了一堆从岛上采来的枯草叶上面，枯草叶很快便燃烧了起来。随即有战士取来一串用铁丝串着的小石蟹，在火焰的烧烤下，烤熟的小石蟹不时发出阵阵的清香。

一会儿，烤熟的小石蟹很快被战士们送到在旁避风的伤员们手里，这是一处面南的滩涂，滩涂上横七竖八地兀立着一丛丛黑褐色火山石，像是一个个龇牙咧嘴面目可怖的妖魔鬼怪，石丛间到处可见被海浪冲刷上来的杂物、海藻和残乱的已经白化的人骨，这是某次海难留下的痕迹。石丛的另一侧，是伤员的临时安置处，这是处避风的滩涂，面积也就十几张桌面的大小，却拥挤着几十个伤员，在伤员躺着的不远处，是一些被炮弹和海浪击碎的破船板和船上的杂件，像是被屠夫肢解的兽肉的尸块，散落在滩涂上。

当然，最令人触目惊心和毛骨悚然的，恐怕还是伤员们躺着的滩涂了。这滩涂原本呈黄黑色，而现在则呈红褐色，那是躺在滩涂上的伤员们的鲜血染红的，整整五个小时过去了，除了做过一些简单的包扎外，所有的伤员没有也无法接受进一步的治疗，轻伤员尚好，许多重伤员的血依然在淌着，那些血呈流动状，一条一条的，像山涧里的小溪，顺着斜坡流下去，然后与浑黄的海水融为一体。最糟糕的是一些被子弹击中胸腹部的贯穿伤战士，因为受伤的部位被海水浸泡后，伤口受到感染而肿胀，从而引起剧烈的放射状疼痛，一些战士因为实在难以忍受剧痛而只好大声地哀号，有的甚至在沙滩上不停地打滚。

这时候，在岛上一处能看见四周海面的破房子前面坐着五个人，他们正在秘密召开一个支部会，支部会由教导大队大队长周海生主持，参加者有副大队长谢侠虎、参谋长余达。余达昨晚随二中队行动，不料他们乘坐的二号船在行至杭州湾的小尖山岛海域时，遇到了一艘国民党军队的巡逻艇，双方随即展开猛烈的交火，余达在这次战斗中被一颗流弹击中腹部，伤势不轻，此刻他正躺在谢侠虎旁边，听大家说话，偶尔也会睁一下眼睛，有气无力地发表一些看法。

余达的旁边是政委赵月娥。赵月娥是河北任丘人，是个老资格的革命者，她原是纵队野战医院的院长兼政委，部队北撤时，野战医院无法成建制撤退，只好分散行动，在医院所有的医生护士被分配到各部队后，最后只剩下赵月娥。赵月娥所在的野战医院是团级建制，也就是说，赵月娥是个团级干部，团级干部无论随哪支部队行动，总得给她一个相应的职务，可排来排去，不是这里满了，就是那里不要女的。有一个团的团长在接到司令部首长的电话后说得更直白："女的？得，老首长喂，这是什么时候了，你还塞给我一个老太婆，要不你给我五百名新兵蛋子吧，多点也行，我这是主力团，不是妇救会。"负责实施这次北撤行动的纵队张副司令听了团长这话正气得要破口大骂，不料这时有一个人满头大汗地闯进了他的作战室，张副司令眼睛一亮，连忙把电话搁掉，说了句："海生，你来得正好。"

于是，就在浙东游击纵队万余人马集结三北滩涂开始北撤之前，周海生的教导大队来了一位身材矮小却精干练达的女政委，她就是赵月娥。而几乎在同时，大家知道了赵政委的丈夫原来就是赫赫有名的纵队独立团团长程强。

二

坐在赵月娥旁边的，则是入党不久的三中队队长李福根。李福根是宁波象山人，他有个姨妈在三北镇，十八岁那年夏天，他从家里来三北镇探望姨妈时适逢保安团在乡下抓壮丁。李福根五大三粗，保安团的团兵一眼就盯住了他，于是便不顾他姨妈的苦苦哀求，三下两下，就把他按倒在地，然后拉到日本宪兵队筑炮楼的工地上。三年以后，这个当年抓来的愣头小子成了保安团团长田彪手下的一名连长，年纪还不到二十二岁。据说李福根的发迹得益于他那个颇有几分姿色的姨妈在田彪身上耗费的功夫，也有人说是李福根在一次战斗中曾救过田彪的命。但究竟是怎么一回事，除了田彪和李福根，旁人谁也不清楚。但李福根和田彪最后还是闹翻了，闹翻的原因据传是田彪有一次用一颗煮熟的人心下酒，已有醉意的田彪叫李福根也吃，李福根不吃，田彪用筷子夹着一块人心一定要他吃，李福根就是不吃，田彪勃然大怒，扔掉手中的筷子，一脚踢翻桌子，从腰间拔出手枪，举手便是一枪，幸被一随从挡了一下，子弹打在了天花板上。当天晚上，心中怒火未消的李福根趁田彪大醉之际，以查岗为名，溜出保安团，然后一路狂奔，他先在镇郊一名叫巧娥的寡妇家里隐匿了两天，后来通过巧娥一个在新四军游击队当排长的远房亲戚的引荐，投靠了游击队。投诚的当天，李福根就把保安团及日寇龟田宪兵大队在三北镇的兵力部署、火力配置及军火库的位置等重要情报一股脑儿向纵队敌工部的首长做了报告，受到了纵队首长的肯定和表扬。没多久，纵队教导大队就在他的带领下分两次突袭龟田宪兵大队的炮楼和保安团在镇郊的一个营地，皆取得大胜。教导大队因此获得纵队司令部的通令嘉奖，李福根亦荣立三等功一次，并在半年后被提拔为教导大队三中队队副，又三个月后被提拔为三中队队长。

支部会的议题很集中，就是教导大队下一步该怎么走，是决定继续北渡撤退，还是返回三北，然后再借机行事？这是个关乎教导大队数百名战士生死存亡的决定。决定正确，教导大队就能保存实力，然后突出重围，与大部队会合；决定错误，不仅杭州湾渡不过去，弄不好，还会给整个教导大队带来灭顶之灾。

这时天已大亮，虽然出了太阳，但海面上的风比昨晚明显增大了许多，昨天傍晚登船前，周海生就观察到西沉的日头红中带黄，这是台风将临的征兆，如果快的话，台风的外围很可能会在当天晚上的下半夜影响杭州湾一带，这时他们的船队最快也只能抵达小尖山岛海域，这里离澉浦登陆场差不多还有一半的航程，而这一半的航程中又多是海水乱流湍急带，底下还潜伏着大量的流沙和暗礁，即便是平时风平浪静时，船老大们也不敢有丝毫的懈怠和马虎，因此，对于教导大队当晚抢渡杭州湾，周海生的心里实在没有底，万一船队在航行途中碰上了台风，万一船队中的某条船被巨浪掀翻或者迷失了方向，万一……那后果不堪设想。要是在平日，周海生定会斗胆向纵队首长建议，延缓这一次北渡，但是那天情况发生了变化，因为大部队已经渡过了杭州湾，连独立团也走了，教导大队因为担负着要接应迟到的北撤部队的任务才留到了最后。但是他们也必须走了，而且越快离开三北镇越好，除了要抢在台风抵达前渡过杭州湾的原因外，另据可靠情报，国民党第三十二集团军九十八军一二三师的先头部队正快速从台州方向朝这里扑来，他们的目的很明确，就是要趁各路北撤部队在三北镇集结时，一举将立足未稳的新四军北撤部队吃掉。

但是敌人的行动还是迟缓了一步，就在一二三师主力日夜兼程朝三北镇扑杀过来时，浙东游击纵队北撤部队就已开始强渡杭州湾，虽然这期间曾有多股国民党军队杂牌部队和日投降部队中的死硬分子组成的敢死队在北撤部队集结地周边进行骚扰和偷袭，企图滞止和拖住游击队北撤，但都被早有防备的纵队独立团击退。

稍有规模的一次袭击发生在昨天的下午，国民党挺进第四纵队一部及保安团两个连五百余人奉正赶往这里的一二三师师长之命，在保安团团长田彪的指挥下，向正在三北海边滩涂上待命登船的北撤部队发起猛攻，战斗打得异常激烈，敌人集中了二十挺轻重机枪向掩护游击队北撤的独立团老堤坝阵地进行疯狂扫射，试图在这里撕开一个缺口。中午十二时许，因敌人火力过猛而我军阻击无力，独立团右侧的老堤坝阵地海王庙地段曾一度被敌人撕开一个四五十米宽的口子，形势万分危急。

这老堤坝原是三北百姓为挡海潮而筑的土堤，堤长数十里，堤高约丈余，堤内是繁华的三北镇，堤外是盐场和滩涂，独立团团长程强把阻击敌人进攻的阵地就摆在老堤坝的制高点海王庙遗址上。程强这样做是基于两方面的考虑，一是因为时间紧迫，独立团无法在短时间内在别地构筑一条牢固的工事，而这条老堤坝，就是一处天然的工事，二是这里距三北镇南的凤凰山较近，一旦阻击任务完成，他们可以趁着黄昏，贴着老堤坝迅即离敌，去凤凰山隐蔽待命。但令程强担忧的是，万一老堤坝阵地被敌人突破，那集结在老堤坝后面一马平川滩涂上待命候船的数千新四军战士将会完全暴露在敌机枪的射程之内，如果真是这样，那将是一场灭顶之灾……

同为战场指挥员，浙东游击纵队独立团团长程强和浙东保安团团长田彪对这一点心里都清楚，正因为清楚，双方的厮杀才变得异常惨烈，田彪在这天完全疯狂了，在保安团团兵和"挺四"纵队的士兵像放树排一样齐刷刷地倒在独立团固守的老堤坝跟前时，他还不断地挥枪叫士兵们往前冲。有两名保安团团兵因为稍稍迟疑了一下，他便"当当"两枪将子弹打在那两名士兵的脚跟前，狂喊："谁敢退，老子就打死谁！"于是，萎靡不前的队伍在左右两侧二十挺轻重机枪狂风暴雨般的扫射下，又嚎叫着朝老堤坝涌去。

很快，固守在老堤坝海王庙制高点的独立团一个排全部阵亡了，半小时之后，又一个排伤亡过半。

"不对头。"仗打得这样残酷，程强突然警觉起来，他以前曾多次与保安团和"挺四"纵队交过手，他们的那点战斗力他一清二楚，怎么今天竟突然变得如此难打，这里面有名堂。他当即叫过身边的一个参谋，说："你带两个人从后面绕过去，抓一个'舌头'过来。"参谋领命而去，一会儿绑来一名保安团团兵。团兵一见程强，便扑地跪下，嘴里只喊："程长官饶命。"程强觉得好奇，这家伙怎么会认识自己，蹲下去一看，便"噢"了一声，说："又是你，王老三，我已抓了你三次，又放了你三次，你每次都说要回家好好侍奉老母，怎么又混到保安团去了？"

王老三哭丧着脸说："回去了，回去了，长官，可家里实在穷，待不下去啊，只好又到保安团去混了，不信你去问问张阿狗，他也——"

程强没时间听王老三分辩，说："你起来，我今天再饶你一命，但你得给我说实话。"

王老三说："只要我知道的，我统统都告诉长官。"

程强说："今天进攻我们的，除了保安团和'挺四'的人以外，还有哪支部队？"

"还有谁？"王老三一听程强这样问他就来劲了，"这事我正要向长官报告，今天向你们进攻的，除了保安团和'挺四'的人，还有三北宪兵大队的三十几个鬼子兵，他们被保安团缴械后，就一直与保安团的人鬼混在一起，今天一大早，保安团要进攻你们，这些鬼子兵就向田彪请战，说宁愿玉碎，也不愿回国，田彪就给他们发了武器，换了保安团的服装，叫他们打头阵——"

"他奶奶的！"程强恶狠狠地骂了句，他终于明白了，原来是这帮亡命之徒被放出笼子了，怪不得这仗打得这么凶。

现在看来他只好把预备队拉上去了，这是他最后一点血本了，原本他要把预备队放到最关键的时刻用，现在看来不行了。田彪已经盯死了海王庙，他熟悉这一带地形，知道只要攻占了海王庙，北撤部队就完了。果不其然，预备队拉上去不久，因为火力被敌人压制，很快又伤亡了一大半。程强当时正在离海王庙两百米左右的团临时指挥所，所谓的指挥所其实就是一间当地瓜农临时搭建在堤坝斜坡上的破茅草屋，从那架在反扫荡中缴获的日式棱镜双筒望远镜中看去，他看到担任预备队队长的方连长牺牲了，鲁指导员也阵亡了，副连长和副指导员没看见，很可能也牺牲了，现在阵地上在指挥的好像是四班长，按部队的惯例，在连首长牺牲后，应由一排长顶上去指挥，一排长牺牲后，由二排长指挥，然后依次排列，现在他只见到了四班长，其他同志一个没见到。程强料到是怎么回事了，但他这时候已来不及细想，便问身旁的通信员："敢死队队员到齐了吗？"

通信员大声报告说："早到了，首长！"

程强猛地一挥手，吼了声："上！"

三

然而还没容程强把手中的望远镜放下来，他的眼睛就在望远镜中瞪大了，因为他看到在老堤坝海王庙阵地上，这时候摇摇晃晃站起来一个浑身血污的小战士，他负伤了，而且伤得还不轻，但他的手里却握着一颗手榴弹，看得出，他是想用最后一点力气把这颗手榴弹扔出去，但是他实在没有力气了。这时候，在这名小战士的前面突然出现了一名保安团的旗手，这名人高马大的旗手正迂回着向海王庙阵地扑过来，很显然，他是想把那面刺着一条张着血盆大口黄龙的保安团团旗插在海王庙阵地上，但就在这时候，这名刚才还摇摇晃晃的小战士突然像猎豹一样跳起来，然后死死地抱住了那名旗手的一条腿。旗手吓呆了，因为他看到了小战士手中握着的那颗已拧开了盖子的手榴弹，旗手的脸扭歪了，于是他疯狂地从地上蹦起来，并拼命扭动着那条被小战士死抱着的腿，但是任凭他如何挣扎、蹦跳，那条腿似乎再也不听他的使唤了。这时候，那名保安团旗手看到了自己手中旗杆尾部的那截在阳光下闪着寒光的铁插子，他几乎来不及细想，就提起旗杆，将铁插子对准脚跟旁那小战士的头颅，猛地插下去。也就在这时候，小战士拉响了手中的手榴弹，一声闷响后，程强看到有一些杂色的碎布片在半空中飞扬。

程强是在小战士拉响的手榴弹的硝烟还未散尽时，就一把推开身边的那名机枪手，将那挺因不间断向敌人扫射而使枪身滚烫的歪把子机枪抱起来，然后像海滩上的灰弹鱼一样蹦到了海王庙阵地前，紧随他身后的是二十名手持汤姆冲锋枪的敢死队队员。然而他们还是比敌人迟到了一步，当程强的一条腿刚刚跨上老堤坝，还未抵达海王庙阵地时，他看到有十几个敌人已经冲到海王庙阵地跟前了。这时候，在海王庙阵地上，独立团的预备队大部已经阵亡，剩下的七名战士坚守在一条一百五十米长的临时构筑的阵地上，另有二十几名重伤员横七竖八躺在老堤坝内侧的堤岸下，因为卫生员也牺牲了，有几名轻伤员经过自我包扎后又爬到了海王庙阵地前重新投入战斗，一些重伤员正由当地地下党组织的担架队运往海边，他们之中的一部分将被转移至四明山革命根据地的老百姓家中，一部分将随大部队一起乘船北撤。

已经没有时间去调整战斗部署了，冲到老堤坝海王庙阵地前的程强只好随机应变，对敌人进行抵近射击，他一梭子扫过去，已经冲到海王庙阵地前的敌人一下子被他撂倒了七八个。不料敌人不仅没有退却，反而又有几十个敌人"嗷嗷"地狂叫着从堤坝下涌上来。看那冲锋的队形和亡命的模样，程强估摸这些人可能都是鬼子兵，于是他端起机枪，冒着飞蝗般的弹雨，将枪膛里的子弹，一股脑儿向他们的身上扫了过去。

敌人的阵脚开始有些乱了，这时候，程强看到有两名率先冲到海王庙阵地上的战士在与敌人肉搏时拉响了腰间的手榴弹，另有一名战士在咬下了敌人的一个鼻子后又大张着血淋淋的嘴巴扑向了旁边一名保安团团兵，那团兵见状吓傻了，喊了声"妈呀"便把枪一丢，捂着鼻子没命地逃了，旁边的人见状，哪里还敢恋战，也都丢掉手中的枪，连滚带爬地逃了回去。

丢失的海王庙阵地终于又回到了独立团手里，但程强手下有八名敢死队队员在第一轮攻击中倒在了阵地上，另有四名队员负了伤，算上预备队剩下的几名战士，全部战斗人员加起来还不到三十人。万一敌人再次发动进攻，海王庙阵地能否守住，连一向善打硬仗恶仗的程强心里也没有底。

这个时候，离纵队给独立团下达的完成阻击任务的时间还有半小时左右，这半小时之内，集结在三北海边滩涂上的最后一批北撤部队将登船离去，然后独立团将按事先拟定的作战计划，迅速撤出阵地，去三北镇旁的凤凰山上隐蔽待命，待运送最后一批北撤部队的船只返航后再行撤离。但程强在往滩涂上看了一眼后，便改变了主意，他对悄悄爬到自己身边前来请示撤离时间的团参谋长王贵说："看来我们走不掉了，部队得延迟半小时再撤。"王贵吃了一惊，在朝阵地前面的敌群里接连扔了两颗手榴弹后问："为什么？"程强这时正隐蔽在海王庙遗址的一段老槐树树桩后，边用机枪朝敌人猛烈射击，边对王贵说："你往后面看看就知道了。"王贵扭头往滩涂上看了看，说："全登船了，都走了。"

"可——不好——"程强话音还未落，便看到堤下有一个敌人朝他这里扔过来一颗手雷，手雷在程强前面的树桩上碰了一下后，弹起来落在了程强的机枪旁，王贵吼了声"小心"。

四

独立团参谋长王贵正要跃身扑到团长程强的身体上，程强早已抓起那颗手雷抛向了正向他靠近的几个敌人，手雷炸飞的血肉拌和着泥土溅起来泻到了程强的头上，把他弄了个大花脸。程强使劲地抖了抖头上的尘土后说：“如果我们这时候撤走，敌人很快就会占领这老堤坝和海王庙阵地，这时候正是平潮，船离岸很慢，敌人的机枪和掷弹筒完全够得着他们，到时候我们的船就会像一个个固定的靶子一样被他们打掉，你说怎么办？”

王贵不吱声了，程强对他说：“通知一营长、二营长，要不惜一切代价阻击从宁波上虞方向赶来增援的敌人向我集结部队靠近，必须再坚持一小时，没有命令，谁也不许撤出阵地！”

王贵说了声：“明白！”刚要返身离去，程强又把他叫住，说：“告诉一营长、二营长，部队撤离前可以出击一下，以减轻这里的压力，然后立即撤出阵地，切不可恋战。”王贵应了声，迅即滚下老堤坝，去组织部队反击了。

也就在这时候，程强听到在敌人的背后突然响起了一阵密集的枪声，他侧耳听了听，便咧开嘴笑了，大声对阵地上的战士们喊：“同志们，坚持住，我们的人到了，打。”

程强说的“我们的人”就是周海生，其实他一听枪声就知道是谁了，全纵队独数教导大队的武器最精良，刚才在敌人背后有四挺歪把子机枪和数十支德造二十响快慢机在同时密集地开火，这样的装备在整个浙东游击纵队中除了教导大队外，别无他人。

周海生率领的教导大队二中队是奉纵队首长之命，去四明山梁弄山区接应正在为当地百姓慰劳演出的文工队北撤的，这时大部队已经开始分批北撤了，因为时间的紧迫和准备的仓促，有许多在外执行任务的部队是在半途中被召集回来的。文工队也一样，此前纵队北撤前线指挥部曾专派一交通员去急召他们归队。考虑到文工队中大多数是女同志，按纵队首长指示，文工队将随纵队机关一起行动。也就是说，他们将是第一批北撤的部队。然而交通员派出去之后，整整一天过去了，不仅文工队杳无音信，连交通员自己也没有回来。这事引起了纵队首长的警觉，因为从三北镇到文工队的演出地梁弄山区不过四五十里地，按部队正常行军速度半天就够了。而现在整整一天过去了，连文工队数十号人的影子也未见着。他们究竟去了哪里？是交通员没有将命令送达，还是接到命令后他们不愿回来？

由于中央做出的北撤部署事发突然，当时有不少人确实有顾虑，尤其是一些本地的干部战士，因家有妻儿老小，不愿远离故土，故开小差甚至当逃兵的事也时有发生，难道文工队的队员们也不愿北撤？这事似乎又不太可能，因为文工队队员中有不少是山东籍人，队长韩光就是山东泰安人，这次部队北撤后的集结地就在山东泰安，也就是说，不久之后，他们将要重返故土，与亲人团聚，他们怎么会不愿北撤呢？再则，这些文工队队员都是从各部队抽调上来的优秀共产党员和先进分子，他们在党做出重大战略决策的时候，是不会也不可能患得患失或持反对态度的。那么，现在唯一能够解释的，就是交通员没有将命令送达文工队手中，而文工队也不知道部队已开始北撤，其中的原因究竟是什么？谁也不知道。或许，家在三北本地的交通员自己也开小差了，因而他压根儿就没有将北撤的命令送过去。或许，交通员在赴梁弄山区的途中出事了，在浙东游击纵队准备北撤的几天时间里，已有十几名新四军战士在回家途中或独处时遭到当地土匪恶霸的报复暗杀。或许……

当天晚上，负责浙东游击纵队北撤的张副司令在得知文工队失联的消息后，边不停地在北撤前指作战室里踱着步子，边以拳击掌，喃喃自语："大意了，大意了。"张副司令所说的"大意了"是指文工队在去梁弄山区演出前，纵队曾要求他们在演出三至四天后就归队。因为据可靠情报，敌第三十二集团军在日寇宣布无条件投降后，就已密令驻扎在上虞章镇的国民党挺进第四纵队一部悄悄向四明山的战略重镇梁弄靠拢，以便时机一到，迅速出击，攻占梁弄。只是因为毛泽东当时还在重庆与蒋介石谈判，虽然这期间国共双方的部队已多有摩擦，但起码在表面上还勉强维持着"和平"，只是在暗中，心照不宣的双方都在调动部队，抓紧备战，以便在关键时刻，争取主动。

据此，纵队首长要求文工队在梁弄山区慰问演出结束后，尽早返回部队，以防形势突变。然而遗憾的是，由于当时谁也没有料到全国的政治军事形势会变化得如此之快，因而对文工队演出结束后的归队时间没有提出硬性要求。没料到就在这期间，华中局在一周之内转来中央三道急电，要求浙东区党委及浙东游击纵队万余人马必须在七日内北渡杭州湾，撤离浙东，到山东集结。

五

周海生在接到纵队张副司令要他寻找和接应文工队的任务时还是晚上，当时他正在与教导大队中队以上干部研究三北周边地区的敌情。根据情报，当时三北镇周边起码有四支以上的国民党部队及地方土顽在悄悄向三北镇逼近，这四支部队中除浙东自卫大队战斗力较弱外，其他如浙东忠义救国军、浙东保安团、浙东挺进第四纵队都具有一定的战斗力，且武器也较为精良。他们的任务是在国民党第三十二集团军九十八军一二三师抵达三北前拖住并滞止浙东游击纵队的北撤，必要时，可以组织一定规模的突击，即便付出重大伤亡也在所不惜。

根据部署，教导大队在这次浙东纵队北撤期间不担任具体的任务，而只是作为机动部队在原地待命。"你们是纵队的铁拳，铁拳轻易不会出手，但一出手就要把对方打个稀巴烂。"张副司令那天这样对周海生说。现在，就在教导大队全体干部战士"嗷嗷"叫着摩拳擦掌时，张副司令果然给他们下达战斗任务了。

然而，当周海生兴冲冲地赶到张副司令的作战室领受战斗任务时，他傻眼了："怎么，叫我们去找人？"

"对，找人。怎么，有问题吗？"张副司令从地图上抬起头来说。

"这也叫战斗任务啊，首长？"

"你说这叫什么？"张副司令把手中的铅笔往军用地图上一扔，神情严峻地说，"二三十个兄弟姐妹，现在已经失联几天了，而敌人正在朝他们演出的地方逼近，又赶上我们的大部队在撤退，你说怎么办？抛下他们不管吗？"

周海生无话可说了，从张副司令的语气中，他感到了事态的严重性，于是当即向张副司令敬了个礼，说了句："明白了，首长。"转身就要走，没料到张副司令又把他叫住了，说："记住，无论找到还是没有找到，你们必须要在明天傍晚天黑前赶回来，你们是最后一批撤离的部队，到时会有返航的船只在海边等你们。"

周海生回到教导大队后，就连夜率领队伍出发了。当时他把教导大队分为两队。一队由他率领，人员以二中队为主。另一队由政委赵月娥负责，人员以一中队、三中队为主。四中队和侦察排留下，为明天傍晚的登船做准备。这次行动的目的是寻找文工队，但弄不好，就很可能会遭遇敌人，甚至发生战斗。据侦察员报告，敌挺进第四纵队及保安团全部约两千余人正虎视眈眈以合围之势，向北撤部队的集结地悄悄逼近。

在三北镇郊与赵月娥分手时，周海生提醒赵月娥说："万一遇到敌人，千万不要恋战，要赶快离开，一切以寻找文工队为主。"赵月娥说了句："知道了。"两支队伍就一左一右消失在浓浓的夜色中。

按分工，周海生他们这一队寻找的主要地方是顶山村，因为顶山村是文工队的首演村。如果文工队在顶山村，那当然谢天谢地了，如果文工队不在顶山村，那他们只好以顶山村为轴心，采取先近后远的办法，到四周的村落去寻找。

六

　　然而，待他们在天亮前抵达顶山村时，文工队早已离开了，据该村村长说，文工队只在顶山村演出了一场，次日上午就去离此三十几里远的燕窝村演出了，于是一干人又马不停蹄赶到燕窝村，没料到燕窝村的人说文工队根本没有来过他们村。而据该村村民说，文工队不仅没去燕窝村，也不太可能去附近几个村，因为这些村离燕窝村并不远，在山村里演出，是件大事情，无论哪个村，只要有草台班子来演出，消息很快就会传开去，且各村之间的亲朋好友也都会相互邀请去看戏。

　　这事就显得蹊跷了，文工队不仅没到燕窝村，也没去附近的几个村，莫非他们回去了？

　　这时派出去的侦察员回来向周海生报告，离此二十里左右的梁弄镇已被敌人占领，并且封锁了各个交通道口。有多名留下来坚持隐蔽斗争的游击队员已在敌人的盘查中被发现并遭到了杀害，敌人将这些游击队员的头颅砍下来挂在街边的树杈上示众。而这时候文工队还不知道革命斗争的形势已发生了突变，如果这时候他们贸然下山，误入梁弄镇，那后果不堪设想。

　　周海生在万分焦虑中又在梁弄镇附近的几个山村寻找了一遍，有一次在一个山岗上还差点与"挺四"纵队的巡山队遭遇，幸而避让及时，才未发生交火。但无论他们怎么找，都未发现文工队的一丁点影子，这时离纵队给教导大队下达的登船撤离时间还剩下四五个小时，也就是说，他们已经没有时间再这样漫无目的地寻找下去了，他们得立即返回三北，错过了今晚登船的时间，教导大队即便想走，也没那么容易了。

　　周海生一行约在下午四时左右抵达离三北镇还有七八里远的一个小村庄，经过刚才连续的急行军，又加上昨晚一夜未眠，部队此时已是极度疲惫。周海生正要命令大家在原地休息一下，这时候，他听到了从三北镇海王庙方向传来了一阵密集的枪声，他支起耳朵一听，便对副大队长谢侠虎说："老谢，你听听，情况不太妙，这么多机枪都在朝海滩边开火，看来程团长他们有麻烦了。"

谢侠虎当即从腰间拔出那支二十响快慢机，说："要不我去敌人背后冲击一下？"

周海生却不由分说地说："你别去了，我去吧，你快回去把船只落实好，这事比什么都重要。"说毕朝二中队一挥手："一班、二班跟我走，三班留下，快跑，快。"

正与敌进攻部队处在胶着状态的独立团因周海生率领的教导大队二中队的增援而迅即扭转了战场形势。当时周海生与二中队两个班十八名战士从敌人的侧后抄过去，然后利用崇德盐庄一个废弃盐库的制高点，集中四挺歪把子机枪向敌人进行猛烈的扫射，同时命司号员吹起了冲锋号，随即，由李福根率领的十几名战士在敌后交错前行，呼喊突击，造成大部队前来增援的假象。敌人完全被打蒙了，正在慌乱间，一直被敌火力压制着的程强听到敌背后有密集的枪声响起来，知道是自己的队伍过来增援了，于是也命司号员吹起了冲锋号，同时指挥部队从正面进行夹击。

七

半小时后，眼看大势已去的田彪在接连枪毙了三名逃兵之后，只好抛下一百余具士兵的尸体和来不及撤走的四挺重机枪及大批弹药，仓皇向宁波方向溃逃。

在打扫战场时，周海生在海王庙旁一土包前遇到了程强。程强左手的小手指被敌机枪子弹打断，小手指第二节以下只连着一张皮，一个小卫生员正哆嗦着手给他做包扎。

"还能不能接活？"程强皱着眉头问卫生员。眼里噙着泪水的小卫生员摇摇头："骨头全碎了，首长。"

"活见鬼，接不活还包它干什么？"说毕，程强三下两下扯掉已扎好的绷带，一把扯住那截断小指，眼一闭，只听"嘣"的一声，便把那截断小指扯下来，然后扔在脚旁的一个水坑里，对脸色吓得煞白的小卫生员说："好啦，现在给我包扎吧。"

这时候，程强看到周海生正站在自己的旁边，于是便挥了一下手，示意他坐下，说："周大队长，今天真是亏了你，要不然，我们要吃大亏了。"

周海生向程强敬了一个礼，站着说："首长，按你们北方人的话说，我们这叫'搂草打兔子，捎带着的活'。"

程强一听咧了咧嘴巴，说："听说月娥给你当助手，这人脾气倔，你得小心点。"

周海生认真说："那首长有什么好办法？"

程强这时已站起来，一本正经地说："好办法？有，如果她不听话，就揍她。"

周海生一听便笑起来，程强也笑了，说："不过这人心眼并不坏，直，向她问个好，如果一切顺利的话，在青浦我们就可以见面了。"

说毕，他向周海生伸出手，说："我先走一步，我们青浦见。"

"青浦见。"周海生向程强敬了一个礼后说。

按纵队前指部署，独立团在掩护最后一批北撤部队登船后，将迅速撤出阵地，去三北镇旁的凤凰山隐蔽待命，然后，待运送北撤部队的船只返航后再行撤离。考虑到独立团在担任阻击任务时会有伤亡，故纵队前指决定把独立团的撤退时间安排在教导大队前，由教导大队来殿后，这样可以保证独立团安全地撤退。但现在形势发生了变化，海王庙一仗虽没有打乱北撤部队的总体部署，却把独立团拖住了，拖住了独立团，也就拖住了教导大队。尽管纵队首长和前指多次来电催促独立团及教导大队必须尽快撤离三北镇，但战场形势瞬息万变，加上台风来袭，海况复杂，而原定返航的船只又不能按时到位，等等，因此，即便他们想在规定的时间内撤离，也已经无能为力了。

但尽管如此，周海生率领的教导大队还是在当晚十时左右登船出发了，这个时间比纵队规定的时间延迟了四五个小时。全大队三百多号人分乘六条大帆船，在夜色的掩护下从三北镇后的海滩上登船。周海生一看这几条船，就知道是独立团特意给他们留下的。这使他的心里顿生一种温暖的感觉。这就是战友情啊，把小的船留给自己，把大的船送给他们，谁都知道，在大海上行船，即便是在杭州湾这样的洋面上行船，乘上一条大船就意味着安全和抵达，而乘上一条小船就可能意味着危险、翻船，甚至沉没和死亡。

周海生这时很自然地又想起了程强。程强的独立团在掩护大部队撤退时，已经蒙受了巨大的伤亡，没料到就在海王庙阻击战结束后赴凤凰山隐蔽待命的途中，他们又遇到了一小股拒绝投降的日宪兵的自杀式袭击，就在这次规模很小的袭击中，程强被一名身中数弹仍嚎叫着冲上来的日宪兵引爆绑在身上的炸弹而炸伤了头部。因伤势严重，程强在卫生员赶来为他包扎前就已停止了呼吸，牺牲前竟没有留下一言半语，这事赵月娥还被蒙在鼓里。周海生在她面前不敢有半点流露，他无法想象，这个性格刚烈的教导大队女政委，在闻知自己的丈夫和战友牺牲后，会干出什么事。

令周海生稍感欣慰的是，就在教导大队登船离开三北的两小时之前，独立团已先他们出发了。如果一切顺利的话，他们这时候已出去十几海里了。作为一个从小在海边长大的海头人，周海生很清楚在今天这样的时间段出海夜航是很危险的，除了碰上台风，常在夜间出没的国民党军队巡逻艇最近又加强了对杭州湾至舟山海域的巡查，很显然，淞沪警备司令部已获取了新四军北撤的情报。他们给所属各舰艇部队和江防部队下达了死命令：要不惜一切代价堵住新四军北撤，不仅要将他们的船击沉，还要把他们的尸体丢进杭州湾喂鱼。

当然更令周海生担忧的还是后一条消息，据侦察员报告，敌一二三师先头部队一个摩托化步兵团，已经渡过曹娥江，也就是说，不用两三个小时，他们就可以赶到三北镇。因此对于教导大队来说，他们已经别无选择了，摆在他们面前的只有一条路可走：那就是赶快走，越快离开三北镇越好。

八

　　然而离是离开了，可危险却并没有解除。首先向他们发难的是台风，确切地说还只是台风来临的前奏，可就是这前奏，就已经把教导大队的干部战士折腾得够呛了。

　　周海生那天乘坐的是头船，也就是整个船队六条船的指挥船，他把这六条船分成前中后三排，前排三条，中排两条，后排一条，像个丁字形。他居前排中间，这样如遇紧急情况，便于指挥和互相策应。因夜间行船视线不好，他要求船与船之间前后左右的距离不要超过二百米，这样即便看不清桅杆上的信号灯，也能听到声音，比如在危险时刻发出的枪声。

　　应该说，这六条船在刚出海时还算顺利，队形也保持得比较完整，可航行了一段距离后，队形就开始乱了，尤其是快到小尖山岛附近时，风浪骤然增大了，尽管独立团给教导大队留下的是六条最大的船，但在小山一般推过来的巨浪面前，这些船就像是一片小树叶一样在波峰浪谷间漂来荡去，根本就不听人的使唤。这期间后排边上的一条船曾一度不知去向，周海生闻讯后不断地打灯光信号与他们取得联系，但那条船却没有任何回音，周海生断定那条船可能完了，没料到就在这时候那条船竟完好无损地出现在整个船队的前方。周海生后来曾问那条船的船老大，当时在他们的船上究竟发生了什么，那位在杭州湾上驾了几十年船的船老大也是一头雾水，他说他也不知道他们的船怎么会跑到船队的前头去，他只记得他们的船在被一个浪峰托起后，在浪峰上转了好几个圈，然后被抛向了半空中，待他们回过神来时，发现他们的船已跑到船队的前面了。

　　船颠簸得很凶，队员也呕吐得厉害，幸亏周海生在北撤前从三北盐民游击队挖来了一批打鱼晒盐出身的本地籍战士，这些脚趾叉开皮肤黑亮的战士都是些从小在海水里泡大的"海沙鬼"（浙东一带百姓对水性好的人的一种称谓），别说晕船了，就是叫他们在海水里泡上一两天，他们照样会毫发无损地游回到岸上。但对于那些来自北方的"旱鸭子"兵来说，在船上晃悠的滋味就不太好受了，甚至可以说是太可怕了。

当然，令他们难受和可怕的事远不止这一件。

大概在离小尖山岛还有数海里远的海面上，他们的船被一束突然射来的强光照住了。几乎用不着分辨，周海生就知道这强光是从哪里射来的。当时周海生就伏在船头上，他的旁边架着一挺捷克式轻机枪，就在那束强光扫过来的一瞬间，周海生扭头大声命令机枪手田万里："打，打掉那盏灯。"

田万里在周海生的喊声还未消失时就已扣动了扳机，一梭子子弹就像一阵瓢泼大雨一样扫射了过去，然而船晃动得太厉害了，子弹没有击中对面那盏该死的灯，而是打在了那艘编号一〇一敌舰的舰体上，钢质的舰体随即便发出尖利的啸叫和刺眼的火花。田万里迅即调整了机枪的位置，准备再次瞄准驾驶台顶端的那盏灯，但这时为时已晚，对面的敌舰开火了。

跟在周海生的指挥船后面和左右两侧的船只是在周海生船上的机枪开火后才陆续向敌舰射击的。开始他们并未明白那束强光是怎么一回事，待周海生船上的机枪向那束强光开火后，他们才知道遇到敌舰了，于是便一齐向那艘敌舰猛烈射击了起来。从子弹击中敌舰体后划出的火花中，周海生依稀发现敌舰是一艘火力很强的日军巡逻艇，当年他在浦东打游击时，常看到在黄浦江上停着许多这样的巡逻艇。这种小艇吨位并不大，最多不会超过五百吨，但因为艇上装有四门机关炮，杀伤力很大。日军投降后，国民党把这批巡逻艇接收了过来，编入淞沪警备司令部舰艇大队，专门负责长江口及杭州湾海域的巡逻及警戒。

据纵队敌工部从上海地下党打入淞沪警备司令部的谍报人员处获悉，自新四军浙东游击纵队接到中央限时北撤的命令那天起，敌人就加强了对长江口及杭州湾海域的戒备，所有参与长江口及杭州湾海域巡逻的舰艇不仅将原来的白天巡逻改为昼夜巡逻，还明显增加了巡逻舰艇的数量。一切都证明，敌人已掌握了新四军开始北撤的情报。而面前的这艘巡逻艇，定是有备而来，并且它已在这里等候多时了。

周海生心里很清楚，在这种恶劣的海况下凭他们几条小木船要击沉这条小炮艇，胜算并不大，而他们这时候的任务并不是要击沉它，而是要赶快脱离它，不被它缠住。尽管他们船上的武器并不差，每条船上都配有一挺重机枪，两挺歪把子机枪，一挺捷克式机枪，还有多支汤姆逊卡宾枪，火力并不弱，但海上的风浪太大了，船不稳，人更不稳，武器尤其是重武器的有效击中率不高，子弹大都落在海面上，就像雨点一样溅起一朵朵水花。

已经有两条船的船帮被敌舰的多枚穿甲弹击穿了，这些穿甲弹原是日本人用来对付国民党的兵舰的，它能在两千米远的距离上将敌舰厚厚的钢板击穿并发生剧烈爆炸，淞沪会战时国军有多艘停泊在吴淞口的舰艇就是被这种穿甲弹击沉的，现在，这些从一百米远的距离上射来的穿甲弹在击中三厘米厚的木板船帮时，就像是石头砸在了豆腐上。其中有一颗弹头从这边的船帮穿过去，在穿透一位正蹲在船舱的战士的腹部后，又从另一侧的船帮穿出去，然后发生了爆炸。

九

被穿甲弹击穿船帮的船很快就开始进水了，很显然，一个足有脸盆大小的弹洞是很难靠棉被衣服之类的东西堵住的，尽管最后战士们用身体奋力地压上去，但海水还是从所有的缝隙中像利器般射出来。后来这条船的船帆也着火了，于是船很快便失去了动力，在风浪和潮汐的轮番攻击下，这条中弹和着了火的船便在大起大落的浪涛中像一头被打蒙了的海中怪兽一样，转着圈圈，东奔西突。这时候，附近有一条赶来支援的船因为来不及躲避而又撞上了这条船。于是这条船便开始倾斜了，又因倾斜而使着了火的桅杆在中间折断了，那桅杆砸下来，正好落在甲板上的一堆缆绳上，于是缆绳也着起火来了。这时候船已开始慢慢下沉了，引起了船上的人的恐慌，又因恐慌而引起了混乱。于是叫喊、哭泣和奔跑出现了，一些从未在这么漆黑的夜晚和这么可怕的风浪中乘过船的北方籍战士因过度惊恐而精神崩溃，于是群体性的绝望产生了。

　　最先从甲板上跳入海中的是那个腹部被穿甲弹击穿的山东籍小战士，这个再过一个半月才满十八岁的小战士在被穿甲弹击穿腹部时，肠子就已经被打烂了，他在剧烈的疼痛和欲死不能的折磨中终于做出一个决定，他不想再连累那些已自身难保的战友，他还是自己走，早点走比较好。于是他咬紧牙关忍住剧痛把肠子塞进肚子里，然后一步一步挪到船舱口，他在这短短十几米的距离中差不多昏死过四次，最后他挪到甲板上，这时他看到舱内所有的人也都爬到了甲板上。他们在已经倾斜的甲板上滚来滚去，或者死死地抓着船帮或某个固定物不肯松手。这些在昨天的战场上还天不怕地不怕的战友，这会儿在船上，竟是这样的力不从心和无能为力。

　　这个小战士在这条开始下沉的木船的一个僻静处，跳入了海中，确切地说是滚入了海中，因为他已没有力气去完成一个跳跃的动作了。虽然他寻求的是自我了断，但他在落水后还是本能地扑腾了几下，然后很快被一个滚过来的巨浪打入了海底，从此再也没有露出过水面。离他沉海处丈把远的海面上，另一个新四军战士也在浪涛中不停地挣扎，当然，他不是自己跳海的，他是被敌舰艇上的穿甲弹打断手臂后落水的，现在，这个被打断了一只胳膊的战士一边用另一只手抗拒着浪涛的扑击，一边奋力地朝前面不远处的一个小岛上划去，在他的身后，那从胳膊上涌出来的鲜血像是一条飘动的红彩带，蜿蜒飘逸，延绵不断。

　　周海生是在天快亮时发现教导大队六条船有两条被敌舰打沉了，另四条也都不同程度地受了伤，而且伤得还不轻。他自己所在的那条指挥船也受了伤，敌舰从一开始就锁定了他这条指挥船，因此舰艇上四门机关炮有两门专门对付他这条船。据周海生估计，敌舰的机关炮起码有十几发穿甲弹射进了他这条船，把指挥船的船头几乎都打烂了，幸好中舱未进水，船还保持着一定的浮力，后来周海生改变了打法，他命令船老大将船贴过去，紧紧地贴在敌舰的舰体上，然后命令船上所有的人向敌舰上扔集束手榴弹，手榴弹在敌舰甲板上发生了剧烈的爆炸，一些炸碎的敌士兵的尸块及杂物碎片飞落到周海生伏着的船头上。敌舰开始发疯了，它拼命地转动着舵把，一会儿将倒挡拉到底，一会儿又将前进挡推到头，企图撞开舰舷旁这条像蚂蟥一样牢牢吸住它的木帆船。然而这时候为时已晚了，就在一个巨浪将周海生的指挥船托起来的一瞬间，早候在船头的机枪手田万里及四名战士像海水中的跳弹鱼一样，纵身一跃，飞上了敌舰的甲板，而几乎在同时，从他们手中的卡宾枪口，喷出了一条条暴风骤雨般的火舌，敌舰炮位上的炮手全部应声毙命。余下水手等人员全部逃到驾驶台上。

十

这时田万里等五名战士已呈包围之势，快速逼近驾驶台，他们想尽快结束战斗，以防泊在大尖山的敌舰前来增援。但敌人哪里肯轻易投降，一边开足马力，左冲右突，企图逃脱，一边则用轻武器从驾驶台上朝下射击。有一名从三北盐民游击队调来不久的老战士刚刚接近驾驶台，正要把驾驶台的门踢开，没料到敌人从里面射出了一梭子子弹，这名老战士当场牺牲。就在这时候，周海生听到有一声闷响，从敌舰舰体的中间部位传来，接着舰体便发生了剧烈的抖动，随即，敌舰驾驶台上的灯光瞬时熄灭，而几乎就在同时，敌舰驾驶台上响起了一阵激烈的卡宾枪的扫射声，枪声过后，周海生听到有人用硬物砸碎了驾驶台的玻璃窗，之后有人便在上面大喊："大队长，都解决了！"

周海生听出那是田万里的声音，刚喊了句："快下来，防止弹药舱爆炸。"不料喊声未落，只听得轰的一声巨响，敌舰右侧部位当即炸出一个七石缸（注：方言，指能存放七石米的大缸，亦泛指大缸）缸面大小的洞，洞口一开，海水便争先恐后地涌了进去，没多久，这艘五百吨级的炮艇就开始倾斜沉没。

周海生这时也下水了。确切地说，他是被敌舰的弹药舱爆炸后产生的气浪掀到海里的，因为整条指挥船都被气浪掀翻了，包括他在内，船上所有的人都落水了。他只听到身边有人在大声地呼喊，其中就有田万里。田万里是在敌舰沉没前从驾驶台上跳入海中的，与周海生一样，他也是从小在海边长大的，水性好得很，他十七岁时有一次跟父亲到海涂去"赶潮头"（注：浙东海边的人在涨潮时去抓鱼叫"赶潮头"），因遇上怪潮，父子俩被一个突然扑过来的潮头打散，父亲凭着好水性爬上了海滩，他被这股怪潮卷到了深海中，在海上漂了一天一夜，天亮后被一条去三北镇的货船捞起，当时他已经是半昏迷状态，船老大见他肚皮鼓得滚圆，便取来一只铁锅，翻转后，将田万里的肚皮顶在铁锅尖上，两手用力在田万里的头脚处一压，只听噗的一声，从田万里的嘴里喷出一股浑浊的海水和鱼虾的残渣，腥臭无比。田万里醒过来后，便爬起来朝那船老大拜了三拜，那船老大叫人取来一盅烧酒，叫田万里喝下，田万里说我不会喝酒，船老大说你小子若要活命就把这酒喝下。田万里喝下烧酒之后，便昏睡过去，待他醒来，发现已躺在自己家里的那张竹榻上。父亲告诉他，晌午他正在海边寻找他的尸体，有两个年轻人背着一个人来村里挨家挨户打听有没有溺海的人，当时他母亲正在家里哭得昏天黑地，忽然门被推开，保长边进门边大喊："别哭了，别哭了，万里回来了。"母亲扑过去一看，果然是自己的儿子小万里，当下便从里间拿出一块银圆要酬谢，不想两个年轻人早没了踪影。几年后，十九岁的三北盐民田万里在海边一间点着昏暗油灯的瓜棚里，见到了当年那个曾救过他一命的船老大，不过这时田万里已是三北盐民游击队的一名小战士，而那位船老大，就是浙东游击纵队赫赫有名的教导大队大队长周海生。

十一

周海生在敌一〇一舰甲板上的火光最后熄灭前看到了已跳入海中的田万里，田万里身上全是血，他喊了田万里一声，想叫他组织身边已经落水的战士抓住海水中的漂浮物，想尽一切办法挺过去，争取到天亮，只要天一亮，他们就有办法了。据他的推测，小尖山岛离这里应该不远了。但是风浪太大了，他拼命地叫喊了几声，并没见田万里朝他这边游过来，说明田万里没有听到他的呼喊声。于是他便朝田万里游过去，然而他的手臂刚一用力，就感到额头上传来一阵剧烈的疼痛，周海生这才想起自己挂彩了，在敌舰的弹药舱爆炸时，有一块蹦出来的小弹片击中了他的额头，他当时并未感觉到疼痛，只是本能地用手摸了下，摸到有一粒花生米大小的东西牢牢地嵌在他的额头上。他知道这是什么，于是用力地往外一抠，弹片被抠出来了，而随弹片涌出的是一股热热的滑腻的东西。周海生突然觉得有一点晕眩，就在他歪着身子往水下沉去的时候，他感到有一个人把他托住了，随即便感到有一根硬硬的东西塞进了自己的腋下，他极力地睁眼一看，发现是一块破船板。

周海生在短暂的晕眩之后很快就恢复了过来，这时他发现天已渐明了，而当他的目光可以朦胧看到数米外海水上的漂浮物时，他发现自己已被潮流推到了一座小岛的浅水处，他仔细辨认了一下，不错，这就是小尖山岛。

于是他慢慢爬上了沙滩，看到不远处有一块一人多高的黑褐色礁石兀立在沙滩上，便迅即滚过去，躲在礁石旁向岛上观察了一下。黎明时的小尖山还处在一片迷蒙中，再加上海风刮起的巨浪在撞击礁石后腾起的水雾，怪石嶙峋的黑色礁石呈现出一种鬼影幢幢的感觉。

尽管视线不清，但周海生还是感觉到这座小岛上有人。因为他太熟悉这个小岛了。小时候出海打鱼时为避风暴他多次上过这座小岛，参加游击队后为打通三北至苏北的运输线他又多次上过这座小岛。最近一次上岛是日寇投降前，当时日本三北宪兵大队一个班曾在这小岛上驻扎过，还配有一艘武装巡逻艇，专门强征过往船只的盐税和渔税。为了拔掉这颗钉子，一九四四年冬天周海生曾奉纵队首长之命，亲率教导大队两个中队分乘五条船于一天夜里包围了这个小岛。当时战斗打得很激烈，他们先是把鬼子的巡逻艇炸掉，以截了他们逃路。然后将岛上的八名鬼子团团围住，鬼子明知无路可逃，但就是不肯投降，凭借占据岛上的制高点和凌乱的礁石，与周海生他们捉迷藏，游击队战士只要往前稍一推进，躲在岛上岩石和岛下礁石后的敌人就会放出冷枪。战斗进行了一个多小时，只闻敌人的枪声，却不见敌人的身影，周海生知道这是敌人在拖延时间，企图等待援兵，但他一时又想不出好的办法，如果采取强攻，敌人当然一定会被消灭，但他们自己也会付出沉重的代价，这仗不能这样打。正在焦虑之时，周海生看到在小岛的岩石缝中，全是一丛一丛的枯草，不觉心头一动。

当下便把身后的田万里等四名战士叫了过来，如此如此这般这般与他们一说，田万里领命，当即率四名战士悄悄从山脚下的礁石间潜行至小岛东侧，十几分钟后，只见从小岛东侧，突然燃起了一片熊熊大火，那火很快便蔓延开来，火随风势，风助火威，一会儿工夫，那火就自东而西，席卷过来。这一招真灵，不足一袋烟的工夫，躲在岩礁后面的鬼子就熬不住了。有两个躲在一块大岩石后的鬼子本想熬过这火势，不料他们藏身的岩石四周全是丰密的枯草，那草十分干燥，被燃着之后，便越烧越旺，越烧越猛，最后把旁边的一棵岩树也燃着了，很快两个鬼子的眉毛头发烤焦了，衣服也起火了，在忍无可忍中，这两个鬼子只好端起枪，呜里哇啦地嚎叫着从岩石后冲出来，以便在临死前做最后的挣扎。然而周海生不会再给他们这种机会了，他从旁边一名战士的手中取过一支步枪，连瞄也没瞄，便"当当"两枪，将两个鬼子的脑袋打开了花。剩下的六名鬼子，有三名从岩礁后面冲出来，这三人的衣服已被烧成粉碎状，裸露的皮肤被火烤得油亮而肿胀，这三人明知道岛四周全是游击队战士，却并不想隐蔽，而是并排在一起，端着枪，从一高坡上冲下来。他们的脸扭歪着，龇着牙，嘴里呜里哇啦的，不知道在叫喊些什么。田万里这时已匍匐着爬到周海生身边，说："大队长，要不我去会一会他们？"周海生冷笑一声说："没有时间啦，早点成全他们吧。"田万里会意，便将他手中的那挺捷克式轻机枪的枪口移过来，手指轻轻一扣，三个点射打出去，三名鬼子连吭也没吭一声，就都一命呜呼了。

消灭了三名鬼子兵，周海生便指挥小岛四周的其他游击队战士往岛上做地毯式搜寻，他想尽快消灭那剩下的三名鬼子兵，以便早点结束战斗。但是搜索了一阵之后，他觉得有点不太对头，怎么包围圈越缩越小，敌人却反而没有了动静。他扭头对身后的田万里说："不对头。"田万里不解，问周海生："怎么不对头，大队长？"周海生说："敌人可能已死了。"田万里不信，说："你怎么知道敌人已死了？"周海生吸了吸鼻子，说："你没闻到血腥味和肉焦味？"于是田万里也使劲吸了吸鼻子，但他什么也没闻到，这时周海生对通信员小王说："通知各中队，原地待命。"转头又对田万里说："你跟着我，其他同志都蹲下，没有我的命令，谁也不准乱动。"说毕便弯下腰，以跳跃式姿势，朝岛顶上摸去。他身后的田万里端着机枪紧紧跟随着。快到岛顶时，在一块大岩石下面，周海生突然站住了，呈现在他的面前的是三具并排躺着的鬼子兵尸体，其中一具已被烧成焦煳状，全身乌黑而卷曲，另两具上半身裸露，有暗绿色的肠子从各自的肚子中爆出来，从两人各持利刃互刺对方腹部的情形看，两人是相约而死的。

十二

小尖山岛上的鬼子被消灭后，日军三北宪兵大队再也不敢派兵上岛了。日寇投降后，驻守三北的浙东保安团也曾派兵上过岛，但不到一个月，六名团兵因为受不了岛上的恶劣环境而全部逃掉了，逃跑时还把搜刮上来的税款也都卷走了。再后来海匪王八妹部也派兵登过岛，但八名海匪在登岛后不久便全都失踪了，据说有人曾在对岸王八妹盘踞的澉浦镇后的滩涂上见到过这八个匪兵的尸体，这些匪兵全被割了喉，他们究竟被谁所杀，为什么要把他们的尸体丢在王八妹的地盘上，谁也说不清。

这之后小尖山岛便一直无兵驻守了，岛上没有兵，但周海生却断定这小岛上一定藏有人，他不是凭猜测，也不是凭想象，而是他确实听到有人在某处岩石后呻吟，或者在哭泣，这呻吟和哭泣很短促，短促得一般人不注意时根本听不清，但是他听到了，没有错，这岛上真的藏着人。但这人究竟是谁呢？是当年逃过一劫的鬼子兵？还是国民党军队或王八妹部留下的残兵？这似乎都不可能。

现在唯一能够解释的，就是在这里避风的渔民了。没有错，他们是渔民，然而，如果是渔民，他们的渔船在哪里？小尖山岛的北边是崖壁，只有南边是滩涂，以前周海生来这里避风时都是将船停泊在岛南边的一处小湾里，但是小湾里此刻并没有船。

突然间，周海生似乎想起这岛上的人是谁了，一定是他们，是自己的同志，肯定是自己的同志，这么一想他竟连最起码的警觉也不顾了，便起身朝礁石后的岛上大喊了一声："上面有人吗？是教导大队的同志吗？"他的喊声很快得到了回音，只听得岩石背后有一人朝下面喊："是我们，大队长，是我们！"喊声还未落，周海生看到在朦胧的晨光中，有三四个人，正朝他连滚带爬扑过来。其中一人就是田万里，见到周海生，田万里哭着说："大队长，参谋长他受伤了。"周海生急切地问："他在哪儿？政委呢？"田万里抹掉泪水说："参谋长在上面，政委没见着。"

在田万里的带领下，周海生在岛顶一间日军留下的破营房里见到了参谋长余达。余达是江西赣州人，十五岁起就曾跟随项英等人一起在粤赣边区一带打游击，淞沪抗战爆发后，蒋介石迫于形势，将南方各省红军游击队之鄂豫皖边区高敬亭部、湘鄂赣边区傅秋涛部、湘粤赣边区项英部、浙闽边区刘英部、闽西张鼎丞部等改编为国民革命军陆军新编第四军，余达在部队改编时被抗日游击纵队的粟裕司令员看中，先是给他当警卫员，后粟司令见这小鬼年纪不大，打仗却十分机智勇敢，便把他下派到作战部队去当排长，次年便当上连长，那年他才十八岁。余达后来在与日军的一次作战中肺部中弹，半年后伤愈归队。不久，适逢部队正从各团抽调赴浙东开展秘密游击斗争的骨干，余达便找到团长，说："算我一个。"团长一愣："你开什么玩笑，一营长刚刚牺牲，我正想叫你去接替他呢。"余达说："还是叫别人去吧，我在山里打过游击，有点经验。"

就这样，二十岁的红军老战士余达就在当天晚上随从各部队抽调上来的二十三名干部战士，经过七天八夜的秘密急行军，抵达上海郊区的浦东奉贤，并很快与地下党浦东工委接上了头。不久之后，遵照中央及华中局关于应迅速派员开辟浙东革命根据地的指示，余达等五名红军干部便随浦东淞沪支队的五十余名干部战士，从奉贤海边的一处滩涂上登船，经过一夜航行，秘密渡过杭州湾，踏上了三北的大地……

（节选自长篇小说《北撤》，2015年8月由中国电影出版社出版）

王家堡逸事

蒋军辉

1

大概是十年前吧，我对上虞土改的历史产生了兴趣，收集了许多资料，走访了一些老人，其中有不少资料和老人的回忆里都提到了王家堡这个叫王道儒的地主。一位叫陈印泉的老先生曾回忆道："这个王道儒，是王家堡最大的地主，身材颀长，绰号'长子'，下巴养着一蓬山羊胡。据说他曾拜一个江湖艺人练武，有一身好武艺。王道儒为人凶悍、霸道，曾霸占了湖水庵一个尼姑做小妾。"对于王道儒霸占尼姑为妾这件事，我在王家堡另一位不愿透露姓名的老人那里，听到了另一种说法，老人说："王道儒生性风流，曾勾引湖水庵一个小尼姑，两人勾搭上后，王道儒娶了小尼姑做小老婆。"不管哪种说法，这个王道儒都不是什么好人。

我对王道儒感兴趣，很大原因是他是我爷爷那一辈人的远亲。我家祖上世代居住在王家堡，中华人民共和国成立后从王家堡移居到百官。说是远亲，其实老死不相往来。爷爷去世前对自己在王家堡的那段生活耿耿于怀，他收留过一个从邻县过来要饭的年轻女子，并打算娶这个女子做老婆。但他得先替这个女子看病，他为此向王道儒借过钱。

"他从兜里摸了几个钱，那几个钱，他是扔过来的，就扔在我的脚下。"爷爷说。爷爷没要那几个钱。那几个钱给女人看病，跟没有差不多。"你这个败家子。"走的时候，爷爷听到了身后王道儒的骂声。女人后来死在了王家堡。爷爷抱着女人的遗体，哭了个天昏地暗。

我爷爷年轻时家里有几亩水田和一头水牛。那几亩水田就在牛头山脚下，上好的地。但日子过得实在太艰难，他欠了一屁股债，那几亩水田被他卖给了王道儒还债。

"他出的价格比别人高不少，正好可以还掉债务，否则，你现在就看不到我的腿了。"爷爷拍拍他的右腿对我说。王道儒喜欢买地，碰见有地的人家，总会问："你想卖地吗？我买。"

至于那头水牛，爷爷卖地后的那个夜晚喝得酩酊大醉，躺在了牛棚里，第二天早上醒来，发现那头牛已经离家出走了。人倒霉起来连畜生都嫌，爷爷这么想。

几年后，湖西乡公判大会在王家堡召开。在恶霸地主王道儒的批斗大会上，爷爷愤怒地指着王道儒说："我猜，不，我肯定，我欠了那么多钱是王道儒让人设的圈套，他早就想霸占我家那几亩水田！"王道儒张了张嘴，想说什么，最后还是闭了嘴，什么都没说。

那是 1950 年秋天。

2

1949 年 5 月，王家堡地主王道儒陷入了惶恐不安里。5 月 21 日，盘踞在丰惠县城的国民党党政军获悉解放军突破了曹娥江，县长吴驰绷与浙江保安队一个团 300 余人即于当日晚 10 时许，仓皇启程，狼狈逃窜。5 月 22 日凌晨 5 时，中国人民解放军进抵上虞，把红旗插上了国民党县政府的门楼。国民党军政干部在逃跑之前举行了绕城一周的告别仪式。吴驰绷身形肥大，行动不便，逃跑时需要几个人抬着，被解放军逮捕时，脚上只穿了一只鞋子，狼狈不堪。

王道儒在县城丰惠开设的酱铺里的伙计夜里敲开了他的房门，汇报完酱铺的事后，伙计告诉他，丰惠解放了。

"我看到了解放军。"伙计兴奋地说，"我们去迎接解放军了！"

王道儒看了伙计一眼，目光阴冷。他挥挥手，打发走了伙计。窗外月朗星稀，院子里的竹子在风中"沙沙"地响着，竹影投射到窗上，摇曳多姿。他走到天井里望着天，他知道，天变了，一切都会与以往不同。

几天后，解放军进入了王家堡。据村民回忆：1949年5月的一个夜晚，村东桥头的桥阶上坐满了聊天的村民，男人们吸着旱烟管，聊些天南地北道听途说的新闻。王道儒也来了，搬了条竹椅坐下。有人问他："王店王（注：'店王'是越地一带对一家的男主人的尊称），吴驰绸跑了，你怎么不跑？"王道儒说："我又不是罪大恶极，跑什么？我拥护新政权，跑了也白跑。""吴驰绸被抓了。"有人说。王道儒不作声，蔫头耷脑的。这时路口突然间出现了一群荷枪实弹的军人，村民们吓得慌忙跑回家里，"砰砰"关上门。过了一会儿，家家户户都有人敲门，又听到很低沉的声音说："乡亲们，我们是中国人民解放军，是老百姓自己的队伍，请大家不要怕，把大门打开。"接下来是家家户户一阵开门的声音。

"我父亲点亮了油灯，领着解放军到楼上。楼阁很低矮，他们弓着背，用耀眼的手电筒往我床铺上照射。第二天早上，我起床下了阁楼，看到解放军睡在家门口的门板上，家家都有。露天里拴着很多战马。解放军起床后，吃了大淘锅里烧好的早餐。这时军号'嘟嘟'地吹响了，解放军迅速背起背包，牵着战马，挥着手跟乡亲们告别。我好奇地跑到村东桥头晒场上的大路边，望到徐家堡、曹家堡的大路上全部都是解放军，往东边走去，听说是到宁波去的。"陈印泉老先生回忆起这段往事时这样说道。

那晚路过王家堡的是解放军的一个营，营部就设在王道儒家的西厢房。解放军进村时唯独没有关门的是王道儒。他让两个老婆把屋子里所有的灯都点亮。他家里有几个用人，前几天已经被他打发回家了。

进来几个解放军，为首的腰间别着短枪。

"老乡，今晚我们想在你这儿借住一宿。"别短枪的说。

"欢迎长官，欢迎长官，蓬荜生辉，蓬荜生辉。"王道儒拱手道。

"不要叫长官，这是我们方营长。"旁边一个战士说。

王道儒提议把营部设在他家的堂屋里，并提出把自己的床让出来给首长们睡，被方营长拒绝了。方营长在他的屋子里转了一圈，看中了西厢房，那是堆杂物的地方。"已经打扰了，我们不能再给老百姓添麻烦。"方营长一再拒绝他的好意。

王道儒整个夜晚都心神不宁。对于王道儒如此热情招待解放军的原因，许多村里人认为他是居心不良。

土改时王道儒被抓，就关在王家大院的西厢房里，湖西乡土改工作组派了两个民兵看守。王道儒的大老婆缠过足，每天踮着小脚给他送饭。王道儒的小老婆李菊花，从来没有去过西厢房，她向工作组揭发了王道儒曾经想收买和腐化解放军的事实。那天夜里，方营长和几个战士还在灯下看地图，王道儒让他的两个老婆起床，给解放军烧了一桌菜，拿出了他自己都舍不得喝的陈年女儿红，请方营长他们喝一杯，被方营长拒绝了。王道儒还提出，把自家粮仓里的粮食献给解放军，献给中国人民的解放事业，也被方营长委婉地拒绝了。解放军不拿群众一针一线。李菊花还向工作组透露了一条重要线索，当时，王道儒几次试图接近解放军正在研究作战的西厢房，想打探解放军的行动，以便给附近来不及逃跑的反动势力通风报信。那时，附近的山上，还隐匿着一些来不及逃跑的国民党政权的残留人员，这些人中，好些是王道儒的朋友。

"我是想对解放军尽地主之谊，可是我又不敢过去。"事后审问王道儒时，王道儒狡辩道。他显得有些激动。

公安人员要他交代与哪些反动势力勾结，这些反动势力是些什么人，在哪儿，他却什么都不说。

"他试图负隅顽抗。"有老人如此回忆道，"他的眼神是迷茫的，这是垂死挣扎和灭亡前的绝望。"

3

王家堡原来的村支书叫王福荣，十来年前我去过一趟王家堡，顺便拜访过他。"我们那时不叫村支书，叫大队书记，足足当了30年。"老人笑呵呵地说。他的牙齿差不多掉光了，说话时嘴一瘪一瘪的。老人曾经是王道儒家的佃农，他们家曾经租种过王道儒五亩水田。

"交过租后，勉强能填饱肚子。"老人说。

老人曾是当时乡里第一个报名参军参加抗美援朝的年轻人。抗美援朝，保家卫国，老人说："当时我家分到了六亩地，收成交了公粮就全归自己了，日子过得喜庆。我家兄弟两个，我想，那就我为国尽忠，弟弟向父母尽孝吧，于是就报名当了兵。当兵很光荣的，戴了大红花，在当时的乡政府门口照了相，这是我这辈子第一次照相。"老人拿出一张斑驳的黑白照给我看。几个年轻人，朝气蓬勃地站在一个大院落前，面带笑容。

1950年，人民解放军驻乡的地方部队，组成土改工作大队，开始帮助地方建立基层乡村民主政权机关。皂湖乡被改组划分成禄泽乡、湖西乡、湖东乡。王家堡属于湖西乡，乡人民政府后来设在王道儒的宅子里。东边厢房和柴房是乡民兵连的队部。武装民兵集中住宿。持枪民兵在村口要道昼夜轮流站岗放哨，警惕妄图逃窜的国民党军残余势力和民国政权的伪职要员。

王道儒被关押，他被赶到原来的牛棚里居住。王道儒的大老婆没有生育，他的小老婆替他生了一个儿子。乡里的民兵敲开他家的门抓捕他时，他先是一愣，然后说道："该来的一定会来。"

第二天，李菊花便走进土改工作组，揭发了王道儒的累累罪行。李菊花是李家坳人，幼年丧父，母亲改嫁，她从小由爷爷奶奶抚养，10岁那年爷爷奶奶先后死去，她成了一个孤儿，被湖水庵老尼姑收留。

"我的成分是贫农，我爷爷奶奶靠给地主打短工、到河里打鱼过活。"

她说，"我属于被压迫的人。"对于这一点，李家坳的村民都证明她没有说谎。她小时候很可怜，有一次太饿了，偷摘人家地里的青豆荚吃，被人家追着打。有村民这样回忆。

"我17岁那年，有一次，王道儒来庵里躲雨，他看上了我，后来他经常找借口来庵里，再后来，他趁静安师太不在庵里，把我强暴了。再后来，我发现我怀孕了，我没有办法，只好嫁给了他。我是受害者！我儿子也是受害者！我要控诉，我要揭发！"李菊花哭哭啼啼地说，"我在王家没有地位，说是小老婆，其实是一个使唤丫头，你们要为我们母子做主呀。"

因为李菊花对王道儒的揭发，工作组对他们母子与王道儒做了区别对待。

但另一位老先生却和我谈起过湖水庵发生的一件有伤风化的往事："说到这个湖水庵，老一辈人都有记忆，就在大湖边上，一间平房，后面两三间茅屋，里面住着一老一小两个尼姑，小尼姑十六七岁，正值妙龄，不甘心过黄灯残烛的生活。后来，一个叫王道儒的男子见她有几分姿色，蓄意勾引，最终做出了有伤风化的事。在王道儒的威胁下，老尼姑允许小尼姑还俗，嫁给王道儒。小尼姑婚后为王道儒生有一子。这件事，成为湖西一带人人皆知的丑闻。"

对于李菊花揭发的真实性，王家堡人都没有站出来驳斥。李菊花母子1949年后基本上过着普通农民的生活。

4

那天王福荣老先生带我去看了王道儒的老宅。老宅子在山脚下。"王道儒的爹讲究风水，这地方风水很好，听说聚财。"老先生说。老宅子呈"凹"字形，砖木结构，两层楼，廊柱很粗，大门上方有飞檐，砖头上雕着花纹、人物，有些模糊了，院子里铺着石板，尽管年久失修，宅子看上去依然很坚固。土改后，这个庭院先是做了临时乡政府，后来乡政府迁到李家坳，这房子就分给了几户贫农。

"我家也分到了两间，没有这两间房，我们兄弟俩不一定讨得上老婆。"王福荣说。老人在抗美援朝时负过伤，退伍后回村当了几年民兵连连长，再后来，就当上了大队书记。

院落里空荡荡的，大部分人家已经搬走了，在别处造了楼房。一位老人颤颤巍巍地从右边的厢房里走了出来。

"福荣，你来了？"

"水夫，你也在？"

1950年初，逃亡在外的王水夫获知了上虞已经解放，即将进行土改的消息，千里迢迢从上海赶回王家堡。他到湖西时是早晨，他走到碧波荡漾的皂李湖边，手捧着水洗了一把脸，抬头看见山坳里太阳正在升起。他起身向王家堡走去。王家堡的人远远看见一个衣衫破烂的人走过了狭长泥泞的村道，走进了一个叫阿桂的女人的破草屋，接着，草屋里传出一个女人撕心裂肺的喊声："水夫，我的儿，你还活着！"

一个秋高气爽的早晨，王家堡牛头山的山坡上，用竹子搭起了一个高台。台后的山岗上，草木葳蕤，东边宽阔的溪流清澈如镜，潺潺而下，在晨曦中闪着银光。一个大好的晴天！"湖西乡人民政府公判大会"将在这里召开。

民兵王福荣，拿着一面铜锣，一路"当当当"地敲着，喊着："今朝（注：方言，今天）在王家堡牛头山要开大会，家家户户都要参加。"不一会儿，来自各堡各村的男女老少，都从屋子里走出来，涌往牛头山，在山坡上就地坐在划定的地方。

台上坐着乡长和驻地的解放军官兵，各村的武装民兵佩戴红袖章，挎着步枪，领头的高举民兵连的大红旗，健步进入会场，神采飞扬，一时间整个山头上是人山人海，喧闹一片。突然，人们的目光都转移到台上，穿黑色警服、荷枪实弹的公安警察押着几个捆绑着的反革命分子、恶霸地主出现在台上，成横排面朝前低头跪下。王道儒排在左边，他很强硬，试图站起来，被身后的警察一脚踢在腿窝子上，老老实实地跪下了，他不时抬起头，东张西望，很不服气。刹那间会场寂静无声，只听微风吹动树叶沙沙地响。五位身材魁梧的解放军战士挺立在台正中，中间那位听说是土改队的王大队长，是山东人，他用洪亮的北方口音庄严宣布："上虞县湖西乡公判大会开始！"接着，在旧社会受尽苦难的老百姓一个接一个地上台，倾吐多年来积压的苦水。他们有的怒气冲冲挥拳跺脚；有的扭着鼻子、揩着眼泪；有的哽咽着说不出话，只是一个劲地哭。

王水夫的母亲蹒跚着走上台，她站到王道儒面前，指着他的鼻子，颤抖着手，嘴巴嗫嚅着，说不出话，接着弓着背号啕大哭，悲痛得站立不住。王水夫跑上了台，扶住他的母亲。接着开始愤怒地述说起王道儒的所作所为。

王水夫兄弟三人，靠在皂李湖划一只脚桶船抓鱼、卖柴和替王道儒打短工来养家糊口。后来浙东游击队三五支队在王家堡附近活动，兄弟三人被游击队发展成为眼线，替游击队传递情报。三五支队北撤后，有一天，国民党县政府的保安团一个连包围了王家堡，把正好在家的王水夫的大哥、二哥抓去了，严刑拷打，他大哥二哥被打死在了牢里。那天王水夫在山窝的溪沟里钓泥鳅，王福荣跑来，对着他喊："水夫，你大哥二哥被保安团抓去了，你快跑，保安团朝这边来了！"

王水夫扔下钓具就往山上跑。

"向保安团告密的，就是你！"王水夫指着王道儒说。

5

后来，我又去了一趟王家堡。王家堡现任村支书是个精干的中年人，自称大老粗，身后跟着一个细瘦的年轻人，是个大学生村官。"这是我们村的村级高考状元，我想让他留在村子里，接我的班。"中年人说。对村子的发展他有自己的规划。

如今的王家堡村，合并了附近几个村子，成了一个拥有三千多人口的大村，湖西乡也早已在几次乡镇区域调整中不复存在。"村子的基础设施建设都已完成，现在要搞文化建设。"村支书说。整个村子现在挖掘和规划出五个人文景点，包括坐落在村子五个方位的金、木、水、火、土五口古井，始建于元朝的古庵——湖水庵、明清建筑——王氏故居，王家堡古私塾以及一个游击队战斗遗址。

那个湖水庵，现在被整饬一新，时间留下的沧桑和记忆基本被铲除。

"我们已经考证过，湖水庵的历史，可以追溯到元朝。"村支书说，"王道儒的老宅子，被修缮一新，作为明清建筑，成为村里又一景观。王水夫等老一辈村民基本离开了人世，这老房子就没人住了。我们已经和王道儒的孙子联系了，让他回老家看看，顺便给家乡投资。"村支书说。王道儒的孙子考上了大学，后来留学美国，现在是美国一家大公司的职员。

"他很愿意回来看看。"村支书说。

那个游击队战斗遗址也在老宅附近，一块空地上立着块石碑，写着"三五支队战斗遗址"。

对于这场战斗，村里的老人们都津津乐道：王道儒的父亲王守奎，为人圆滑，奉行不得罪主义，日伪来了，他送钱送粮，国民党地方武装来了，他也送钱送粮，一九四四年秋，新四军三五支队根据情报人员提供的信息，获知王守奎有部分粮食即将资敌伪部队，遂采取行动，夺取粮食，行动中与敌伪交火，王守奎被伪军误伤，医治无效死亡。

王福荣老先生生前曾经跟我说起过一些王家堡的往事："以前世道不太平，经常有土匪、日伪等来村子里骚扰，专门吃富户。主要目标是王道儒父子。每次王道儒父子都给钱给粮，把他们打发走。有一回一伙土匪抓走了王守奎和几个村民，让王家堡派人带钱去赎，是我陪着王道儒去山窝里把人赎回来的。王道儒这人，胆大，和土匪称兄道弟，脸色一点都没变，最后居然和那几个土匪拜了把子。他胆大，我胆也不小，出发前，他指着我说，小子，怕死吗？不怕死跟我一起去。我跟上他就走。据我所知，王道儒和土匪拜了把子后，曾经指使这伙土匪抢劫了丰惠一户做棉花生意的人家。王道儒也做棉花生意，两户人家是竞争对手。此后，那户人家一蹶不振，这一带棉花生意王道儒一家独大。那时候，王守奎是保长，王守奎死后，王道儒当了保长。"

至于那场战斗是否发生过，或者真实情况是什么，目前已经无法完全了解。不过把王家堡的老年人一些支离破碎的回忆拼凑起来，却可以推测出王守奎和王道儒父子确实有资敌行为。1945年5月，上虞境内国民党驻军公然投敌，被日军收编，一日，有一部分伪军路过王家堡，就临时驻扎在王道儒家里。王道儒做棉粮生意，过山道时，有伪军一路押送，没有人敢抢他的东西。

6

我爷爷老了的时候，对自己年轻时候的所作所为悔恨不已。

"我不后悔卖地，但不应该为还债卖地。如果那个女人敲开我家门时，我手上还有地，我把它卖了，那个女人也许能救活。"爷爷说。

作为王氏族人，爷爷小时候在王家堡的小学念过书。小学前身是王氏私塾。辛亥革命后科举取消，新学兴起，王氏先人出资开办了小学。小学的全称叫仁义小学，这个校名还是王守奎定下来的，他家堂前挂的也是"仁义"二字，让村里人都感到颇为讽刺。据老一辈讲，王守奎在村子里名声不太好，抠门，刻薄。

爷爷小时候，听老师讲得最多的，也是"仁义"。"我不仁不义。"爷爷说。他当年的话没有深说，我也听不懂。后来有人给爷爷介绍了一户百官人家，想招赘，他离开了王家堡，当了上门女婿。爷爷当时的成分是贫农。王家堡分地给他，他没要。在本地，给人家当上门女婿，是被人瞧不起的。

另外，王家堡的王振奎先生，近年来热衷于对自己村村史的研究，他告诉了我不少王道儒的其他传闻。

曾经，王道儒还在村里建过一个育婴堂，专门收留被遗弃的女婴和女童。并把村里的 30 亩地和商铺的一部分股份作为育婴堂的基金，保证育婴堂有足够的经费。这个传闻引起了我的兴趣。

但很快，另一位老先生向我解释了这个传闻的真实情况："王道儒设立育婴堂收留女婴和女童，那些女童长大成人后，有几分姿色的，都被王道儒带回家当丫头，实为玩弄。"

王福荣的老婆 7 岁进育婴堂，也帮着照看过那些女婴。14 岁那年到王道儒家做用人，手脚麻利，会看脸色，很讨王道儒大老婆的喜欢。王道儒大老婆曾承诺过几年为她寻个好人家嫁出去。王道儒大老婆自杀后，是她找了口薄棺材把王道儒大老婆埋了。

"当时王家做大事情时，我家这个死鬼就会被叫去帮忙，他对我有意思，被王道儒看出来了，王道儒说，其他先不管，小伙子家真是太穷了。"老太太继续说，"当时还有一个叫珠花的姑娘，长得挺可爱，很讨王道儒喜欢。"

"怎么个喜欢？"

"会搂搂抱抱，捏把脸什么的。其他暗地里的事，我就不知道了。"

"姑娘没反抗？"

"扭扭捏捏的，大概是不敢翻脸吧。"

这个叫珠花的姑娘，后来在批斗王道儒时，指控王道儒对她图谋不轨，企图强奸她，并揭露了育婴堂的一些黑暗内幕，比如，一些女婴没有得到很好的治疗，病死在了育婴堂，以及管理育婴堂的妇女虐待一些女婴的事实。

我陆续还在当地老人写的几份回忆录里看到过一些关于王道儒的往事：王家堡曾经成立过"水龙会"。当时兵荒马乱，盗匪横行，王道儒为此出资，在村里成立"水龙会"，招募村里的青壮年男子加入，并购置了鸟铳、大刀、长矛，聘请武术教头日夜训练，有盗匪来袭，就把队伍拉出去。

但这些青壮年男子上有老下有小，不愿意拼命，土匪一动手，就四散逃跑。所以后来王道儒解散了这支队伍，重新招募了一批人，这些人都是地痞流氓，不要命，对付土匪倒是很英勇，但是村子里聚集了这么一帮子人，治安成了大问题。这些人没事时，四处骚扰村民，欺男霸女，强吃强拿，村民怨声载道。

这支队伍有时也帮王道儒解决一些棘手的问题。有一年，王道儒与他人在生意上发生纠纷，物资被扣，王道儒带着这支地主武装，抢回了物资，打死对方店员一名，打伤附近村民两名。

这支地主武装，在解放军解放上虞之前，被王道儒解散了。其成员中的许多人，由于劣迹斑斑，后来的生活过得都很艰难。

7

1950 年春，王家堡开始土改。中国人民解放军地方部队组成了土改工作小队，进驻王家堡，具体指导土地改革。王福荣和王水夫被村民推举为村民代表，参加了土改工作。土改之前，首先要评定每户家庭的家庭成分，核实每个农民家庭的现有人口和土地面积，包括自有土地、租入土地。以占有土地的多少作为划分评定家庭成分的主要标准。全村所有的土地被汇总、登记造册。王家堡将近七成以上的土地都属于王道儒所有。绝大部分村民没有土地。

全村人在群众大会上，一家一户民主评定，造册公布。王家堡大部分人的家庭成分是贫农，中农有五六家，富农三家。分地开始，先核定现有农业人口，根据现有在册土地，先留足公有田后，平均每人 1.5 亩，各户把分到的土地，在田中插上毛竹片，并写上土地的地号、都图、亩分，然后由土改工作队、村长、村民代表再去实地复查核对，上报县人民政府，然后县政府派工作人员下村按照畈名、都图、亩分反复与农户核对。最后，再上报县人民政府，颁发《土地所有权状》到农户手中。

在获得《土地所有权状》的那个晚上，王福荣特意点了油灯，拿着证书在油灯下反复看，抚摸。他当时还不认字。小时候帮父母干农活，没工夫去念书。后来当兵了，还是部队给扫的盲。他想确认一下这份证书的真实性，于是，他走出了茅屋，走过蜿蜒的村道，找到了曾在仁义小学教书的王博望老先生，让他把那份《土地所有权状》帮他念一遍。

"你确定没念错？上面写的是王福荣，不是王道儒？"

"没念错。"

"您再念一遍。"

王博望老先生又念了一遍。王福荣看着老人发呆。

"还念吗？"老先生看看他问。

"不，不用了。"王福荣接过证书，捧在胸前，走到门口，又回过头看看王博望老先生。

"不会念错的，不会。"他喃喃自语道。

第二天王福荣一大早跑到自家地里。他坐在田埂上，轻轻地捧起一把土，端详了一会儿，一把塞进嘴里，嚼着。

8

1950年秋，王道儒在公判大会后，与其他几个罪犯一道被押赴刑场枪决。刑场就在牛头山下一块空地上，山脚下孤零零地立着一块巨石，山上是茂密的松树，阳光炽热，空气里有松脂的气味。两边的庄稼地里，稻谷已经收割，只剩下稻茬。来观看的外村人多，本村人不多，许多本村人在公判大会后目送王道儒被押往刑场，在路上聚了一会儿，便都各自回家了。

王道儒跪在地上。他左边那位，曾当过伪军，仗着日本人的势力在乡里胡作非为，干尽坏事；右边那位，是个流氓恶霸。王道儒的双手被反捆着，无法动弹。刚才在赴刑场的路上，他看见了他的小老婆李菊花和儿子。他停下来，看了看李菊花，李菊花用右手搂了搂儿子，冲他点了点头。他的大老婆在人群里冲他喊："王道儒，棺材已经给你准备好了。"

"让你吃苦了。"王道儒冲大老婆喊。

王道儒跪在地上，等着那一声枪响的到来，此刻，他回想起了1945年的那个深秋，那是一个很平常的秋天，现在看来，却是决定他命运的秋天。那一天，驻上虞县的国民党保安团连长派人来邀请他赴宴。保安团连长即将升任营长，这是他上下运作的结果，运作需要的钱，王道儒资助了不少。现在，这个连长单独请他吃饭，以表谢意。他坐上了对方派来的车，去了县城丰惠，县城里，他有几家商铺，他也想趁此机会盘一下商铺的账目。

那天晚宴上，他喝多了。席间，保安团连长和他谈起了国内形势。

"中共三五支队已经向北逃窜。"对方说，"他们不堪一击。"

"逃窜还是撤退？"王道儒问。

"他们回不来了。"对方碰了碰王道儒的酒杯说。

"他们还是有群众基础的。"王道儒喝口酒说。"我们村里王水夫三兄弟你得把他们抓起来。"王道儒接着说。那天他喝得晕晕乎乎的，睡在了保安团的营房里，第二天一早醒来去找保安团连长，卫兵告诉他，保安团连长带部队去王家堡抓人了。

王道儒拍了拍脑袋，昨晚喝多了，头疼。他在原地站了一会儿，去了店铺。

后面传来拉枪栓的声音。王道儒知道，那一刻就要到来。他扭转了头，望了望远处。

此时，远处的村道上，一队农民挑着谷担，正往梁湖粮站的方向走去，那是丰收的农民去交公粮。还有一队披红挂绿的少男少女，说说笑笑地走着，晚上乡里在晒谷场搭了个台，挂上两盏汽油灯，农民将自编自演越剧，宣传男女平等、婚姻自由。

城之初

朱建平

1

眼睛一眨，我在华星织造厂工作三年了。这三年，对我来说是极其漫长的。华星织造厂像一支已经燃到尽头的蜡烛，我没有看到它的辉煌，只看到了它的没落。

一九九一年春节刚过，华星织造厂因为规模大，很快沦落为镇里最大的亏欠户，再也无法支撑运营。厂长蒋光头想了一招，出了个通知，把堆积在仓库里的棉布、涤纶布折价给工人发工资。这样的做法工人尽管很不满，但聊胜于无，两三百名工人死撑了几天后，最终还是乖乖到仓库领布。

我也领到了三匹棉布、五匹涤纶布。我把叠在一起的布细细整理一番，找了块纸板，夹在布堆里，算是做个记号。做好一切，我和擦着汗的供销科科长陈虎商量："陈科长，要不我们科里的人自己组织一下，找找以前的关系，去卖掉吧？"陈虎苦笑一下："以前的关系户现在的处境也和我们差不多，产品都堆积在仓库里。你要是不怕送过去后拿不回货款，你就送。"

陈芳倚在布堆上哭了，她那两个已经出嫁的姐姐也是厂里的职工，三个人的工资被折合成布匹，足以让家里变成织造厂另一个面料小仓库。我在办公桌前坐着，想了许久，还是走过去说："别哭，你的布包在我身上。"陈芳抬起头说："你怎么包？"我说："你别管我怎么做，反正保证给你卖掉变现钱。"

我是在三天后的凌晨四点多出发的。我本来打算把自己和陈芳的布，雇一辆三轮汽车全部运送过去。可最后想想，觉得这样不妥，如果卖不掉，又贴进去运费太不划算，还是先去试探一下。于是用去年新买的"幸福牌"摩托车驮了两匹布赶到陈芳家。陈芳已经等在门口。她见我只带了两匹布，问我："你怎么只带两匹布？"我笑笑，说："这样才能多带两匹你的布。"陈芳的脸一下红了："谢谢。"

陈芳从没坐过摩托车，此刻，坐在我的后座她既新鲜又慌乱，时不时因为我的一个急转弯或者急刹车，吓得尖叫起来。我转过头，对陈芳大声喊道："你不能把手放在我背上，你得搂住我，这样安全。"

摩托车的后座捆了几布匹，骑着摩托车的我有意无意地来个急刹车。把手臂撑在胸口，努力让自己和我保持点距离的陈芳，早已慌得闭上了眼睛，现在我这么一说，她只能把撑在胸口的手腾出来，搂在我的腰上。我兴奋得"嗷"了一声，一加油门，摩托车飞似的向前冲去，把陈芳吓得哇哇大叫。

我去的地方，在板湖。板湖在我家的北面，因为水路、陆路都很发达，属于书上说的九省通衢商贾云集之地。据史料记载，板湖最早出现商业现象，是在春秋时期。据说越国大夫范蠡帮越国打败吴国后，带着美女西施泛舟板湖并隐居。到隋唐时期，京杭大运河开通后，浙东大运河也应运而生。板湖和浙东大运河相通，范蠡就自然而然地和浙东大运河联系在了一起。所以，早在唐宋时期，板湖镇在运河边就为范蠡建了陶朱公祠，陶朱公祠后来毁于战火，板湖镇在二十世纪九十年代初按照史料记载，在原来陶朱公祠的地基上建了蠡园，用来纪念范蠡。现在蠡园门口竖着范蠡高高大大的青铜雕像。我所说的市场就在范蠡青铜雕像边上，也就是在蠡园门口的广场上。

广场有三四百平方米大，虽然说不上熙熙攘攘，但还算是人来人往，这让很少看到过热闹场面的陈芳有些迷糊。她悄声问："哪个是买布的？"我侧过头，细细看了一会儿，说："我也说不上，不过我觉得只要仔细看一会儿，就很快能把买者和卖者区分开来。你看空着手背着包，在不停东张西望的，肯定是买家。手里拿着几块手帕大小、颜色不一的布块在给人看的，应该是卖家。"陈芳细细看了一会儿，说："对，我看出些门道来了，不过他们手上都有样品，我们没有。没有样品，买主怎么知道。"

我拍了下头，说："对啊，我怎么把准备样品这事忘记了。"陈芳转头看了一会儿四周，说："你等我一会儿，我去去就来。"我应了一声，转身把摩托车后座上捆住布匹的棕绳解开，把涤纶布和棉布分开，在摩托车座位上并排放好。这样看起来，一目了然。

没过多久，陈芳拿着一把裁剪专用的剪刀过来了。我打趣说："没想到你这么机灵，我还没开口，你就知道我要用剪刀了。"陈芳说："别贫嘴，赶紧剪样品，我还得去还剪刀。"我接过剪刀，拎起一匹布的一角，说："拉紧了。"陈芳答应一声，拎起布匹的另一角，很快，四块巴掌大小的布被剪了下来。

等陈芳还了剪刀回来，我让陈芳站在摩托车边上管布，自己拿着剪下来的样品，准备走到人多的地方去兜售。

我拿着涤纶布、棉布的两块样品，走到范蠡青铜雕像下，拿着样品布边喊"卖布，卖布，全正品的涤纶布、棉布，价格优惠"，边使劲挥舞，但直到我喊得口干舌燥，也没人理会。我觉得很奇怪，边上的人不用像自己这样吆喝，看上去却是生意兴隆，而自己像个街头小贩一样叫唤，反倒没人理会，其中究竟有什么门道？我索性在范蠡像脚下找了块干净的石头坐下，看这些人是怎么做生意的。

我刚坐下，一个戴着一顶半新旧草帽，穿一件浅灰色衬衣，四十来岁的男人上来打招呼了："小兄弟，你是第一次来板湖卖布？"我点点头，说："是啊，工厂倒闭，开不出工资，用布抵钱。"戴草帽的男人"哦"了一声，说："那你有多少布？"我想了想，说："不多，我和女朋友两人加起来也就七八匹。"戴草帽的男人从手里拎着的那只印着"为人民服务"字样的黑色人造革手提包里，掏出一包"金猴"香烟，抽出一根递给我。我摇摇手，说："我不抽。"戴草帽的男人说："不抽好，我是戒不掉。"说完，把烟叼到嘴上，又从手提包里掏出一包火柴，把烟点了，深吸了一口，慢慢吐了几个烟圈后，说："小兄弟，不是我说你，你这样卖布是卖不出去的。"

我笑了，说："怎么会呢？"戴草帽的男人说："你不信，你就去等吧，看看有没有人来和你谈。"

我说："我还真有点不信。"戴草帽的男人说："那你继续试试，要是真的卖不出去，再来找我，我就在蠡园广场晃荡。"说完，叼着香烟走了。

走着瞧！我看着戴草帽男人的身影冷笑一声，继续挥舞着样品布叫喊着。但果然如戴草帽的男人所说的一样，虽然有人理会，但也只是拿起样品布看看，问一下价格，就没有了下文。

太阳越来越高，天也越来越热。早上吃的一大碗冷饭经过这番折腾，早没有了踪影。再转头看看远处站在摩托车边上也拿着样品布在兜售的陈芳，我不得不相信戴草帽男人说的话了。我灰溜溜转回到摩托车旁边。陈芳问我："有人买不？"我叹口气："有问的人，但没有深入谈下去的人。"陈芳不由自主地眼睛一红："要是布卖不出去，只能自己用了，可这么多布，我们一家人要什么时候才能用完呀！"

我伸出手，像是要抓住飘浮在空气中的运气似的，用力挥舞了一阵，说："别急，我们再等等。"说完，我把刚才戴草帽的男人说的话和陈芳说了一遍。

陈芳说："那男人说的话会不会是真的？要不我们去试试？在这里站着也是站着，白白浪费时间太可惜了。"我"嗯"了一声，拔下插在摩托车上的钥匙，打开装在座位后面的工具箱，找出一包还没拆开的"杭州"牌香烟，又找出一包火柴，盖上后，对陈芳说："你要是肚子饿了，工具箱里有香糕，还有两瓶凉开水，你自己拿着吃。"陈芳点点头。

我沿着范蠡铜像前面的河沿往西走，沿路的河边三三两两停着几艘乌篷船。坐在乌篷船上的大多是四十来岁戴着乌毡帽的男人，而蹲在河边和乌篷船上男人说话的人，都是一些拎着人造革包年龄不一的男女。我来回走了几圈，想找一个人聊聊，却始终不知道该找哪个。我忽然想到读书时候在做英语试卷时候经常玩的一个游戏，遇到不知道答案的选择题，就闭上眼睛拿笔在答案上乱画一通，等张开眼睛看到笔停在哪个答案上就写上那个答案。这样的选择虽然好笑，但不知道为什么，有时也能瞎蒙到正确答案。所以，我继续采用了这个方法，闭上眼睛瞎转一通，选中了另一个戴着草帽的男人。

男人蹲着河边的石坎上，在和乌篷船上一个戴着乌毡帽、胡子拉碴、一下子看不出年龄的男人聊天。我走过去，一时不知该如何称呼男人，就叫了声："师傅，来抽根烟。"说完，掏出烟盒，抽出两根，分别递了过去。两人接过香烟，我又掏出火柴，把他们的香烟一一点燃。戴草帽的男人深吸一口后，微微仰头，对着运河连吐了几个烟圈。烟圈从男人嘴里吐出来，一环套着一环，把我都看呆了，不由自主地竖了竖大拇指，说："你真厉害。"戴草帽的男人笑笑，说："我吐烟圈厉害，其他不厉害，他才是真正的厉害。"说完，用手指了指乌篷船上戴乌毡帽的男人。

戴乌毡帽的男人嘿嘿一笑，吸了几口烟后，把还剩大半截的烟蒂扔进河里。我看看他，再看看站在自己边上还在吐烟圈的男人，一时搞不清是递上的烟差还是别的原因，让戴乌毡帽的男人这么快就丢掉了烟。不过我很快觉察到自己多想了。戴乌毡帽的男人扔了烟蒂后，也从口袋里摸出一包"金猴"香烟，抽出两根递给我和男人。我摇摇手，说："我不抽。"戴乌毡帽的男人也不客气，随手叼在自己嘴上，点燃，深吸了几口后，也把还剩着半支烟卷的烟屁股扔进了河里。看来这是一个人的习惯。

一支烟抽完，戴草帽的男人忽然问我："小伙子，你叫什么名字？"

"我叫钱华，金钱的钱，中华的华。你呢？"我问男人。

戴草帽的男人说："我和你同姓。"说完，从包里摸出一只薄薄的不锈钢名片夹，抽出一张名片递给我："这是我的名片。"我接过名片，细细看了一遍，说："板湖浩亮纺织品信息部经理钱浩亮。钱经理，我们果然是本家。"钱浩亮笑着说："别当真，经理就是自己封的。"说完，对着戴乌毡帽的男人说："强哥，你的名片给我本家一张，以后还得你罩着他。"

被称作强哥的男人憨厚一笑，伸出手，抓起一根系在乌篷船上的麻绳，塞进河坎石板一个拳头大小的洞里，打个结，把乌篷船系在了运河岸边。接着抬起左脚，斜斜地跨在乌篷船船艄前面的石基踏道上，伸出右手，对钱浩亮说："来，拉我一把。"钱浩亮伸手拉住强哥的右手。随着乌篷船的船艄往下一沉，强哥已经站在了钱浩亮的身边。

强哥拍了拍屁股，又转头看了一下四周，这才从裤兜里摸出一个装名片的塑料盒子，抽出一张递给我："小兄弟，你跟着浩亮叫我强哥就行，这是我的名片，下面有我的电话，你随时打，随时有人接。"我赶紧接过名片，上面写着"板湖镇轻纺布匹交易咨询服务部经理张志强"。

我说："没想到两位都是做卖布信息服务的。对了，强哥，我先请教一下，我的布吆喝了大半天，怎么没人来买呢？"

张志强哈哈笑了两声，说："这你就不懂了，卖布这事得让我和浩亮帮忙。"

我连忙说："强哥，你和钱经理得帮帮我，我一大早赶了百把公里路过来，卖不掉再带回去，吃不消。"

张志强说："你有多少布？"我说："六匹。两匹涤纶布，四匹棉布。"张志强继续说："你把布拿过来看看。"我连忙把手上的样品布递上，说："在这里呢。"张志强接过样品布，翻来覆去看了一会儿，又递给钱浩亮，说："你看看，有没有人要这个？"钱浩亮说："等下去问问就知道。"我一听，连忙说："谢谢强哥，谢谢钱经理。"钱浩亮笑笑说："本家，先别急着谢，我们先小人后君子，和你说明规定，让我们帮忙是要付手续费的。"

我连忙说："这个我懂，亲兄弟明算账。手续费怎么付？"

钱浩亮说："有两种方案。第一种一口价，说好多少钱，无论你卖多少布，都是这个钱。第二种计件价，按件收钱。供你挑选。"

我想了想，笑着说："钱经理，我就六匹布，你看哪种合适？"

钱浩亮想了想，把头转向张志强，说："强哥，你看呢？"

张志强问："钱华，你的布是从哪里贩卖过来的？"我叹了一声，说：

"我哪有能力贩卖啊，这是我忙了一年的工资奖金。"钱浩亮说："什么意思？"我就把华星织造厂倒闭，用布抵工资的事说了一遍。张志强问道："那不是有很多人的手里还有急着变现钱的布匹？"我说："是啊。"张志强看看钱浩亮，再看看我，说："兄弟，我倒有个打算，不知道你有没有兴趣？"我说："什么打算？"张志强说："你可以把工人手里的布收过来，然后拉到这里卖，当然，由我和浩亮负责介绍牵线。要是做成了，你就是老板了。"

"做老板我不想，我现在就想着把手头的布卖掉。"说完这话，我想了想又说，"做老板当然好，只是我没有那么多的本钱。"张志强说："什么事都是一步一步来的，也急不得。再说，你现在的六匹布，只要找到了买主，一分钟就解决了。"

此时，太阳已经升到了半空，深秋时节的太阳，依然炽热。我把手中的样品布交给钱浩亮后，回到摩托车旁等消息。摩托车已经被太阳晒得滚烫，守着摩托车的陈芳也已经热得头昏眼花。她见我笑嘻嘻地回来，连忙上前迎我，小声问道："去了这么长时间，有没有好消息？"我说："有。"陈芳开心地说："太好了！"我说："别高兴得太早，八字还没一撇，你刚才看到的人就是去帮我找买主的人，不过他们是要拿介绍费的。"陈芳说："帮我们找买主要介绍费，我还真的是第一次知道。"我说："我也是第一次知道，不过听他们的口气应该不会太多。"陈芳想了想说："如果卖的钱比厂里折算给我们的钱要多，那还是很合算的。"我说："就是少一点也是好的。毕竟布是死的，钱是活的。"

钱浩亮终于回来了。他的后面跟着一个留一头披肩长发、四十来岁、穿浅色长裙的女人。女人走到摩托车旁，仔细地摸了摸放在摩托车座位上的布后，问我："这个布你打算怎么卖？"我看了看钱浩亮，再看看陈芳，说："你先开个价，合适了就卖，我不是做生意的，对布的行情也不是很懂。"

女人说了个价格，我快速盘算了一下，说："再加一点。"女人说："差不多了，你放在这里不用交税交管理费，我买回去还得掏运费，成本是不是就提高了？"我还想说，陈芳推了我一把，说："好吧，就卖给你。"女人笑笑，说："还是你老婆直爽。"陈芳刚想解释，我连忙说："那不行，这个价格有点低。"女人说："不低了，不信你去周边问问。再说，你今天不卖，也只能等到明天了。"

钱浩亮轻轻把我往边上一拉，说："兄弟，差不多就卖了吧，不然你明天还得再来，来来回回的，多麻烦。依我说，今天带来的，都卖了，明天多带几匹，来的时间也早一点，这样价格也可以卖高些。"陈芳也拉了拉我的手，说："卖了吧。"我想了想，点点头。

算好钱，女人让我把六匹布背到边上的一辆三轮车上放好，然后从背着的一只棕色小包里掏出一大沓钱，数好，递到陈芳手里。

陈芳接钱的手有点颤抖，她没想到布能卖得这样快，而且卖的钱比预想中的还多。不过，等她看到我数钱给钱浩亮的时候，才明白过来，这多出来的钱，是钱浩亮的功劳，也是属于钱浩亮的。她虽然有点心疼，但想想也值得，如果没有钱浩亮的牵线搭桥，这六匹布根本就卖不掉。

钱浩亮接过我递上的钱，数了数放进包里，朝我挥挥手说："走了，小兄弟。"说完，转头朝远处坐在乌篷船上的张志强走去。

我忽然醒悟过来，小跑几步，追上钱浩亮，说："钱经理，有件事想和你商量下。"钱浩亮看看我，笑着说："本家，有事直说，不用客气。"我看了眼远处的张志强，挠挠头，说："钱经理，我还有几匹布急着换成钱，不知钱经理能不能再帮我这个忙？"钱浩亮拍拍我的肩膀，说："你这话见外了，你换钱，我挣钱，不是都一样。你什么时候把布带来都可以来找我，我一定帮你寻找销路。"我说："好，那太感谢了！"

钱浩亮刚转身走了两步，忽然停住了脚步，回过身对我说："本家，我差点忘记和你说了，你下次带布过来，千万不能放在这里了，你今天是运气好，没碰上联防队。板湖镇镇政府有规定的，布匹不能随意交易，不然，被联防队抓住是要被没收的。下次你先找个地方把布放好，然后带着样品来找我。"我连忙答应。

2

陈芳去了趟板湖卖掉了布，这消息传得比风还快。陈芳回家不到两小时，家里很快聚满了人。陈芳一脸不解地问我："这是怎么回事？"我只是笑笑，因为我也说不出为什么。其实细想一下也简单，陈芳的爸妈或者我的爸妈看见不到一天时间就卖掉了布，想不和别人说都难。

那天晚上，有几个平素和陈芳关系要好的女伴，索性连布都背到陈芳家里了。陈芳开始嘻嘻哈哈地和大伙说板湖的见闻，说多了，她不由自主地冒出一个念头。这个念头让她顿时激动起来，恨不能立马赶到我身边，把这个想法告诉我。

其实，在陈芳被人问东问西的时候，我也被人围住了。和陈芳不同的是，她是被叽叽喳喳麻雀般的嘈杂声包围，而我则是被一帮哥们按在饭桌前，不停地和他们猜拳拼酒。当然，他们和我猜拳喝酒不是白干的，把堆在家里的死布变成活钱才是目的。

陈芳带着一帮女人在镇汽车站边上的阿华饭店找到我的时候，我已经被这帮想着挣钱的哥们灌得晕头转向。见到陈芳，犹如找到了救星，赶紧起身拉住陈芳："要不是陈芳，我哪有这样大的能力把布卖掉。所以，大家千万别找我。"陈芳刚想开口，见我使劲朝她眨眼，顿时明白过来，索性装聋作哑，一声不吭。

我趁陈芳成了人群中心的机会，赶紧溜出门，找了个墙角，伸出右手的食指，使劲往喉咙口一抠。"哇"的一声，一大堆秽物冲口而出落在地上。我又抠了几下喉咙，把自己吐得眼泪鼻涕横流。直起身揉了几下酸痛无比的腹肌，摇摇晃晃到饭店厨房的水龙头下冲了冲脸，用手兜了几把水漱漱口，才感觉舒服不少，于是重新往这帮吵嚷的男女走去。

被人围着的陈芳看我脚步发飘晃着过来，连忙挤出人群，问："怎么样？吐了？"我说："嗯，吐出来后好多了。"陈芳松了口气，说："那就好。"不过，她见我依然脸色发白，精神比刚才也好不了多少，又悄声说：

"钱华，我再和他们说说，给他们两个方案选择。一是跟着我们去卖布，二是把他们的布作价卖给我们，由我们去卖，你说这样好不好？"我摇摇头，说："不行，只能有一个方案，一起去卖布。卖给我们，我们卖不掉怎么办？"陈芳说："我们可以再想想，也不要一下子就回绝了。"我点点头。

陈芳拉了张凳子让我坐下，然后对大家说："以后你们就跟着我和钱华去卖布吧，我们也没有精力和实力帮大家直接卖布。"陈芳的话刚出口，站她边上的杨娟开口说："陈芳，我杨娟一直把你当妹妹的，你让我跟着你去卖布，家里的活就没人干了。这样吧，我把布先给你们，等你们把布卖掉，再给我钱，好不好？反正我那几匹布放在家里天天看着，既心烦又占地方。"

杨娟一开口，除了机修工董标一声不吭，其他人都热烈响应，说杨娟的话说得太对了，放在家里的布如果不卖掉变钱，也就是一堆无用的废物，两相比较，与其放在家里被老鼠啃咬，不如交给我和陈芳去卖，好歹也能换点钱回来。

我看了眼杨娟，再看看边上几个瞪着眼急等回音的男女和一声不吭的董标说："你们都相信我？"杨娟笑了："我和陈芳像姐妹一样，有什么好担心的。"其他人也跟着应和。我叹口气，说："既然大家信得过我，那就这样，明天上午你们把布都拿过来，我给你们写好收条，到时候等我卖掉了，按收条结算，卖不掉，也按收条退回。"大家说了声"这样好"，又乱糟糟说了一通，也就各自回家，只有董标坐着不动。

我说："董标，走，回家了。"董标说："钱华，我想跟你合伙一块去卖布。"我说："卖布？我也只是想替大伙解决一下困难，让我去卖布挣钱，我想都不敢想。"董标说："你在厂供销科做过销售，有门路，有经验。"我苦笑一下："我在厂供销科里也只是跑腿，从来没有单独出去跑过销售。"董标说："钱华，你是不是在推托？我和你是从小到大的兄弟，我的为人你还不了解？所以，无论如何，我是跟定你了的，至于合伙的钱，你出多少，我也出多少。"

3

给张志强的电话，我是掐着点打过去的。

张志强接起我的电话，就说："兄弟，浩亮奔波一天，给你找了几个买主，但要的量都不大，总的加起来，还不到十匹。所以你说的几十匹布看来需要卖一段时间了。"我心里一紧但嘴上还是说："强哥，我明白，卖布这事又不是你和钱经理说了算，只要能帮同事们把布换成钱就好。"

张志强说："小兄弟，现在做生意变数太大，之前说好的说不定等下就变了，或者现在看着没戏，可能不到一分钟生意就做成了。所以我想提醒你，今天浩亮虽然联系好了，但明天你来的时候就不一定了，我是想着提前说明，免得到时候误会。"我连忙说："强哥，你放心，我理解。"张志强说："你明天到了板湖，不能把布拉到范蠡像下了，不然可能要被罚款，你先在街口停一下，然后来找我，我会给你找好停车的地方。"我连声道谢。

挂了电话，我想，要把这几十匹布拉到板湖，小三轮肯定拉不了，必须得用小货车。厂里有一辆五十铃的小货车，是用来拉纺织原料和布匹的，这几天厂子停产，小货车也就停在厂里，闲着。如果蒋光头能同意借车，我这几十匹布运到板湖就方便多了。

我骑着摩托车找到蒋光头家里，蒋光头还在吃饭。见我进门，抬头招呼我说："钱华，难得，正好，一起喝点。"边说，边让老婆拿出两瓶啤酒、两个杯子。我连连摇手，说："不喝了，我刚在家喝过。"蒋光头说："啤酒就是饮料，不会醉。"说完，打开瓶盖，把我面前的酒杯倒满，而后把酒瓶往我边上一放，说："一人一瓶。"我只能答应。

等半瓶啤酒下去，蒋光头说："小钱，听说你前天去板湖卖布形势不错，一个上午就卖掉了十几匹布，厉害啊。"我脸一红，说："哪有十几匹，就六匹布，也是运气好。"蒋光头说："不管怎么说，能卖掉就好。"我说：

"就是，能卖掉一匹也是好事。"蒋光头点点头，说："对了，你肯定无事不登三宝殿，说，找我什么事？"我把想借用厂里的五十铃小货车往板湖送布的事说了一下。蒋光头想了想，说："这好办，等下我写张出车单，你直接去找向伟达就可以了。"我很是激动，连忙倒满一杯啤酒，站起身，恭恭敬敬地对蒋光头说："谢谢厂长支持。"说完一干而净。蒋光头拿起酒杯，喝了一口，说："别光喝酒，赶紧吃点菜。"说完，拿筷子夹了两块红烧冬瓜给我。我赶紧说："谢谢，谢谢，出车的费用我会按厂里规定支付的。"

蒋光头点点头，说："付出车费用是应该的，当然，你现在属于把本来应该是厂里做的事做了，所以，只要按规定付钱，车尽管用。"我连忙说："厂长，这也是我的分内事，我本来就是搞销售的。"蒋光头说："小钱，现在我和你属于私人交流，能不能说句实话？为什么在厂里销不出布，一离开厂，这布就能销出去了？"我愣了一下，一时不知道该怎么回答。蒋光头看看我的脸色，说："你别多想，我也就这么一说，不过，我倒有个想法不知道你有没有兴趣。"我说："什么想法？"蒋光头说："我想把厂里所有库存的布都卖给你，当然，价格可以比我们定的出厂价低，只是有一个要求，必须款到发货。"我笑了，说："厂长，你在和我开玩笑吧，我哪有那么多钱，要是有那么多钱，我肯定存银行吃利息，光这利息就足够让我几辈子都吃不完。"

蒋光头说："小钱，你别以为我在说笑，我是看在你人好，还有你姐夫和我关系不错的分上才和你说这事。当然，你现在或许觉得一下拿出一大笔钱买仓库里的货是在开玩笑，过上一两年，你会觉得，你幸亏抓住了这个机会。"我说："谢谢厂长，你让我想想。"蒋光头说："好，但时间不要太长，时间长了，你就是想要，估计也轮不到了。"

我走的时候，蒋光头从一只棕色的拎包里找出一个笔记本，笔记本里夹着几张介绍信、出车单。蒋光头撕了几张出车单签了名字后递给我："上面的路线你填好后让向伟达签上名字，回来后及时交给财务。"

　　拿到出车单，我赶紧往向伟达家赶。向伟达在看电视。郭靖、黄蓉、黄药师、欧阳锋在雪花飞舞的荧屏里进进出出。向伟达见我进门，虽然感觉奇怪，但还是赶紧起身，把自己刚刚坐的位置让给我。边上坐着的几个邻居，见向伟达有客人了，也边回头看电视，边磨磨蹭蹭地起身往外走。我连忙说："没事，没事，你们坐着看电视，我就和伟达说两句话。"伟达引着我走到门口，说："钱华，有什么事，说吧，别客气。"我从口袋里掏出两包香烟和一张出车单，说："伟达，很不好意思，明天想请你帮我拉些布去板湖。"我边说，边把两包烟往向伟达手里塞，向伟达用力推我的手，说："不要这样。"我说："我又不抽烟，刚好我爸有烟，我就拿了两包过来。"向伟达迟疑了一下，接过出车单，说："你们明天什么时候出发？"我想了想，说："我七点钟出发，只是要装布，要辛苦你早点过来。"向伟达想了想，说："那我六点半到你家。"我说："哎呀，太好了，明天早饭我会让我妈烧好的，你不用麻烦了。"

4

　　闹铃设置在五点半，但五点不到，我就起来了。这一夜，我根本就没睡好。

　　洗漱完毕，和在厨房准备早饭的妈妈说了几句话后，我拿着陈芳登记的单子，把堆在堂前的布匹仔细核对了一遍，开始盘算这些布应该卖什么价，才能赚更多的钱。想着想着，我突然觉得该装部电话了，没电话，信息沟通不畅，也就难以挣钱。只是装电话没四千块钱下不来，但愿这次去卖布能有个好收成，别的不想，能把装电话的钱挣回来，我就满意了。

　　正想着，耳边忽然传来一声响亮的汽车喇叭声。我出门一看，果然是向伟达来了。我赶紧跑过去，打开车门，拉住向伟达的手臂，说："赶紧下来，早饭我妈已经烧好了。"向伟达也不客气，跳下车，跟着我往家里走。

　　我妈已经在桌上摆好两碗糖水面，上面各卧着两只鸡蛋。向伟达看了看满满的面条，说："这么满，我吃不完。"我妈说："年轻人，胃口大，这点面算什么。"向伟达充满歉意地笑笑，说："真的吃不完，我早饭吃得不多的。"我听向伟达不是客气话，就拿过向伟达面前的碗，往自己碗里夹了两筷面条，又从自己碗里夹了只鸡蛋放进向伟达的碗里，向伟达连连推辞。我说："面条我吃了，鸡蛋你吃，不然我也吃不下。"

趁向伟达吃面的工夫，我跑到董标家。董标正在洗脸刷牙，听我喊他，顺手抓了几块昨天晚上蒸好的粳米糕，赶紧出门。

陈芳还没到。我看了看帮着装车的向伟达，对董标说："你和伟达先歇一歇，我去把陈芳带过来。"陈芳在收拾床铺，听到我喊，连忙从窗口探头应了声。我妈站在门口，见我带着陈芳回来，随口问了一声："陈芳，你早饭吃了没？"陈芳支吾了一下，我说："这有什么好客气的，没吃过就没吃过。"陈芳笑了笑。我妈说："我去煮，煮面条也方便。"说完，走进厨房，忙活了一阵后，也端了一碗糖水面出来，放在桌上，说："陈芳，你慢慢吃，我再去烧两个鸡蛋。"陈芳连忙说："不用，不用。"等我妈余了两个溏心鸡蛋出来，陈芳已经吃完面条，跟着我在背布了。

大概是我们来得比较早的缘故，这天的蠡园广场没有上次那么热闹。本来我想让向伟达把车停在蠡园的边上，但想到张志强的告诫，就让向伟达把车停在离蠡园还有百十来米路的一个路口。

晨光中的运河，比平时更显鲜活。太阳斜斜地照在河面上，把一漾一漾的河水染成了耀眼的金色。偶尔一只小船驶过，把带起的浪花，也变成了金色。沿着河坎，三三两两停着的乌篷船，像腊月时候挂在晒衣杆上的鱼干，虽然看着东倒西歪，但整体看，还算比较整齐。自从前些天在乌篷船边碰到了张志强和钱浩亮，我知道这些乌篷船不容小觑，蠡园门口自发的布匹交易市场的需求信息，通过这些乌篷船的辐射，找到买家和卖家，一条乌篷船就是一个买卖信息交换中枢。

我和陈芳走在运河边上，不时有人站在乌篷船上问我们是卖布还是买布。我点点头说："卖布。"对方说："你把布样拿过来，我们谈谈，我给你去找买家。"我只能满脸歉疚地说："不好意思，我已经和人联系好了。"跟在后面的陈芳趁人少的时候问我："你干吗拒绝？"我说："你别小看这些人，这些人都是有自己的地盘和范围的，我已经和张志强、钱浩亮联系好了，就不能再和别人谈了，除非他们两人自己提出来不接我的业务。"陈芳说："这样啊，你不是前天才和他们认识，怎么知道得这样多啊。"我说："不是我知道得多，是他们自己告诉我的。"陈芳哦了一声，也就不再多说。

我和陈芳沿着蠡园广场和运河找了一大圈，才找到钱浩亮。钱浩亮手里拿着一块白色带暗花纹的泡泡纱，蹲在河坎边，在和乌篷船里一个满脸胡子的男人聊天。我叫了声："钱经理。"钱浩亮抬起头，说："小兄弟，你来了。"我嗯了一声。钱浩亮说："等我会儿，我和老赵聊一下。"我答应一声，从裤兜里摸出香烟，抽出两根，分别递给钱浩亮和老赵。两人客气了一阵，各自接过，我又掏出火柴，帮两人把烟点上，然后就和陈芳站在边上听他们两个聊天。

站在边上听了会儿，我听明白了，钱浩亮刚刚兜了个客人，是卖泡泡纱的。钱浩亮的客户信息中没有买泡泡纱的，所以就把这个信息转给乌篷船上的老赵，由老赵出门去寻买主。泡泡纱是刚刚兴起的高端产品，我也只是在跑销售的时候，听人说过。至于泡泡纱的面料，我是知道的，是用纯棉或者涤棉织就，外观别致，立体感强，质地轻薄，手感柔软，穿着不贴身，凉爽舒适，洗后不需熨烫。只是让我没有想到的是，在板湖这里居然有这样的产品在卖，不知是哪个地方生产的。

陈芳伸手摸了下钱浩亮手里的泡泡纱，对我说："泡泡纱不但看着漂亮，而且手感特别好，怪不得很畅销。"我小声说："这样高档次的布料都要推销，我们的布卖不出去也很正常了。"陈芳抬头看了看还在和老赵聊天的钱浩亮，小声说："今天拉来的布会不会卖不掉？"我叹口气，说："不知道，如果真的卖不掉，就只能在这里找家旅店，开个房间，把布放在房间里，每天出去兜售了。"陈芳皱了皱眉，说："你是不是早有这个打算？"我苦笑一下，说："跑了两年产品销售，早把我逼得先想退路了。"

说话间，在和老赵说话的钱浩亮转过头说："别灰心丧气，要相信我和强哥的能力。布在哪里？"我指了下远处的五十铃小货车，说："在那边。"钱浩亮看了看小货车，目测了一下装载布的高度，说："你拉了多少过来？"我说："六十多匹，涤纶布和棉布各一半。"钱浩亮说："有点多了，昨天我联系好的一个客户只要十匹涤纶布。"我说："我拉一匹是拉，拉十匹也是拉，要不是小货车装载量小，我恨不得把堆在家里的布都拉来了。"钱浩亮笑着说："小兄弟，贪心了吧。"我也努力让自己露出笑脸，说："有你和强哥在，我再贪心也没关系。"钱浩亮拍拍我的肩膀，说："等下和强哥商量一下，毕竟托我们推销布料的也不止你一个。"我连忙说："那是，那是。"

钱浩亮和老赵招呼了一下后，走开去找张志强了。老赵也划着乌篷船离开了河岸。陈芳说："听他的口气，我们这布好像要卖不掉了，要不你站在这里等他，我去边上看看，说不定能让我遇上一笔生意呢？"我想了想，说："样品没剪。"陈芳说："我早剪了。"说完，从背着的小包里抽出几块手帕大小的布料。我不禁笑了："没想到你还有这样的心眼。"

5

三千来平方米的板湖轻纺市场最终还是建起来了。当然，这已经是一年以后的事。

板湖轻纺市场建得很简易。大跨度的钢梁上面，盖着石棉瓦。石棉瓦下面是红砖砌的墩子，墩子上面是五孔水泥楼板。五块四米长的水泥楼板拼在一起，就是一个摊位。市场周边是营业房，营业房连着围墙。摊位和营业房里摆满了各式布匹，来来往往的人都在嫌弃市场的摊位太挤，胖一些的人甚至都无法通过。

所有的一切，都说明板湖的轻纺市场已经有了规模。

原本被迫预交摊位费的那些卖布的人，都在后悔当初怎么就不多交点钱，多租下几个摊位呢。我当初交钱预定了两个摊位，现在租金要价已经过万。只是这两个摊位我们并没有自己用，而是出租，租金四人平分。当然，在这一年中，我们的"四人团"也发生了很多事。我和陈芳结了婚，在轻纺市场重新租了两个摊位，拉起了"芳华纺织"的招牌，除了卖涤纶布、棉布外，还兼卖服装。董标和人联合开了一家托运店，走的路线北到黑龙江，南到广东，他最大的愿望就是能拿下到新疆的路线。向伟达也租了个摊位，专卖棉布。对这一点，我很佩服向伟达，觉得他有思想。当初租好摊位，我问他准备卖什么布为主的时候，他就说卖布和卖其他东西一样，不能什么都卖，要专，只有专了，才能发展。张志强和钱浩亮依然经营着他们的信息服务部，只是现在他们的信息面更加广，除了卖布买布的信息，他们还做起了转租轻纺市场摊位的信息、托运店运输的信息。这一切，让他们自然而然成了相互帮衬的组合。

板湖轻纺市场的开业成功，一时成了县里奄奄一息纺织厂的强心剂。华星织造厂彻底关门熄火，蒋光头从华星织造厂去了区纺织厂。区纺织厂和华星织造厂同年建厂，同年开工。当时华星织造厂比区纺织厂要多十多台织机。听陈虎说，当初华星织造厂在筹建的时候，区工业办公室主任专门找到蒋光头，邀请他出任区纺织厂的厂长。但蒋光头不同意，同样是厂长，华星织造厂毕竟比区纺织厂要多十多台机器。只是让蒋光头没有想到的是，后来华星织造厂关门了，区纺织厂却还硬撑着，这一撑，就撑到了板湖轻纺市场的开业。蒋光头走投无路，只能屈身去求他的朋友、区纺织厂的厂长。区纺织厂的厂长看在曾经是朋友的面子上，给他弄了个分管销售的副厂长头衔。蒋光头明白，他头上副厂长的这顶帽子，其实就是一块自我安慰的遮羞布，但事到如今，为了生存，他也不得不接受这块遮羞布了。

蒋光头到区纺织厂做销售副厂长，尽管是一个摆设，对我来说，却是利好，我又可以找蒋光头买布了。

板湖轻纺市场一天天在成长，我在华星织造厂工友中的名声也跟着板湖轻纺市场的发展水涨船高。所以,当蒋光头到区纺织厂后,就算我不找他,他也会来找我。

蒋光头从前虽说是厂长,也了解些许销售的情况。但那时候是领导,大部分时间都只是纸上谈兵。因此,他到区纺织厂半年,销售基本没有多大的进展。这样的结果厂长虽然没说一句,但蒋光头自己也接受不了。他也曾到板湖轻纺市场去寻找过销路,可惜,转了几天,依然找不到一个合适的客户。没法,他只能远走石家庄、郑州、兰州……结果依然令他伤心。我的上门,对他来说,无疑是一个大惊喜。

现在的我,不再是前两年刚到板湖时的我了。我懂得了抓住时机,知道了讨价还价。所以我坐在蒋光头的办公室里只喝茶,不说话。最后还是蒋光头沉不住气,先提了出来:"钱华,我想让你到我们厂销售部工作,怎么样?"我说:"蒋厂长,这两年我自由惯了,坐不了办公室。"蒋光头说:"不是让你坐办公室,我不给你指标,就让你在板湖轻纺市场给我们厂销产品。"我说:"这样简单?"蒋光头说:"就这样简单。"我笑笑,说:"有什么条件?"蒋光头说:"条件是有的,但不高,就是每个月得有销售量。"我想了想,说:"蒋厂长,你们得给我一个合理的考核政策,而且要和我的收入挂钩。"蒋光头说:"那当然,这事是我的初步设想,先和你说一下,你答应了,我再和厂长商量。"

蒋光头没想到他的提议得到了厂长付林的支持。只是付林在和蒋光头说这话的时候提了一句:"你和钱华说,给他按厂里销售员的待遇,每个月发基本工资,但拿基本工资的前提是完成厂里定的销售指标。"蒋光头说:"厂长,你要是这样定,他肯定不会同意,你也知道,销售员的基本工资他根本看不上眼。"付林笑了:"老蒋,你想想,如果他成了我们厂的销售员,是不是等于有了我们这个靠山?这样的优厚条件他能不同意?其实,我并不想让他真的成为我们的员工,我想的是和他合作,让他在板湖的摊位,成为我们厂的门市部。"蒋光头听了,醍醐灌顶,忍不住说:"厂长,怪不得华星织造厂最终关门,区纺织厂越来越红火,市场开拓不了不是关键问题，思想不开放、发展点子不多才是重点。"

当蒋光头把厂长的话和我一说，我差点笑出来，不过脸上还是显露出一副为难的样子。其实，这个想法我早就有了，在自己的两个摊位挂上区纺织厂门市部的牌子，让客户觉得这个摊位是厂里开的，信任度就会大幅度提高。只是我不敢奢望区纺织厂能同意我的这个想法。现在蒋光头上门来了，真是瞌睡时被递枕头——正好。

我越来越发觉现在的我已经和两年前的我不一样了，以前我从没想过算计，而现在，我也开始懂得算计了。我对蒋光头说："蒋厂长，你提的这个意见很不错，只是我的摊位做区纺织厂的门市部不是很合适，你去板湖轻纺市场看看，凡是挂着门市部牌子的，都是边上的营业房，根本没有一家是摊位。我想能不能这样，让厂里去轻纺市场租一间营业房作为门市部，专门经销厂里的产品。"蒋光头说："要是这样，你肯定得有任务了。"我说："卖布本来就是一件没有定数的活，谁都不能保证一年能卖多少货。"蒋光头说："要是没任务，你也没积极性了。"我说："那不可能，挣钱都是为了自己，肯定努力干活了。"蒋光头说："那我跟厂长去说说，他如果同意，那最好，不同意也就算了。"我说："那当然。"

付林最终还是没同意我的要求，在板湖轻纺市场租一间营业房，一年几万的房租，毕竟不是一个小数目。其实，我对这样的结果也早有预料，所以，当蒋光头把付林的意见和我说了后，我递上了一份供货合同，甲方是区纺织厂，乙方是我。合同规定，乙方负责租用营业房，乙方的货源由甲方负责，货款按压一付一的方式结算，甲方必须保证乙方的货源。蒋光头看了遍合同，笑道："钱华，我真的服了你，你真的是做生意的料。"

想当初，我租了板湖轻纺市场的摊位后就后悔了，因为我看到了营业房的优势。很多客户一进市场，先是在摊位上转一圈，了解一下市场行情，随后再到营业房去看，最后成交的地方，往往是在营业房。在蒋光头来说之前，我已经了解到离我摊位不远的地方，有一间营业房要转租，我也和那个租客谈过，并基本落实。我也知道区纺织厂根本不可能给我租营业房，所以那天等蒋光头一走，我就草拟了那份供货合同。而且我知道，区纺织厂肯定会同意这份合同的。果然，蒋光头把合同带到厂里，厂长立马签了字，盖了章。

货源有了，营业房有了，我想想，"芳华纺织"的牌子是在工商局登记注册过的，这个牌子不能丢。但把摊位和营业房都用起来，似乎精力不够。陈芳说："你和我一人管一处，我管摊位，你管营业房，营业房里只放样品，要看实体的布，就到摊位。"我一听，对啊，这个办法好。

6

区纺织厂门市部是在热热闹闹中开张的。

开张前，我专门请人做了两排样品陈列柜，把自己有的、没有的布的样品，都挂在样品陈列柜上。正对门，是色彩艳丽的布匹样品，转个弯，是未加染色的布匹样品。这样的样品展示，让人赏心悦目，心情大好。至于开张的日子，是我翻了好几天的日历本才选上的。本来想在开张这天放几挂鞭炮、几封"二踢脚"热闹一下，可鞭炮和"二踢脚"现在连市场的门都不让进，更不要说燃放了。

陈芳去商场买了四百只红红绿绿的小气球，叫上董标、向伟达，用了一个晚上的时间吹大，扎好，堆放在营业房里。第二天门市部的开张时间一到，陈芳就拉开大门，把挤在营业房里的小气球往市场里一赶，市场很快被气球占领了。一时间，市场里满是赶气球的，抓气球的，踢气球的，踩气球的。我站在门市部门口，看着眼前的热闹景象，在陈芳脸上拧了一把，说："到底是我老婆聪明，这样的场景绝对让人记住。"

门市部不同寻常的开张仪式很快成了市场商户和客户热议的话题，一时门庭若市。我笑着要陈芳给参观的人编号，然后按序接待。结果，到傍晚好不容易关了门，夫妻俩一合计，今天一天，光顾着忙碌，根本就没谈上生意。陈芳有点懊恼，我说："不用懊恼，应该高兴，今天的开业活动相当于打广告，这么多人光顾，虽然不买，但他们已经有印象了，下次来，肯定会选择我们的货。"

当天晚上，我请了付林、蒋光头、陈虎、姐夫、董标、向伟达在县城的大宋酒店吃饭。本来我想把张志强和钱浩亮也一起叫上，但最后想了想，觉得这两位虽然在自己刚到板湖的时候领过路，但毕竟是相互利用的关系，等到有一天，双方都没利用的价值了，这一层关系也就断了。倒是陈虎，还真的难得碰上。陈虎辞职去山东单打独斗的时候，华星织造厂还没关门，但已经奄奄一息。为此，我只要想到这点，就不得不佩服陈虎的洞察力。陈虎到了山东后，我一直没有见过他，只是听人说他在山东生意做得挺好。前两天，陈虎回来准备买一批人造棉到山东，在板湖轻纺市场闲逛问价的时候，碰上了陈芳，陈芳赶紧把在门市部里折腾的我叫了过来。就这样，断了线的陈虎与我重新联系上了。在我的坚持下，陈虎留下来出席了我的门市部开张仪式。

大宋酒店开业没多少时间，据说是当下县城人气最旺的酒店。为了今天的晚餐，我提前十多天，早早预订。一帮人在大宋酒店的开封府包厢坐定，我点了一箱十年陈花雕。蒋光头说："上十年陈花雕干吗，还是散装大坛加饭酒，实惠又好喝。"我说："蒋厂长，难得聚会，别帮我省钱。"我这么一说，蒋光头也不再说话。陈虎说："我在山东喝惯了啤酒，我还是喝啤酒。"我答应一声，让服务员拿了一箱上来。

还没等热菜上来，一斤装的花雕酒，已经一人一瓶在各人面前打开放好了。作为主角，我站起身，倒满酒杯，举起，说："我有今天，是在座各位领导、兄弟关心爱护的结果，为了表示感谢，我先干一杯。"说完，一口喝下。陈芳赶紧夹过一块醉鸡肉，对我说："快吃点菜，你这样一杯三两下去了，要醉的。"我咬了口鸡肉说："高兴嘛。"说完，又拿起酒瓶，把面前的杯子倒满，说："各位，把面前的酒杯满上，我再敬大家一杯。"蒋光头伸手朝我压了压，说："不急，你先坐下。"陈芳拉了拉我的手臂，让我坐下。我趁机坐下，拿起面前的水杯，满满地喝了一大口凉茶。

我坐下后，大家很快把注意力放在了陈虎上。陈虎是在华星织造厂供销科的时候和区纺织厂的付林熟识的，这次和付林厂长见面，陈虎当然要表示一下。所以，他打开啤酒，把面前的酒杯倒满后，对付林说："厂长，认识那么多年了，从没和你喝过酒，今天我借花献佛，先敬你一杯。"说完，把杯里的啤酒喝得一干二净。付林举起杯子示意了一下后，浅浅地喝了一口。陈虎也不要求，只是再次把酒杯满上，对蒋光头说："蒋厂长，感谢你对我多年的照顾和培养。"蒋光头站起身，举起酒杯，和陈虎的酒杯碰了碰，说："当初有照顾不周的地方，请多多包涵。"陈虎说："蒋厂长，你说这话就是打我脸了，你对我够好的了。一切尽在不言中，我喝完，你随意。"说完，一饮而尽。蒋光头看陈虎喝下后，也喝了小半杯。陈虎拎着啤酒瓶，对姐夫、我、董标、陈芳、向伟达说："各位兄弟，我们碰一下，等下我把瓶里的都喝完，你们随意。"说完，拎着酒瓶与我们的酒杯碰了一圈后，仰着头，就着瓶口，把瓶子里剩余的啤酒喝得干干净净。

一轮下来，气氛开始热烈起来。随着热菜的上桌，人们喝酒的兴致也在不断提高。很快，各人面前的酒瓶都空了一半。

板湖轻纺市场的名气越来越大，来板湖轻纺市场卖布、买布的商户也越来越多，一些和纺织有关的像纺机、纺机配件、涤纶丝、棉纱线等商户也开始进入。一时，原本满满当当的轻纺市场，越加显得拥挤不堪。我、向伟达、董标在轻纺市场里赚到人生的第一桶金后，不断投入，扩大，再投入，再扩大，很快成了轻纺市场里说得上名的生意人。

轻纺市场发展之快，是板湖镇的领导始料未及的。我到板湖轻纺市场做生意已经十二年了。十二年，一个生肖的轮回。板湖轻纺市场已经不再是当初我们刚到时候看到的模样了。轻纺市场南市场再次扩建。

轻纺市场不再是当初的全县轻纺产品集散地，而是成了全国重要的轻纺产品集散地。市场经营的商品也由单一的纺织产品转向品种繁多的轻纺产品。轻纺产品品名比天上的星星还多。最明显的就是涤纶布已经不再叫涤纶布，而是叫"聚酯纤维面料"，而且开发出了数以百计的品种，如涤丝绸、涤丝绉、涤丝缎、涤纶乔其纱、涤纶交织绸、涤弹哔叽、涤弹华达呢、涤弹条花呢、涤纶网络丝纺毛织物、涤粘中长花呢、涤腈隐条呢，还有人造高级鹿皮、人造优质鹿皮和人造普通鹿皮……和涤纶布的辉煌相比，棉布就没有那么多的漂亮名字了，整个市场兜一圈，只要看到市布、细布、粗布、卡其、华达呢、直贡呢、斜纹、府绸、麻纱、泡泡纱、灯芯绒、线呢、绒布这些土土的名字，就知道它们统统是棉布了。

有人戏称，全国人民身上的衣服，除了腰带，其他都是从板湖出去的。县政府已经向省政府申请，把板湖轻纺市场改成板湖轻纺城，经营面积在现有的南、北两个市场的基础上，再向东边和西边扩张，规划再建设东、西两个市场。同时，规划中的东、西市场将以轻纺产品的配套为主。县政府的相关资料显示，到时候东、西市场将专门经营服装、坯布、窗帘布和其他的配套设施，比如酒店、商场、住宅。当然，这些在我看来，都和我无关，至少暂时和我无关。现在的我，似乎已经看到了市场扩展以后竞争的激烈，所以，我现在只想着安安心心地做生意，期待在以后的竞争浪潮中，能稳稳地站着，不倒下。

现在轻纺市场的商品经营越来越专业化，像从前涤纶布、棉布混合卖的形式，已成过去，像向伟达专营棉布的形式已经普及。现在的轻纺市场不再是以前的轻纺市场，按照县政府在报纸上、电视上时常宣传所说的那样，现在的轻纺市场属于"升级改造""二次飞跃"。

板湖轻纺市场在东、西两个市场建造和招商相继完成后，终于成功改名为"板湖轻纺城"。板湖轻纺城改名挂牌那天，县政府在南市场的广场上，举行了隆重的仪式。为了这个仪式，县政府别出心裁地邀请了一百位经营户代表出席挂牌仪式。我、向伟达、钱浩亮、张志强都在被邀请之列。

城筑起来了，市场也更加有规模了，板湖轻纺城从此成了中国最大的轻纺产品集散地。

（长篇小说《轻纺城》节选）

起　航

张剑心

1

雪花纷纷扬扬，飘落在这座南方小城。已经很多年没有下雪，昨晚的一场大雪来得有些突兀。街道看起来仿佛是一堆银子，亮亮的，闪着耀眼的光。檐口挂上了水晶般的小冰凌，像是镶上了一道玲珑剔透的花边。天空是蔚蓝的，没有云彩，空气里透着湿气，好像有千百万个发光的原子。

秦岚裹紧浅灰色长大衣，眯起双眼，匆匆走进位于鲁迅中路的银河证券。路面结冰打滑，秦岚开车小心翼翼，一路塞车，到达银河证券时比平时晚了近 20 分钟。门口与一个男人擦肩而过，两人行色匆匆，她没有看清对方长相，恍惚间似曾相识。她停下脚步，转身站定，男人的背影比之前清瘦些。她不敢确定是他，按理这个点，他应该待在属于他的办公室里。看着他即将走远，一个名字从秦岚的嘴里脱口而出。

"方一凡！"秦岚的嗓音尖细，加上用力喊，声音颇具穿透力。男人被吓了一跳，迅速站定并转身。

真的是他！秦岚的心里一颤。

"岚岚，你回来了？"瞬间，男人的表情发生变化，由惊讶转为喜悦，他快步上前想拥抱秦岚，又觉不妥，走近时换了姿势。

秦岚站在那儿没动，男人咧了咧嘴，眼角的皱纹更加细密，酒窝深了些。

"你什么时候回来的？你来这干吗？怎么也不告诉我？"方一凡的问题像机关枪似的从嘴里一串串蹦出来。

秦岚打算接受方一凡的拥抱，只是他突然改变了方式。"你急匆匆的，准备去哪儿？"秦岚没有回答，问道。

"哇，我得走了，单位还等我参加退休欢送会。"

"退休？"秦岚惊诧，"你不是还没到退休年龄吗？"

"嗯嗯。"方一凡的手机响了，他看了眼，转身，"单位在催了，我回头跟你说。"接完电话，他回转头，做了个电联的手势，很快消失在街角。

走进中户室，房间里很暖和，秦岚脱下长大衣搭在椅背上，打开电脑，离开盘还有 20 分钟，思绪有些混乱。

秦岚喜欢来证券公司，有人气，踏着上下班的点，生活规律一些。她起身往杯子里扔进一小撮日铸茶。秦岚忘了什么时候迷上了这茶，就是喜欢，喜欢它的样子还有味道。日铸茶细长，带钩，形似鹰爪，银毫显露，泡上清香持久，汤色澄黄明亮，滋味鲜醇。秦岚的喜欢多少带点乡愁，毕竟是离过家的人。

习惯茶中放几粒枸杞，秦岚注重养生，她偶尔会莫名觉得自己老了。事实上她只有 36 岁。发现装枸杞的瓶子空了，空了也有好几天，秦岚总是忘记带新的过来。她晃了晃脑袋，觉得自己最近记性不太好，常常忘东忘西。拿起茶壶，才发现水还没烧。

"哎。"秦岚叹了口气。

做集合竞价已经来不及，秦岚烧水，泡茶。一小撮日铸茶在玻璃杯中绽放，秦岚盯着它看，杯壁缀满蓝色星星，在白炽灯的照耀下闪着荧光，淡绿色茶叶躺在这一束光里，像个小小的海底世界。水杯是方一凡送的，因为杯壁上缀满星星，方一凡叫它幸运杯，秦岚清晰记得他说过的话，以及说话时的表情。

秦岚发了一阵呆，然后将目光移回电脑屏幕。

9点半，大盘开出一个跳空缺口，紧接着便一路下挫。秦岚静静地注视着股指的上下波动，考虑进仓的最佳时机。近来秦岚一直在关注淳中科技的走势，她已经翻阅了大量有关该股的背景资料、相关公司的财务报表以及分配方案。虽说该股还在跌，但作为小盘蓝筹股，根据目前的跌幅，秦岚认为只要经横盘整理，最终能在31块站稳的话，其后市反弹空间还是相当大的，追涨到50多块应该不成问题。

快过年了，新年新气象。秦岚想：连日阴跌的大盘总该有点起色。

此时，手机响了，秦岚扫一眼，是父亲电话。"岚岚，帮我看下沃格光电，你股感好，今天能不能进仓？"

"我看看，过会儿回你。"父亲是老股民，拿不准时总要问女儿。秦岚迅速按动键盘，打开沃格光电的K线图，看了会儿给父亲回电话："爸，你看这儿有个死叉，5日均线低于20日均线，应该还会下跌，不适合立即进仓，可继续关注。"

挂了电话，秦岚又回看淳中科技。此时，已跌至秦岚的心理价位，吃是不吃，秦岚有些犹豫，这显然不太像她的一贯作风。到了中午收盘时，股指开始出现止跌企稳迹象，淳中科技以开盘价收盘。

2

中午，秦岚在外卖App上点了一份炒饭，外加一杯奶茶。

随便扒拉了几口，秦岚将炒饭扔进垃圾桶，奶茶放在一边没有拆。她站起身，中户室里一个人也没有，她在房间里来回走动，复又坐下看K线图，迟疑片刻，终于下定决心，不到一分钟完成所有操作程序。秦岚打算以32.7块的价格吃进五十手，加上原有的几只，秦岚手头的资金已所剩不多，颇有些破釜沉舟的意味。做完这些，秦岚感觉整个人被掏空了，她稳了稳神，软软地歪在了沙发上。

下午1点钟，秦岚条件反射似的从沙发上弹起，迅速打开电脑，5000

股淳中科技已全部入仓，秦岚长长地舒了口气。她拿起桌上的奶茶，深深吸了一口，微凉，一股甜味儿入了喉。

下午2点左右，大盘开始下挫。秦岚吃进的5000股淳中科技也跟着一路飘绿，收盘时被套牢。秦岚有些失神，炒股这么久，这一次有失水准。她神情恍惚地拿起包往外走。

证券大楼外，空气中弥漫着冰冷的水汽。雪早已经停了，天阴沉沉的，路面积雪像是被处理过，抑或是被来往车辆的热度给融化了，湿乎乎的。

秦岚不禁打了个冷战，室内外温差很大，她呵了口气，冒出一串白雾。她搓搓手臂，试图令自己暖和些。她加快脚步，朝小车走去。秦岚不想回家，直接驱车去"海的"酒屋。心情不好时，秦岚会去那坐坐，要一杯"海底之心"——一种以蓝色为主基调，由红、黄、绿三色相间调制而成的鸡尾酒。这地方是秦岚的安神屋，仿佛有魔力，能平复她的坏心情。

还没到"海的"酒屋，秦岚就接到母亲电话，催她回家，口气生硬。

秦岚无奈，掉转车头。

秦岚晓得母亲的意思，她只是不想惹母亲生气。家里坐着一个陌生男人，堂哥嫂一家也在，秦岚与秦风从小一块长大，像亲兄妹。

母亲笑意盈盈，所有人都已入座，只在陌生男人边上留出一个空位。秦岚将包往沙发上一扔，抱起小侄女坐在了她的位置上。陌生男人有些不悦，嫂子江月碰碰丈夫的胳膊，秦风从秦岚怀里抱过女儿，将女儿塞进江月怀里。

"岚岚，今天股市怎么样？"秦风知道秦岚的脾气。

"不太好。"

"那聊聊？"秦风有些急切，意图明显。

"你什么时候对炒股也感兴趣了？"秦岚揶揄。

"现在全民皆股，哥不关心就OUT了。"秦风摊了摊手，显得有些尴尬。

"那你还反对？"秦岚故意。

"我想你找个正经工作，不要以此为生。"

“你赚的还不如我。”秦岚白秦风一眼，小声道。

父亲站起来，打断两人说话。停顿片刻，他举起酒杯，道："秦风，介绍下你的朋友。"

秦风回过神："我同事郭珲，教物理的，他爸妈也是教师，业余喜欢炒股。这不，我妹不是'股精'吗……"

秦岚朝秦风使眼色，转而对郭珲笑笑以示礼貌，秦风闭嘴。

“我也是老股民，以后有空多来家里坐坐。”父亲接话。

郭珲点头："我炒股时间不长，还想多跟秦岚还有伯父学习。"

秦岚咧了咧嘴。

“郭珲，别光顾说话，来尝尝伯母做的红烧鱼。”母亲说。

饭毕，秦岚钻进房间，说是要复下盘，郭珲觉得没意思告辞。母亲心里不爽，埋怨秦岚不懂事。江月好说歹说，总算把母亲劝好。

秦岚坐在电脑桌前发呆，捕捉屋外发生的细微变化，她能想象嫂子与母亲对话时的动作、表情。已经第 6 个了，母亲乐此不疲，她讨厌母亲推销自己，也能感受到母亲的焦虑，这种焦虑就像鬼魅一样附着在秦岚身上，让她甚至不敢与母亲单独相处，更不敢看母亲的眼睛。

秦岚常常觉得母亲是在用这种方式提醒她老了。

屋子安静下来，秦岚想堂哥一家应该已经走了，便出来倒水喝，经过客厅时，看见母亲斜靠在沙发上，微闭双眼，似睡非睡。电视开着，画面不停闪烁，荧光打在母亲脸上，看上去很疲惫。秦岚犹豫了下，放下水杯，轻手轻脚走到茶几边，准备把电视音量调小。

“你干吗？”母亲问。

秦岚吓了一跳："我以为你睡着了。"

“哪有，我正在看。”母亲辩解，像个无理取闹的孩子，“你来了正好，坐下，我想跟你说会儿话。”秦岚知道母亲想说什么，她站在那儿没动："妈，你快说，我还有事。"

“唉，你这孩子！”母亲叹口气，继续道，"妈想知道你心里到底是怎么想的？"

"郭珲挺好，你们看过不会错。"秦岚回道。

"知道就好。"母亲的脸上绽放出一丝久违的笑，秦岚已经很久没有看到母亲这样的笑容，心里暖了暖。停顿片刻，母亲道："那就抓紧！"

秦岚点点头，想说什么，张了张嘴又把话咽了下去。她为对母亲的敷衍或者欺骗，感到愧疚。回来后，秦岚把日子过得很极端，除了泡在证券大楼，偶尔去趟"海的"酒屋，哪儿都不去。不爱逛街，也不化妆，秦岚觉得自己都不像个女人。

3

快奔四了，秦岚常常想，日子怎么过得跟水龙头里流出来的水一样快，还没长大，就要老了。

老吗？秦岚对着镜子总要这样问自己，镜中的秦岚很年轻，她完美避开父母的缺点，继承了母亲的美。皮肤白皙光滑，眼睛大而亮，鼻梁很挺，特别是嘴，厚厚的，很性感，笑起来还有两个梨窝。拿现在的时髦话，就是360度无死角。

秦岚的人生走向多少与父亲有点关联。

秦岚的父亲秦建设，生于1954年，20岁从财会学校毕业进入绍兴百货大楼干财务工作。位于解放路的绍兴百货大楼在1972年正式成立，是当时绍兴人购物必进的高端场所，绍百从此开启了在绍兴百货零售业领域里近20年的风光岁月。秦建设进绍百，当时觉得特有面。他对工作很上心，勤恳、敬业，同事关系融洽，颇受领导赏识。

工作上顺风顺水，唯独有件事让秦建设很苦恼。老婆是他师妹，小他两届，校花。当时追求的人不少，秦建设暗恋人家却不敢表示，后来不知道她怎么把秦建设给看上了，秦建设一直觉得自家的祖坟在冒青烟。结婚以后，老婆怀不上，中间还流了一个，婚后第四年才有的秦岚，也是这一年秦建设当上了财务科长。

双喜临门，秦建设认为这个小人儿就是他的福星，自打秦岚一出生就把她当宝贝宠。最主要的还是秦岚打小就好看，粉嘟嘟的，人见人爱。

秦岚小的时候，最喜欢的是坐在父亲的自行车后座，被驮着去百货大楼。父母都要上班，秦岚没人顾，秦建设又不放心秦岚一个人在家，就带着女儿上班。去之前，秦岚母亲总会把秦岚打扮得漂漂亮亮的。一到百货大楼，秦岚就会像蝴蝶一样从秦建设的自行车上飞下来，在一楼橱窗外站半天，看里面陈设的物件，有自行车、缝纫机等。对秦岚来说，这些都属于奢侈品了。说它是奢侈品，因为不是有钱就可以买，还要凭华侨券。

秦岚记得父亲的单位很大，好像有三层楼，一、二楼是营业商场，秦建设的办公室在三楼。一楼的大玻璃橱窗设计很新颖，商品陈设也富有艺术性，秦岚常常看到省内外有不少新产品在这里举办展销会。

小小的秦岚站在橱窗外痴迷的样子是道亮丽的风景线。这个时候，店员阿娟总要跟她招手："小可爱，快进来，姨有好吃的。"

秦岚记得，卖自行车的阿娟跟自己最亲，每回去都会准备两颗大白兔奶糖。阿娟喜欢叫秦岚"小可爱"，喜欢把她搂在怀里，捏捏嫩得出水的小脸蛋，在她脸颊上亲一口，然后让秦岚喊姨，不喊就没糖吃。秦岚其实不喜欢被阿娟亲，更不喜欢喊她姨，阿娟长得不好看，胖胖的，像个泥菩萨，眼睛小，笑起来剩下一条缝，嘴出奇地大，很不协调。秦岚年纪虽小，但已经有了审美意识。为了大白兔，秦岚常常扭捏半天，很不情愿地小声喊姨。阿娟总要为难秦岚，笑得很开怀："大声点，姨没听见，听见了才有糖吃……"

1992年，这一年秦岚记忆犹新。父亲给她买了一辆漂亮的女式自行车作为生日礼物。秦岚从来没有收到过这么昂贵的礼物，她问父亲，父亲告诉她，自己当上了副总。

秦岚说："那是不是要祝贺一下爸爸？"

秦建设笑："那倒不需要，只是爸爸以后没时间陪你了，等你把车学会，上下学就自己去。"

绍百经市政府批准组建成为绍兴百货大楼股份有限公司，成为全省国有大中型企业中最早改组为向社会公开招股的股份制试点企业。秦建设任副总，主抓上市工作，深感肩上的担子很重。

也就在那一年，一个个好消息接踵而来。8月，市政府转发市体改办关于推进股份制试点的有关文件，企业的股份制改造进入了一个新的发展阶段；10月，上海海通证券公司绍兴营业部开业，这是绍兴第一家证券营业部，对发展绍兴证券市场有着重要意义。随着上交所、深交所的相继开市，绍兴百货大楼看到了进入资本市场的一丝曙光。

那两年，秦建设一心扑在工作上，很少有时间陪秦岚。

一日，秦岚正在做作业，父亲和一个陌生男人来家里。父亲对秦岚说，叫方叔叔，这是秦岚第一次见方一凡。"你女儿长得真漂亮。"他开口了，标准普通话。过去这么多年，秦岚仍然记得。

自那以后方一凡常来秦岚家，与父亲成了忘年交。他们聊得很投机，秦岚听不懂他们说什么，感觉是工作上的事。每每聊晚了，父亲会留他吃饭，方一凡也不推辞。父亲喜欢喝小酒，母亲滴酒不沾，方一凡会陪父亲喝点。喝爽了，父亲扯着嗓子唱歌。方一凡也会，不仅会，而且唱得很好听，秦岚特别喜欢方一凡唱《外婆的澎湖湾》。

方一凡的嗓音带点磁性，声线很干净，秦岚听着听着就睡着了。

4

两年后，秦岚在电视里看到父亲单位的报道，主持人声情并茂："绍兴百货大楼终于成功在上交所挂牌上市，开启了绍兴企业逐鹿资本市场的'破冰'之旅。该公司总股本金5100万元，国家股、法人股、个人股分别占……"

秦岚记得父亲也上了电视，具体说啥记不清，大体意思是：绍兴百大作为"绍兴板块"第一股有十分重要的意义,这标志着绍兴证券业由此起航,作为参与者与见证者,他感到很自豪。

那天,父亲回来得特别早,还给秦岚带了蛋糕。

"岚岚,生日快乐!"秦岚扑进父亲怀里,欢快得像只小燕子。

"3月11日,好日子。"父亲面露喜色,"岚岚,爸回来得太匆忙,你要什么礼物?明天给你买。"

"你能陪我过生日,就是最好的礼物。"秦岚像个小大人。

秦建设的鼻子酸了酸,已经很久没给秦岚过生日了,实在是太忙,他觉得亏欠女儿。他宠溺地看着女儿,摸摸她的头,许诺道:"爸爸答应你,以后每个生日都陪你过,直到你嫁人。"

转眼,秦岚就长大了。

在父亲的影响下,考大学时,秦岚毫不犹豫地选择了金融与证券专业。财大毕业后,秦岚想去证券公司工作,父亲不答应,安排她进了黄酒集团。

秦岚27岁时,母亲着急她的个人问题,催秦岚结婚。彼时,秦岚跟男朋友的关系时好时坏,两人不咸不淡地交往,她不清楚他在想什么,或想要什么,每天泡在游戏世界里,像个长不大的孩子。秦岚对婚姻没有憧憬,确切地说是对与男友进入婚姻没有憧憬。她不是没想过分手,但也只限于想想。

秦岚与方一凡的关系很好。

秦岚原先一直叫方一凡叔,念高中后改口叫哥。父亲说她没大没小,秦岚反驳:"他才比我大十来岁,叫叔不合适。"父亲也就不再多说。

周四下午,秦岚去银行与信贷科科长接洽单位贷款事宜,完了时间还早,就直接去了菜市场。昨儿给方一凡电话让他今晚来家里吃饭,理由是陪爸喝酒,爸想他了。秦岚想见方一凡,总拿秦建设做挡箭牌。

方一凡老婆正好回娘家,一个人做饭没意思,就欣然接受秦岚的邀约,答应下班后过来。

方一凡到的时候,菜已经做好。他带了一瓶法国产的红酒,说是让秦建设品品。秦建设不挑酒，平时多喝黄酒。方一凡带来的酒很不错，色泽、香味、挂杯，均属上乘，入口润，不涩。秦建设喝得有点多，方一凡没喝，说是开了车。

饭毕，秦建设说酒喝多了要去眯会儿就进了房间，秦岚缠着方一凡聊炒股的事。"你是财大高才生，我可不敢班门弄斧。"方一凡笑道。

"我都是理论知识，你有实战经验，比我牛。"秦岚说。停顿了下，她道："其实我是想入股市实战一回。"

"我现在尝试建立适合自己的交易模式，每个人的炒股风格不同，有喜欢做长线的，有喜欢中线波段的，有喜欢短线甚至超短线的，这得根据个性、资金、时间量身打造，就我而言还是喜欢后者。"方一凡说。

"交易模式的建立并不容易。"

"嗯，要不怎么有这么多理论，江恩理论、均线理论、道氏理论、波浪理论、切线理论等。"方一凡点头，继续道，"股市中高手如云，这么多理论同时存在，必然是各有千秋又各有短板。"

"那你的呢？"秦岚问。

"我的交易模型建立在 K 线理论基础上再附加操作要点。很多人喜欢用均线理论，但我觉得延后性大，不适合短线实操，也有人喜欢用波浪理论，波浪技术是个动态过程，更不适合短周期交易。交易体系的完善需要不断调整，如果半年内相对定型已是很好结局。"

"岚岚，赶紧给你哥泡杯茶去。"秦建设眯好，从房间里走出来。

"哦，忘了，哥不好意思。"秦岚吐了吐舌头。

方一凡摆摆手，继续道："开始我根据 K 线组合寻找介入机会，选弱转强赚取小额利润，实际操作中达不到盈利目的。之后调整思路，利用长阳惯性寻找特定'杠上开花'模型，发现不适合上班族。再次调整思路，参考打板方式寻找'攻击迫线'模型，但 T+1 交易制度容易演变成'一剑封喉'造成亏损。近来发现涨停回马枪不错，空间、时间以及止损都有一定优势，还需实战检验……"

说起炒股，方一凡滔滔不绝，神情专注，配合肢体语言，富有感染力，秦岚竟听得有些入迷。

人到中年的方一凡并未中年发福，成为一个油腻男，相反，常年运动使他保持着年轻人的身材，厚实挺拔的背，微微隆起的胸肌，平坦的小腹，肌肉结实的四肢，唯一变化的是眼角生出的几许皱纹。但在秦岚眼里，方一凡的皱纹平添了几分沧桑感，代表了他的人生阅历，这让他看起来更加成熟，更有男人味。

"有博弈的地方就有江湖，有江湖的地方就有剑客。市场还是那个市场，但我相信游戏规则一定会逐步升级。"方一凡最后说。

秦岚送方一凡出来已近深夜，方一凡朝秦岚挥手，示意她不用送了。秦岚站在原地目送方一凡，看他上车，开走，直至消失在夜色中。

5

一个月后，秦岚约方一凡吃饭，方一凡说地方他选。

方一凡开车带秦岚去了一家西餐厅。餐厅布置雅致，是秦岚喜欢的风格。两人选了靠窗的位置坐下，方一凡朝服务员打招呼："两份黑椒牛排，五成熟，一瓶长城干红，一杯鲜榨果汁。"秦岚微微一笑："哥，你怎么也不先问问我想吃什么。"

"我想你会喜欢。"方一凡没觉不妥。

"牛排我要七分熟。"秦岚叫住服务员，故意道。"装修风格简约、大气。"秦岚环顾四周，点头，"主要人不多，清静。"

"小姑娘不都喜欢热闹？"方一凡打趣。

"我跟别的小姑娘不一样！"秦岚嘟起嘴，淡橘色的唇彩将她的嘴型修饰得更为饱满有光泽，顿了顿，她道，"认识你这么多年，一直以为你是工作狂。"

"在你眼里，我就是个只知道工作不知道生活的傻瓜。"方一凡大笑，他后仰，靠在沙发背上。

"傻大哥，谢谢你的指导，让我一入股市就小赚一笔。"秦岚给方一凡倒酒。

方一凡摆手，调侃道："你悟性好，运气更好。"此时，牛排已经上桌。方一凡将秦岚那份放到自己面前，切成小块，递还给秦岚："尝尝，好不好吃？"

秦岚看着方一凡切牛排，觉得很暖心。她叉了一块放进嘴里认真咀嚼，然后抿一口果汁，嗯，入味。

"这里的牛排，肉质松软，口感好，配料足。"方一凡边吃边说。然后，他看秦岚一眼，"好喝不？果汁。"

秦岚想，他怎么知道我爱喝果汁。

秦岚点头，并补充："我就喜欢这种鲜榨的。"

方一凡笑，半晌，他道："我比较欣赏喝果汁的女人，干净、洒脱、恬静，如诗如画。我总感觉喝红酒、咖啡、可乐的女人不大有这样的韵味。红酒虽香艳却充满诱惑，咖啡充满着浪漫气息，可乐则是来自美利坚的时尚，充斥着反叛与创造力。只有果汁，真实、纯粹、自然而朴素，简约而清新，其中精华皆是物造天成……"

"还以为你只研究股票，原来也研究女人。"秦岚偷笑。

"你跟男朋友怎么样了？我还等着喝喜酒。"方一凡有些尴尬，换了话题。

"就那样呗。"秦岚垂下眼帘，片刻，她抬起头，眼神里透着忧伤，情绪低落。

"岚岚，咱不说他。但你记住一点，没有爱的婚姻不会幸福。"方一凡怜惜地看着秦岚。

秦岚露出一丝笑意，问方一凡："你幸福吗？"

方一凡愣住了，没料到秦岚会这样问他，他一直拿她当小女孩，其实她早已经长大。他放下手上的刀叉，将目光移向窗外。秦岚追寻着方一凡的目光，窗外的景色很美。淡月如菊，高楼上的灯陆续亮起来，路灯、车灯也争相亮起来，整条路星星点点、灯火通明，就像一条金腰带向远方延伸，环城河上倒映着各色霓虹灯，风儿将画面吹散，散成小碎片在河面闪动。

"一地鸡毛。"方一凡收回视线，叹了口气。犹豫片刻，他道："月华有先天性心脏病，她想要孩子，医生说她的身体条件不适合，我也不同意。就这事两人分歧很大，常常吵架，吵着吵着感情就淡了。"

第一次听方一凡聊月华，秦岚竟然有一丝不痛快，像是心生妒意，又好像根本没到这个地步，情绪有时像蚕在作茧，吐出一条一条透明的丝，零零落落，纵横交错层层叠叠。"她现在怎么样？"秦岚关切。

"不光身体，精神状态也不好，脾气大，爱发火，我尽量依着她。"方一凡摇摇头，很无奈。

"你也不容易。"

"家家有本难念的经。"

"不打算去领养个孩子？"

"想过，可月华这样，我没有那么多精力照顾她和孩子，更不能给孩子一个温暖的家。"

此时，电话响了，是男朋友打来的，秦岚不想打断方一凡，随手摁掉。片刻又打过来，秦岚看方一凡一眼，方一凡示意她接。

"怎么挂我电话，你在干什么？"这么晚了。男朋友很生气。

"有事吗？"秦岚努力将语气放轻柔。

"没事就不能打电话了？"

"我和一凡哥在聊事，你早点休息。"秦岚道。

"大晚上的，还和一个男人在一起，别忘了你是有男朋友的人。"秦岚不想当着方一凡的面和他吵架，迅速关了手机。

秦岚和方一凡在一起体会到的所有美好情绪——温暖、舒适、兴奋以及其他无法用语言表达的东西，在男朋友的这个电话之后一点一点被消解。

方一凡投来关切的眼神："没事吧？"

秦岚摇摇头："习惯了，他常常这样，不放心我。"

"这样确实也……"方一凡没有说下去，他看了眼手机，"我们回吧，省得你男朋友担心。"

方一凡喝了酒不能开车，秦岚将他送回家。

6

夜色很好，天空像刷过一样，没有一丝云雾，蓝晶晶的，又高又远。银白的月光洒在地上，远处传来蟋蟀的叫声，空气里透着青草的香味。夜被织成了一张柔软的网，所有景物都被罩在里面，眼睛所及之处都不像白天那样真实，模糊、空幻，仿佛每一处都藏着秘密。

秦岚打算自己走回去，到家已近10点。父母睡下了，屋子里一片漆黑。秦岚草草洗漱完就上了床，月光投射在秦岚床头，如一幅宽银幕。瞬间，记忆的闸门被打开，零碎的片段电影镜头般闪回。

秦岚依然记得第一次见方一凡。那时候的他很年轻，刚工作没多久，个子高高的，清秀斯文。他的笑很特别，笑起来会露出两排牙，牙齿很白，像晶莹的小贝壳，还有两个酒窝。男人有酒窝并不多见，秦建设就常拿方一凡的酒窝开玩笑，说他的酒量一准很厉害。

认识方一凡很多年，秦岚还是第一次和他单约，方一凡在秦岚面前一直扮演长辈的角色，他很少、几乎从来不提自己的事。现在，她对他有了更深入的了解，秦岚忽然发现自己对婚姻的憧憬变得明晰，她希望的另一半应该就是方一凡这样的。

秦岚确信，她爱上了方一凡。同时，秦岚也很清楚，他们没有可能。她自问：那么任其发展下去，会怎么样？

月华姐、父亲、她的男友……一个个人物从秦岚的脑海里蹦出来，在她的眼前晃来晃去，秦岚陷入深深的矛盾中。

秦岚决定去上海发展。

　　走之前，她打算把这个决定告诉方一凡。那天，她特地去了方一凡的单位。秦岚第一次去，走进办公室的瞬间，她感受到了方一凡的诧异。他站起身，竟然碰翻了放在桌上的文件。秦岚走过去，帮他捡文件。

　　"别管它，坐。"方一凡内心慌乱。秦岚坐下来："事先没给你电话，突然就来了，不好意思。"她微笑道。

　　"没事，我这儿随时欢迎。"方一凡迅速调整情绪，恢复如常。顿了顿，他道："来之前最好给我电话，万一不在，让你白跑。"

　　秦岚点点头。"办公室，不错！"她道。

　　"呵，简单弄了下，每天要在这里待8小时，总要合心意些。"

　　"很有书卷味。"

　　"岚岚有眼光，一语道破。"方一凡笑，从柜子里拿茶叶。"大红袍，尝尝。"然后问道，"你今天不用上班？找我有事？"

　　"嗯，我辞职了。"秦岚淡然地说。

　　"啊！"方一凡被惊到了，他放下手中的茶叶，看着秦岚，"辞职？你家里人同意吗？你想干吗？"

　　秦岚垂下头，长发遮出了半边脸，她不想让方一凡看到她的犹豫。她把玩着包上拴着的一只毛绒小熊，半响，她忽然道："这还是你送我的！"

　　方一凡泡好茶，将茶杯递给秦岚，看她玩了会儿小熊挂件。"已经决定了？"他问。

　　"嗯，想去外面看看，只是父亲还在生我的气，母亲也不理我。"秦岚抬起头，眼神坚定。

　　"打算去哪儿？"

　　"上海，那边有不少同学在，他们混得不错。"

　　方一凡点头，犹豫片刻，他道："人这一生能做自己想做的事很幸福，你父母那边我帮你去劝。"瞬间，秦岚的眼里泛出泪光，她扬了扬头，害怕眼泪不争气地流出来，那一刻她真想上去抱抱方一凡。

　　两个人安静了半响，不说话，也不动。空气凝固了一般，墙上钟摆发出响亮的嘀嗒声，像极了离别的背景音乐。

"嘿，上海不远，想家了就回来。"方一凡打破沉闷。

"你要是想我就来上海。"秦岚故意，她盯着方一凡，眼里藏着东西。

方一凡迟疑片刻，他将头转向一边，躲开秦岚的注视。"什么时候走？"他问。秦岚没有回答，她看到了方一凡眼里的不舍，或者还有别的内容。那一刻，一种叫幸福的东西在她的心底升腾、漫延。她不知道为什么特地来他的办公室说这些，很多余，但这也是她所期许的。

7

离别的日子近了。

秦岚打算偷偷去上海，不和方一凡告别，她不愿意重温伤感。

打扫屋子、整理行囊，试图用忙碌挤掉临行前的胡思乱想。秦岚的人生，由父母一手安排，她躲在父母的羽翼下，始终待在舒适区。在此之前，她从来没有想过要离开，去开启一段新的人生。

接到方一凡的电话，秦岚觉得很突然。方一凡在电话里说晚上要带她去个地方。

秦岚很开心，她哼着小曲，坐在梳妆台前化妆。她特地化了透明妆，这种妆容自然、精致，看着像没化却很费时间。然后，打开衣柜配衣服，挑了半天都觉得不好，最后选了件淡蓝色的毛衫，配条A字形牛仔裙，妩媚而俏皮。她静静等方一凡来接她，屋外淅淅沥沥下起了小雨。

晚8点，方一凡准时到达，秦岚站在楼下等，他们去了"海的"酒屋。秦岚第一次来，很新奇，酒屋如其名，感觉像置身海洋，酒屋的墙壁、地毯、桌椅，乃至吧台全是海蓝色的，墙上挂满类似热带鱼的装饰物，中间点缀了些许海草，吊顶上随意地挂着几只纸制海鸥，音响里传来阵阵波涛声，伴着流浪歌手的低低吟唱。

"为什么来这儿？"秦岚忽闪大眼睛，看着方一凡。

"特别。"方一凡找位置，和秦岚坐下来。

"我猜酒屋老板有大海情结。"方一凡给秦岚点了"海底之心"，说是这里的特色，自己要了杯苏打水。

"听说这家酒屋的老板曾经是个诗人，年轻时还出版过诗集。"

"怪不得，我记得你以前也写诗。"秦岚笑。

"重点不在这，想听故事吗？"方一凡抿了口水，秦岚点点头。

"我小时候在海边长大……"

"这哪儿有海？"秦岚好奇，打断方一凡。

"我父亲是海军军官，母亲是文工团演员。小毛孩时，军营里、舰艇上、沙滩上到处疯玩。玩累了，躺在海滩或坐在光滑的岩石上畅想未来。小时候的理想就是当一名海军。"

"那怎么没当？"

"后来父亲转业回了地方，母亲希望我留在她身边。"

秦岚点头。顿了顿，她突然问："你现在还写诗？"

"不写了。"方一凡咧了咧嘴，自嘲道，"早没那心境了。"

"你只是暂时将它找了个角落搁置，即便蒙了灰，也舍不得扔。"秦岚淡然，撩了撩滑落的发丝，露出修长、白皙的脖颈。这是她的惯常动作，出现在每每发表感想的时候。

"你这比喻，有点意思。"方一凡看秦岚一眼，笑言，"你还真与别的小姑娘不一样。"

"那是，还有请你以后别再叫我小姑娘。"

方一凡愣了愣，没说话。半晌，他从包里掏出一张银行卡放到秦岚面前："密码是你的生日。"

"我不要。"秦岚一脸平静。

"上海消费高，你这一去花钱的地方多……"说着方一凡起身将银行卡塞进秦岚包里，转身对上秦岚眼神，硬得像冰箱里冻过的冰碴子。"算我借你的。"方一凡无奈道。

"这个你收好。"方一凡拿出一张名片递给秦岚，"我上海朋友，遇到困难去找他，我跟他打过招呼，一个人在外，要注意安全……"

眼泪止不住地流下来，糊了秦岚一脸。

"别哭了，小心把美美的妆给弄花。"方一凡安慰。此刻，他的眼圈也红了。

两人离开，秦岚默默跟着方一凡。方一凡的背影厚实、挺拔，这么多年来，这个背影刻进秦岚的脑子里，她踩着方一凡的脚印，一步步想离他更近一些，但终是保持了一段距离。

车上谁也没有再开口。

到家了，秦岚下车，方一凡也下车，秦岚上楼，方一凡一直目送她。雨还在不停地下，方一凡像一尊雕塑，伫立着，任凭细密的雨点打在他的脸上、身上。

秦岚将银行卡悄悄留在了车上。

8

海通证券上海总部的小会议室。

秦岚正在为客户介绍一款为其量身定制的投资理财产品，客户表示满意。此时，电话响了。秦岚扫一眼手机，是父亲的。她摁了电话，继续跟客户交谈。送走客户，她给父亲回了电话。

秦建设在电话那头很焦急，说秦岚母亲体检后医院来电话说肺部有阴影要住院复检。秦岚听到这个消息，也吓了一跳。怕父亲担心，她迅速调整情绪并安慰父亲等复检结果出来再说，母亲身体一直很好，误诊也有可能。

挂了电话，秦岚有些心神不定。

来上海5年多,秦岚一直很拼,现在已完全适应这里快节奏的生活方式。工作上也有了起色，刚到营业部时秦岚做了一段时间的客户经理，后来做投资顾问，业余时间修完了研究生的全部课程，拿了毕业证书。生活上也有自己的小圈子，有两个女同学特别要好，常常在一块疯。休息日，秦岚最大的乐趣就是逛超市，买回一大堆有用没用的东西，做几样可口的小菜，偶尔也去小餐馆撮一顿。

没事时，秦岚也会想家。她特别想念方一凡，想知道他的近况，很多时候都是拿起电话又放下。方一凡也仿佛人间蒸发了，一个电话都没有来过。在这件事上，两个人倒是非常默契。

一个多月后，秦岚辞去工作，退了房，整理行装回乡。

半年后，秦岚在银河证券门口遇到了方一凡。

隔些日子，方一凡约秦岚"海的"酒屋见。秦岚要了"海底之心"，方一凡依然是苏打水。

"回来怎么也不说？"方一凡盯着秦岚。

"我老了没？"秦岚不回答，反问。

"你一点也没变，还是那么漂亮。"顿了顿，方一凡追回，"一切都好？"

"嗯。我现在以炒股为生，回来有半年了，上海也不打算再回去。"秦岚淡淡道，像是在说别人的事。

"那边混得不好？"

"挺好的。"秦岚耸了耸肩，"工作和生活都是我想要的，只是母亲肺部阴影要动手术，父亲一个人顶不住。"

"你可以跟我说。"

秦岚挤出一丝笑："你也一摊子事，再说父母年纪大起来，身边总需要有人照顾。"

"很纠结吧。"方一凡忽然问。

秦岚点点头。人生就是这样，总有变数，网络上不是有句流行语：意外与明天谁也不知道哪个先到，经历过就不遗憾了。

方一凡表示认同，眼里含着欣赏。"你妈妈身体还好吗？"他换了话题。

"已经康复了。"顿了顿，秦岚说，"那天，你说退休，我没听错吧？"

"工龄满 30 年就可以提前退休，我一到年纪就去办了。那天我是去证券公司开通新三板，没想到能巧遇你。"

"哈，缘分。"秦岚微笑，眼里闪着光，"好好的干吗提前退？"

"不想干了，这几年仕途不顺，心累。"方一凡叹口气。

"不后悔？"

"世上又没这药。"方一凡玩笑着回，停顿片刻，他道，"这几年你一直在炒股？"

秦岚点头："在上海时古越龙山炒了几个波段，做得还行，前儿刚进了 5000 股淳中科技。"

"还记着老东家呀。"方一凡调侃。

秦岚笑起来："人家重情意呗。"

"我有几年没关注了，现在股市怎么样，听说变化有点大？"

"嗯。看似温和的 A 股市场妖股四起，打板一族有增无减，游资的江湖新人辈出，'小鳄鱼''作手新一''歌神'以及'炒股养家'闯荡江湖，'欢乐海洋'犹如少林一派格局正大，'章盟主'宝刀不老。原来乌鸦变凤凰的 ST 股已然失去光环，注册制的推出、T+0 的试行必将重新分割地盘，或许这将是下一个风口……"

9

音响里传出了波涛声，流浪歌手的低低吟唱依旧。

秦岚说得兴起，突然意识到："你打算学我？"

方一凡摇摇头："随便问问。"停顿片刻，他道："我成立了一家文化公司，目前地方政府对文化产业很支持，给了不少优惠政策，我们这儿又是文化之乡。其实退休前我就做了大量前期工作，第一个项目即将启动，以后主要精力就放在这上面了……"

方一凡继续聊他的创业计划，说到重点细节时还会突然问秦岚，这个想法是否可行，秦岚总是笑笑，以示回答。秦岚知道，方一凡要的不是答案，是肯定。他窝在暗淡的光影里，一束淡蓝色的光打在他的侧脸上，皮肤泛起金属般的光泽，眼里是自信的光芒。

秦岚有些走神，恍惚间他们又回到了分别时，也是在这间酒屋，在这个位置上。六年，人的一生中有多少个六年，六年中又会发生多少事。秦岚觉得，仿佛什么都没有改变，又像是什么都不一样了。

"还记得六年前的我们？"秦岚打断方一凡。

"当然。"方一凡愣了愣，"今后有什么打算？"他忽然换了话题。

"现在这样挺好。"秦岚回道。

之后，两个人都没有再说话。送秦岚到家，她下车，站在车边，没有要上楼的意思。

"我还是希望你能找个工作，我想……"方一凡欲言又止。

雨突然下起来，方一凡没有往下说，他怕秦岚淋雨，催她赶紧回去。

上楼，父亲还没有睡，像是在等她。

"回来了？"秦建设看着秦岚。

"有事要说？"

"要不，过完年去找个工作？"秦建设试探着，小心翼翼。

"不用你替我操心。"秦岚面无表情。

"我怎么能不替你操心？"秦建设道，"你是我女儿。"缓了缓，他继续说："以你在上海的从业经历，找个证券类的工作不难，况且也是你喜欢的。"

"好，我会考虑。"

秦建设点头，如释重负。片刻，他露出孩子般灿烂的笑容，加深了眼角、额头的皱纹。

那一刻，秦岚突然想要好好看看父亲，离开六年，或者之前，她从来没有好好看过父亲。在秦岚眼里，父亲始终是那个把她举得高高的男人。如今，他鬓角染了白，头发稀稀拉拉，头顶上秃了一大块，眼皮层叠，眼袋鼓鼓的，她在他的脸上还找到了两块老人斑。父亲真的老了，秦岚心底泛起一阵酸楚。

"爸，一凡哥是不是很久没来了？"秦岚换了话题。

秦建设点头："你去上海以后就不常联系了。"

"哦，那你知道他提前退休，开文化公司的事吗？"

秦建设很是惊讶："是他告诉你的？"

秦岚点头："我们刚见过。"

"嘿，这小子。"秦建设半信半疑，"很早就听他提过，我想他一个公务员，也就是嘴上说说，没当回事。"

"那月华姐怎么办？他这忙起来没日没夜的。"秦岚随口道。

"你不知道？"秦建设又一次表示惊讶，"他们离了。"

秦岚很意外。

秦建设叹口气，缓缓道："月华坚决要离，其实早前我就劝过一凡……"他把知道的、猜想的，一股脑儿吐给了秦岚。

秦建设回房睡觉，那些话一直在秦岚的耳畔来来回回，像滚过的响雷。她站在那儿没动，脑子里像塞了一团乱麻。秦岚曾一度将方一凡与月华的爱情、婚姻当作教科书，她无论如何也没有想到这事会发生。

也好，对两个人都是种解脱。秦岚试图说服自己。

10

大年三十下午，天空突然转成了铅灰色，乌云密布，不一会儿雪花开始纷纷扬扬飘落。秦岚站在窗前，看雪花飞舞。雪落在房顶上，房顶就像一块薄薄的奶油蛋糕；雪落在树枝上，像抽出了玉枝，开出了银花；雪落在地上，地面像一张画纸，印出了无数"梅花"。在雪温柔的抚慰下，大地静谧而安详，就像一个在母亲怀里睡熟的婴儿。

天气预报上说的第二场雪如约而至，秦岚看得入迷，天渐渐暗下来。

　　此时，母亲在厨房里忙碌，父亲打下手，准备丰盛的年夜饭。还是三个人吃，但母亲依然认真，年年如此。母亲常说，生活需要仪式感。饭后，母亲守在电视机前看春节联欢晚会。父亲进了书房，秦岚无聊，微信里发了几个新年祝福后也进了书房。

　　"过完年又要老一岁。"秦建设感慨，"年纪大起来，刚发生的事记不清，过去的事却越来越清晰，近来我常想起绍兴百大的事。"

　　"又要回忆你的光辉历史了。"秦岚调侃。

　　"我可从来没跟你提过。"秦建设认真起来像个老小孩。

　　"好吧。"秦岚找了张凳子坐下来，"我就勉为其难做一回你的听众。"秦岚笑着说。

　　"我记得很清楚，绍兴百大上市第一天，以每股 6.88 元开盘，午后一路走高，当天以 8 元收盘，很多持有原始股的股民赚了个盆满钵满……"秦建设很是感慨。

　　"爸，绍兴百大早没了，1999 年就更名为'浙江创业'，后又更名为'新湖创业'。"秦岚故意反驳父亲。

　　"绍兴百大是淡出人们视野了，但其带动的本土企业上市热情却一直在延续，一批批企业成功登陆国内外资本市场。"秦建设很认真。

　　秦岚点点头，表示赞同。

　　"百大衰落消亡，尽管有点惋惜，也从另一个侧面说明我国改革开放后发展迅速，百大消失的同时更多高档次商场崛起，如今像百大那样规模的商场比比皆是。"秦建设道。

　　"特别是老百姓的生活得到了很大的改善。"秦岚接话。

　　"没错，百大上市后持有职工股的人改善了生活，有的用抛售百大股票的钱买入第一批房改房；有的用从百大赚到的第一桶金开厂、做生意；更多的是第一只本地股的上市，激发了一贯胆小保守的绍兴人投身股海的勇气和热情，乃至诞生像赵老哥那样 10 万元起家 8 年赚 10 个亿的在全国闻名的股神……”

“那是，您老功不可没！”秦岚打断父亲，边说边笑。

“我又没瞎说。”秦建设变戏法似的翻出一张旧报纸，“你看看。”他将报纸递到秦岚手里。报纸上的文章里写着：

“20多年时间里，绍兴板块从无到有，从弱到强，独领风骚。我市73家上市公司GDP贡献率超过10%，每6家中有1家是全国乃至全球细分行业龙头，无论是阵容还是家底，上市公司是我市经济最具竞争力的增长极。

“近年来依托雄厚的区域经济实力，推进区域经济与资本市场对接，不断做大做强‘绍兴板块’。全国第一批现代企业制度试点企业轻纺城、在香港成功发行H股的浙江玻璃、中小企业板第一股新和成、在新加坡成功上市的稽山控股……我市的上市企业越来越多，上市渠道也进一步变得多元化。

“绍兴基本形成了从储备培育、改制辅导、挂牌上市至扩大融资、并购重组的梯次推进格局，通过资本市场实现产业‘腾笼换鸟’‘凤凰涅槃’，‘绍兴板块’成为绍兴经济最闪亮的‘金名片’。

“绍兴的目标是，打造一批全球行业龙头企业和本土民营跨国公司。力争到2020年，在全国细分行业排名前列的上市公司达20家，全球细分行业排名前列的上市公司达10家，3至5家上市公司进入浙江省重点培育20强，届时上市公司总市值将超1万亿元，‘绍兴板块’对全市GDP的贡献率将超过20%，成为资本市场上最闪亮的地域板块之一。”

放下报纸，秦岚拍拍父亲的肩，落地灯射出的一束橘黄色光正好打在父亲脸上，她捕捉到他眼里闪过的一丝亮光，她肯定那是兴奋与激动。叮咚，秦岚的手机进来一条微信，她扫了一眼，是方一凡发来的。

“我在楼下等你，有话跟你说。”

“为什么不直接上来？”

"想带你去个地方，陪我过个除夕……"

她走出书房，走进房间，坐到梳妆台前，端详镜子里的自己。她把化妆盒翻出来，眉笔、眼线笔、眼影、睫毛膏、腮红、口红……她要好好化个妆，然后去赴一场美丽的约会。

大部弄

宣迪淼

初夏，母亲河枫溪的水流得有些闷。

古镇枫桥大部弄口的古越牌坊直直地立着，好像可以俯瞰到所有过去的光阴。

东头临街背河的一幢两层跃式木楼里，德法家的吊扇，正慢吞吞地摆动着极小的弧圈，像一个懈怠的大玩具。

杨德法回家有些晚，"哐当"一声关上黄铜色的门，一张脸沉得像老树皮。

"老头子，锅里有糖醋面筋丝，橱里也留了一点咸肉煤香干，你自己整一下，我得赶紧把杂榧拣完了，明天大辉来取两百斤干果子，我自己也要去阿芬的店里摆上十斤盒装的代销一下……"老伴在偏间拾掇榧果，边给老汉递话，边抹去满脸的汗水，隔着灯光看去，一颗颗榧子像橄榄果一般鲜亮。

德法"哦"地应了声，把菜蔬拿到八仙桌上，又从皮壶里倒了一汤碗同山烧，独自饮啜起来。刚抿上一口，他宽大的额头上乱糟糟爬着的几条皱纹似乎就舒展了一些，黝黑的脸庞也渐渐透出了几抹红晕。

"去你的，这群没心肝的碎脑娃娃！"

"去你的，都说父亲的格局大，孩子的格局也大，我呸！"

"去你的，我这个工作室明天就关门歇业，可去你的吧……"

一想到这些天哥哥家的糟心事，他的心就如燃了火的木炭球一样烧在筋脉里，再也灭不了，脏话"噼里啪啦"以排比加反复的形式冒了出来。

越州人来自心底的"火"话极有节奏感，像古老的歌谣，又像现代说唱，铿锵中带有韵律。

酒到酣处，老杨回头从洗脸架上摘了块毛巾，抹了一把脸。他觉着眼眶有些热，脸上都是金灿灿的火，一触摸就会有火从脸上掉下来。

慰藉完肠胃，他用手背抹了抹刚吃完饭的嘴，疲惫和酒劲儿一下子蹦上来，他摊在了藤椅上。

东奔西走数天后，哥哥的事还搁在原地。这让他着实懊恼了！双肩像远处衬衫厂的梭子撞击着夜色一样在颤动，一耸一耸，躁乱得很。

月亮在云里摇晃着，慵懒、任性地走出来，挂在大部弄的瓦楞上。一种无边的空旷，把夜色编织得愈加清冷。

夜愈深，老杨立起身，拐到偏间。老伴依然在忙碌，脱皮的活儿已近尾声了。她正娴熟地用割枝刀在榧子青果上拉个口子，再把果皮一翻，挤出褐色的种仁。老杨凑近去捏了一把青果，放到铁架子上，用力来回推，青色的果皮被搓掉了。不一会儿，香榧、芝麻榧、米榧和圆榧被夫妻俩按序放在箩筐里，个头如指腹大小，形体完美。尤其是香榧，被民间形容为玉榧，壳上的两个突起的小点被誉为西施眼，屋子里满是芬芳的坚果香气。

老伴晓得老杨的心事，忙完活，默默地替他倒上了洗脚水。夫妻俩边等着晚班未归的孙子，边梳洗。洗毕，眼见着孙子还未回来，夫妻俩就上楼歇着了。

月色走过古越牌坊，在枫桥大庙上悄悄停下来时，老杨家的木门被轻轻打开了，一个修长的年轻身影进到院子里，开灯、熄灯，一切都是静悄悄的。

夜风从树梢上掠过，簌簌地响，镇子静静地沉下去，沉下去了。

俗话说：三十岁前睡不醒，五十岁后睡不着。老杨夫妻俩就是这样，每天睡到五更便醒了。那时月光正清清地流进来，流了一床一地。

老杨正瞅着床头的月光，老伴提了话茬，夫妻俩的家庭会议与平时一样准时开始了。

"你哥的病究竟咋个处置，是换一个还是保守治疗呢？"

"咋换啊，钱呢？唉，大六十万呢，虽说医保可以报上一些，不过术后还要添护理费，再说大夫说了还要有合适的肾源。"

"哦，噶费钱啊？阿军他们小两口也真是的，爹有病，还到处折腾，就是想不起拿钱出来的念头。你说嫂子走得早，大哥既当爹又当娘的，真是白疼他们啦！"

"别提他们，这对白眼狼！我原拿捏着让他们准备二十五万，加上我们家所有的积蓄，治大哥病的钱也差不离了。不承想，他们吞吞吐吐，躲躲闪闪，上次索性直接把治疗费的事推给我哥上过班的那个马上要垮了的石材厂，这不是明摆着不愿出钱吗？！"

"你明天再说说他们，大哥毕竟是他们的爹！这养老看病的事，一代还上一代，他们咋推得掉哩？"

"还去说？我都谈了四次了，前几天我把他们夫妻都叫到我哥床前了，他们可倒好，千层鞋底做的腮帮子——好厚的脸皮，照旧油盐不进，把我哥给气闷了。真是气人，哪怕是七擒孟获也该整服了。"

"你也别上火，咱先保守治着，半夏南星溪边长，车前陈蒿路边寻，咱也试试土法子。早饭后我去坡地采些茵陈蒿，给大哥炖几罐……我先起床做饭了，你再睡一下子，饭后还得去巷口值勤呢！"

"好，你利索些。"

月亮下去了，炊烟升起来。大部弄宁静而恬适，淡淡的晨霭笼罩在古镇上，古越牌坊在雾里若隐若现。晨间的微风远远地流荡过来，水草植物汁液的气息弥漫入屋子。老杨靠着枕，闭着眼，脑海里翻腾着念想。

想起大哥的病，他的心就像一颗拳头那样紧紧攥起来。前些天，当他从大夫那里得知大哥的病情时，他的心就再也没缓过来一下。尿毒症，得换肾，大哥脸色紫黑，浮肿，恶心呕吐不断，老杨什么忙也帮不上，只能默默地难过。父母死得早，大哥与他相依为命。大哥硬朗厚道，"文革"时，为保护成分差而受欺凌的弟弟没少挺身而出。为了讨生活，又只身上江西，在大山里伐木数年，支撑弟弟念完了高中。改革开放后，大哥包工包产，是村里务农的好手。20世纪80年代初，大哥进石材厂后第二年，就帮衬着弟弟买了手扶拖拉机，老杨这日子渐渐红火起来。都说"兄弟合力山成玉，父子同心土变金"，对老杨来说，大哥既是兄，也是父啊！

"哥，没有过不去的火焰山，你只管养病，钱的事有我和侄子呢！"

从医院回家的路上，老杨给哥撂下的第一句就是走心话。

"唉，这么多钱，咋弄？你把钱都用在给大侄子买房上了，哪来的钱，我这该死的身体，见鬼了。"

"你莫讲这样的话，哥！钱咱商量着办，我和芬会好好照顾你一辈子的。"

"老杨，老杨，早饭马上烧好哉，差不多可以起床吃喽！"老伴从楼下唤上来。

老杨应了声，内心还在暗潮涌动。

这是怎么了，连自个儿的家事都理不好，我这个"老娘舅"岂不愧杀？难道真要把侄子这个死崽子告到法院去，那咱这儿"枫桥经验"主张的"矛盾不上交"岂不落空了？远近乡邻唤我"老娘舅"，岂不是浪得虚名？

这些年老杨真是觉得活得滋润，光景好比吃甘蔗，一节更比一节甜。儿子、媳妇都是事业编制，工作稳定，一家在城里买了房，还购了两间商铺；孙儿马上从公安大学毕业，在枫桥派出所实习；自己当了多年村干部后退下来发挥余热，借着"枫桥经验"发源地的因缘，在政府的支持下，和几个志同道合的老同志做起了群众工作。起先只是凭着热情小打小闹，处理一些鸡毛蒜皮的小事，街坊邻居半信半疑，有些甚至还看不惯。"假积极！假积极！"不理解的声音时时入老杨之耳。老杨也不恼，咱一汉子还怕小委屈吗？功到自然成，在老杨不辞劳苦的调解下，那些贩夫走卒、引车卖浆的摆地摊者有了固定的场所，那个车祸中撞折小腿的王大娘得到了赔偿，那位住在大部巷后面平房里患有精神病的幼琴嫂有了低保，还有呢，住憩园 3 号楼多次扬言要离婚的骆民终于同意与妻子和好了。将心比心，远近乡邻都开始信任老杨，纷纷来找他处理纠纷，得到帮助的人，感激地叫老杨为"老娘舅"。老杨喜欢这个"堂号"，一个人静处时常泛起一种自我陶醉的飘然之感，钱塘老娘舅、绍兴老娘舅、枫桥老娘舅，敢情这就是好人的别称嘛。这年头，人与人之间常常起疙瘩，有些疏远，咱带头做个好人多好啊，热情、奉献、清正，像枫源村的石灰石进了火窑里——总要留清白在人间啊！咱乡人王冕还说"不要人夸颜色好，只留清气满乾坤"呢，咱就踏踏实实做。后来老杨索性成立了"老杨工作室"，作为创始人和策划者，他以父辈的老"枫桥经验"为蓝本，调解的事杂七杂八，不计其数。屋基地纠纷、拆迁、离婚、第三者插足、承包土地纠纷、婆媳失和、邻里间发生口角或斗殴、赖账不还、争夺或拒绝儿女抚养权、老人离家出走、合伙人反目……他和同事们总是将心比心，大事化小，小事化了，协调结果常常挺圆满。

就拿去年大部弄外枫山开发区的那件事来说，老杨至今想起来还会觉得激动。

去年暑假的一个中午，一个少年不幸在一个石材厂废弃的石宕里溺水身亡。事发后，死者家属和石材厂老板在镇派出所协商善后事宜。遇难少年的父母要求对方支付各项赔偿金共计 80 万元，但石材厂老板只同意赔偿 20 万元，双方因此僵持不下。

当天下午 2 点，失去耐心的死者亲属情绪开始激动，准备将死者遗体运到石材厂老板家门口，声称不按其要求赔偿绝不安葬。此时，石材厂老板的数十名亲友闻讯赶来，双方陷入对峙，如果事件得不到及时解决，一场群体性事件眼看就要发生。

有明眼人把这事反映到老杨工作室。

老杨听到报告后，迅速赶到现场，现场闹哄哄地撒着火，仿佛倒了的油瓶正燃着。一个青年举起身边的大铁桶"哐当"一声，不偏不倚，砸在铁门上。经验丰富的老杨遇事并不慌张。他马上打出组合拳，先联合红枫义警队稳定局面，再让阿英巾帼岗的志愿者们稳定女性家属的情绪，自己则把死者家属中主事明理的人叫到安静处，释明法律，告知如果进入诉讼程序将会面临被控家长监护失责的风险。同时又向石材厂老板说明，如果对方起诉，法院所判的赔偿数额可能会达到40多万元。他反复多次地劝说双方各让一步。

老杨心里，有把钥匙，群众工作的基础，就是为双方着想，找到解决问题的关键。

老杨还记得他在等待当事双方各自紧张商讨结果时，火烧云恣意地在天空中飘过，又渐渐沉到会稽山那一边。不久，山岗上，夜风已一阵紧过一阵。

经过艰苦、细致的思想工作，入暮时分，双方终于达成了调解协议：由石材厂老板赔偿死者家属各项损失共计30万元，村里补贴5万元，一起一触即发的矛盾终于被化解。

人渐渐散去后，老杨带着"巾帼红娘"阿英代表个人去死者家里慰问。孩子母亲和奶奶还在院子里哭泣，抽抽搭搭的。老杨心里酸酸的，送上了自己最真挚的安慰。

终于替他们维权成功了，这不是行善积德的事吗！那天，老杨喝了半斤同山烧，完了，还坐在古越牌坊下，来了几段越剧：嗒嗒嗒，锵，嗒嗒，锵锵，嗒，锵锵锵〔中板〕

（老杨唱）

人言道娘娘是慈悲仙子

为苍生锁双眉煞费心思

怎奈是人间独多乱离事

你满腹愁思怎消除

你一心莲灯指引迷路客

仙乡寂寞无人知

今晚我挥毫礁壁题诗句

以表仰慕莫笑痴

（老杨白）

待我在墙上题诗一首

以表仰慕之意有何不可呀

歧路莲灯倍可亲

峨眉应为乱离颦

莫愁玉女峰头冷

犹有天台采药人

老杨高兴时，就边豪饮不断边哼越剧，甚至还能闹腾出一个完整的后场，时而静，时而闹，时而悲，时而喜，最后醺醺然打着幸福的呼噜，甜里面，带着一丝兴奋，与夜色和在一起。

夜里睡觉时，老杨翻了个身，似乎有一丝笑意，不过，又立马愁成了苦瓜。

咋碰到家里事，咱的工作经验就不灵了？这一次，他的群众工作法宝被扯住了，哥哥的病竟会是他最艰难的一站。毫无疑问，给哥哥治病的关键是钱，其他喋喋不休、说长道短的说辞都不能替代哥哥需要的肾源。对于侄子夫妻，从软语规劝到厉声斥责的法子都上了，但是他们就是不愿出这么多，一分钱难倒英雄汉啊，难道把矛盾上交，告到法院去？唉，难啊！这岂不是破了"枫桥经验"的规矩，又败了自家的门风？

"老杨，藤梗都要糊了，起床了，等一下还要去值勤呢！"老伴又催上了第二遍。

起床，洗漱，吃了早饭，完了，老杨看看表，见孙子还没起床，就给老伴撂下句话："灿儿还没起床，你叫他晚上早点从所里回来，我有话跟他聊，也真是的，咋不听他爹的呢。我先走了，中饭迟一点，阿哥那里我得去看看。"

老杨拐入大部弄，阳光还没有完全下来，弄里的居民大多窝在家里，只有王师傅咳嗽着蹲在角落里拾垃圾。大部弄，光影幽深，虽已被时间磨损，但要穿越历史去触摸最早的根，那几乎可以让你见着勾践的祖宗——它是越国中期还处于部落状态时的都城。在老杨面前的是一条刚改建的明清一条街，仿古的民居，粉墙黛瓦，飞檐斗拱，青石板路向前蜿蜒；路的两面是老铺面，不过，除了老昌家的小店，其他的都早已人去楼空，唯有几只早起的燕子来回绕飞；路尽头是枫溪，整齐的石板路和斜砌的堤坝透着一股坚毅，古老的石拱采仙桥和新建的枫桥交相互映，沿河走廊悬挂着复古的大红灯笼，溪岸苇叶连成一片满目的翠绿。巷的另一端连着新街，新街到处是铺面，一年四季大伙都开张营业。

老杨生于斯长于斯，大部弄就是他的爹亲娘亲，他知道谁家养了狗，谁家的娃是抱来的，他甚至知道哪一滴雨水从哪里流走。他走到枫桥上，停了停，望着新旧老街仿佛两个世界，心里泛起一丝酸楚，还有隐隐的不安。再远处，是青龙畈，螃蟹肥了，稻米马上熟了，世世代代长在这片土地上的果果瓜瓜一大溜都熟了。

老杨的目光越过青龙畈，悠长，悠长。远处的炊烟与田野交织着，显得平和安详。青白的曙光和淡淡的晨雾交融在一起，点染着山山水水。家乡真美，老杨油然生出一种莫名的感动。

老杨到值班处时，青年党员陈光华已经守了一个晚上，脸上一副困倦的模样，但依然端正地坐在路口。

"叔，你又来早一个点喽！"

"哦，人老了，总睡不着。早点来这里坐坐，一搭两便，挺好的。你走吧，吃早饭去！"

"叔，这是我的时间点，怎么好意思，你年纪大了，要注意身体哩。"

"这我晓得，身体是咱革命的本钱。你说，谁会不看重呢，不过，阿光啊，叔这身子板可硬朗着呢！"

"那好，叔，今天你既然来了，我就先走了，等一下我得去义警队下载个数据库。"

"好，你去吧。叔托你一件事，等下见到灿儿替我劝劝他，听他爹的，男儿志在天下，还是去省城那个公安局，那里舞台大，是真正的天下，可不敢留在咱这农村派出所。"

"好嘞，我去说说吧。不过，这孩子似乎挺有主见的。"

老杨看着光华远去的背影，微微点了点头，心里暖暖的，仿佛见到了自己的影子。这个红枫义警队的新掌门人让他看到了"枫桥经验"队伍的生生不息。

中午时分，工作忒紧凑了，值勤组安排了快餐，大家交替着吃过中饭，巾帼岗的郑会计过来接班，老杨帮衬着忙了一阵子，两点半后，才匆匆交了班，往大哥家赶。

大哥家在天竺山下。天竺山是当地名山，山上有古塔，从大部弄远望过去，像一只飞翔的苍鹰，在青松杉林中轻点一下，惊起，又飞往云雾中去了。

想到大哥脸色苍白，像没有睡好觉似的到处水肿着，由于病情严重，笑纹几乎在他脸上绝了迹，老杨的心里就生生地疼。"再努力一下吧！"他怅然若失地走着，像断柄的锄头——没把握，与侄子夫妇的"较量"法子又满脑瓜转起来。

"应当去找我爸的单位解决啊，他们也有石器社啊。如果单位不理，那我们就去上门辩理，去吵，去告，叔，你不用说了。"

"叔，你也知道，我正盼着工厂起死回生，桂华也被分流下岗了。咱爸的病咱筹钱真有困难，要不我拿五万，咱中药保守治疗，行不？"

"是啊，叔，我们倒不是不想出这笔钱，确实是我们自己糊口都蛮费劲。再说，这换肾手术，成功率也不一定很高，如果我们负担大部分手术费用，那最后极有可能落到人财两空的地步，我们背上这一屁股债，怎么活？"

"那你们就看着你爹死？不肖子孙，父亲的病不好好讨论怎么安排，还满肚子怨愤，你们死去的娘在天上看着会放心？"

"我们可没这么说啊。叔，你面子大，你去政府那里商量一下，让他们支持支持……"侄子边递过来一杯茶，边接过话茬。

"啪""嘭"，一阵组合音，老杨的脸涨得通红，把茶杯从侄子的手上掀到了地上。

"他是你爹，信不信我上法院告你们……"

"老弟，你别……别动火，我不医了，唉！"

…………

老杨想着前些天四战侄子夫妻的场景，心中依然冒起了怒火。

做群众工作的"老娘舅"要告他们，失态了，不过老杨头一次意识到，原来他从事的这份工作也有局限性。

有道是"当局者迷，旁观者清"，若在以往，不论乡人之间发生什么争端，老杨始终持冷静的态度去处理，乡亲们大都愿意听他，啥原因，处理得公正和暖心呗。当然，说内心话，老杨也实实在在地感受到了来自群众的信任和尊重，并且这种充实和幸福的感觉越发真实了。

老杨有时甚至会产生一种优越感，这多少让他有些不好意思。毕竟从根子上说，他只是个调解员，只能处理一些芝麻大的民事纠纷。不过，老杨心里并不这么认为，他觉得只要是枫桥一带的，大事小事他都得管。上个月，枫溪路上发生了一起交通事故，一辆三轮车和小汽车相撞，造成一位送小孩的女人跌断了腿。双方谈不拢赔偿金，女人一家打算把这事告上法院。老杨听了，主动自觉就把这事纳入了他的管辖范围，上交警队了解现场情况，听双方诉求，然后请出了当事人共同的亲戚，一起做工作。经过一番曲折处理后，事情最终得到了一个让双方满意的结果，受害人的权益得到了保障，肇事者也心甘情愿地拿出了赔偿金。老杨有时一个人细析自己的处理模式，认为归纳起来就是营造对话氛围、破冰化僵局、平衡双方利益来解决纷争等步骤，人心都是肉长的，矛盾总有解扣的节点，不上交矛盾，有事找老杨，可有奔头哩。是的，老杨很满意自己的工作，"枫桥经验"，咱不就是代理人吗？不过，今天不一样，他两只耳朵似乎在"嗡嗡"作响，身上有一股血气穿来穿去像要爆裂开来。

　　走过新街的时候，一片吵闹声打断了老杨的思绪。他循声望去，是大润发超市边上阿强的店铺里发生了事端。阿强平时做生意很利索，会有啥事呢？新街上的事，这自然又是老杨该管的了。老杨走到店铺门口，发现纠纷双方互相认识，他嘟噜几句就让双方冷静下来了。一般的矛盾，只要有人搭台，谁都愿意下台，何况今天是"老娘舅"老杨不请自来。"怎么，人家做生意和气生财，你们还打算整个年里闹腾下去，刚刚复工复产，你们就闹上了？"

　　阿强进铺子拿出了一条矮凳让"老娘舅"坐下。

　　"阿强，咋回事，人家是外来工，欠人家钱了？"

　　"杨叔啊，没啊。去年的劳工费我都付清了，他们要的是去年一批货的加工费。去年那一批货由他们加工，都加工成了次品，我自己都亏了钱，再说我今年产的衬衫一件都还没出货，我哪里有钱付给他们。"

　　"老板，你咋这么说啊，这么多年，我们啥时有次品加工出来，去年那批货，是突然停电产生的问题，我们也不是故意的，你总得付给我们一些。"

　　…………

　　老杨面对面地听了事情原委，迅速理了理头绪，决定还是打情感牌，就立马转为背对背调解方式，引导双方考虑长期合作关系，促进双方互相理解；然后，又挨个给双方分析继续达成合作的利益。经过1个小时的反复沟通，双方终于达成了一致的调解意见：阿强向加工者分期支付60%的加工费用。

　　一桩疙瘩事，又在老杨手上搞定了。

　　处理完新街的事，已经下午3点多了，老杨加快了脚步。他刚到大哥家后墙的屋角，就听到屋里有很大的吵嚷声，顿时升起一股怒火。

　　跨进正门，侄子正在倒开水，抬头道："叔，你来了？"

　　老杨并没有搭理侄子，径直走向客厅。

　　"叔，你来了？"

　　"爷爷，你来了？"

"大伯，你来了？坐坐坐。"

老杨进入客厅，有点迷糊，老老少少一屋子人，认识的，不认识的，齐刷刷地叫过来，让他反应不过来。

"大家好，大家好。"

"爷爷，你才来啊，刚才去家里接你，奶奶说你中午没回家，我又去值勤岗那儿，也没人，我们就先来了。爷爷，我先介绍一下。这是市里和所里过来的'枫桥经验云矩阵'的同志，他们分别是我们副所长周所长、调解员陈涛、平安志愿者肖光、综治信息员骆东、义务巡视队员雪峰、网上水滴筹志愿者李怡、医院泌尿科葛医生。"杨灿向爷爷介绍完情况，转身走向靠在墙角躺椅上的大爷爷，替他转了一下身。小伙子身着警服，一米七八的个子，国字形的脸上嵌着亮晶晶的眼睛，厚嘴唇一笑就露出两排整齐的牙齿，挺俊的。

"爷爷好。"大伙再一次向老杨问好。

"好，好，好。"

"叔，多亏了灿儿呀！"侄媳忙着接话。

老杨没应她的话，侧身招呼着孙儿的客人："大家喝茶，喝茶呀。"

"叔，这几天灿儿一直在微信群里和其他人一起教育我呢，那个'微信云矩阵'不简单，那些热心人把理说得透透的，把事考虑得全全的。他们还帮我在绣花机厂找了工作，又筹了这么多钱，真得感谢他们，真的。"

老杨疑惑地看了一下侄媳。

"法，你侄媳说得没错，灿儿和他的同事刚才送来了二十五万块钱，添上家里的十五万，该是够了吧？我正要与你商量下一步怎么处置。"大哥虚弱地向弟弟说明情况。

"哥，你歇着。我先搞搞明白发生了什么事儿。"老杨走到大哥跟前坐下来。

"叔，你骂我们吧！灿儿和大伙真是热心人啊！过去，我们不送爸去医院换肾，尽想着家里的困难，我们真是良心被狗吃了。"侄儿给老杨泡了杯茶，动情地说，"灿，你放心，这钱我们宽几年慢慢会还上的。"

"灿儿，究竟怎么回事？"对于侄儿夫妇态度的 180 度大转变，老杨依然摸不着头脑。

"杨伯，你家孙子在我们所里可立了功，不像个实习生嘞。小伙子，不错啊！他想法蛮多，蛮好，是走在创新路上的新青年啊。他这几个月新建的'枫桥经验'网络朋友圈、云工作室，成了我们所里乃至市里的亮点！今天，我们来这里，是根据'枫桥经验'工作室的安排，在前期云工作室开展工作的基础上，联合'枫桥经验'朋友圈的志愿者们，一起到现场解决杨大伯家治病难的问题。你看，我们有了这些网络组织，网上把困难一讲，一呼百应，有人捐钱，有人安排医院，真是人多力量大。还有，咱'枫桥经验'网络朋友圈上都是暖心事、和谐事和孝顺事，大家都容易受到教育和感染。"

"好，好，好啊！"这下老杨终于明白了，不禁由衷地赞叹起自己的孙子。

"杨叔，您跟杨大伯一家商量一下，什么时候到省城就医合适，你们过来时，提前叫阿灿与我们联系。"葛医生补充道。

"好，好，好！"

"爷爷，你看，大爷爷的病这样处理行吗？"

"好，好，好啊！"

平时能说会道的老杨，除了不断说"好"以外，就只剩下感动了。

阿灿与大伙儿再在一些细节问题上进行了商议。老杨在旁边看着这些做新时代"枫桥经验"工作的年轻人，想起了他去外地介绍"枫桥经验"时常讲的话："有整体意识，有团队意识，有效果意识，他们才是真正地拥有了这些充满筋骨的素养。"

临走时，老杨和侄子留大伙儿吃饭，但都道完谢后就走了，连灿儿也没留下。

"爷爷，还有一户困难家庭需要我们帮助解决问题呢！"

孙儿走远了，老杨心里暖烘烘地与侄子一起把大哥扶到床上。侄子留饭，他笑笑没作声就出门了。

出得门来，天上的晚霞正一朵朵落下来，落到天竺山上，落到枫溪里，落到老杨脸上，火红火红的。

晚饭后，老杨带着老伴散步到古越牌坊下，那时月色正轻轻抚摸着枫桥古镇。

老杨忽然对老伴说："明天我要进城去儿子那里，告诉他们灿儿以后就留在枫桥所里了，我要跟孙儿建个大朋友圈。"

老伴惊讶地看着老杨说："你疯了吗？"

"我清醒着呢！"老杨笑着回了一句，转过身走向大部弄。

纪实文学篇

王金友和上旺

丁松盛

一

光阴匆匆，日月如梭，青山不改，绿水长流，朋友情在人已老，圈内人士已经到了耄耋之年，相见机会减少，相聚时光难得。已经好几年不见王金友同志，听说今年他九十岁了。一日由葛行善同志联系，我们一行三人去绸缎弄拜访王金友同志。

我们三人中，老葛八十七岁，是老大，姚剑秋排行最小，七十三岁，而且最健康，只有他会开车。接上老葛后，车就往绸缎弄驶去，大概这个弄堂以前是有店铺卖绸缎的，所以弄堂的名字叫"绸缎弄"。这里曾经是绍兴县的机关宿舍，王金友和他女儿的家就在这里，老楼房没有电梯，幸好他们住的是三楼。

葛、姚二位曾经来过，已经算是熟门熟路。老王的女儿开门出迎，寒暄之际进入客厅，见到厅外阳台藤椅上坐着一位老人，藤椅旁有一根手杖，茶几上放一青瓷茶杯。老葛走上前去叫了一声："金友同志！"老人本来木讷的神情顿时振作，双眼瞬间变得有神，他要站立起来与老葛和我们握手，我们都劝他坐着。等到众人都落座后，我们开始愉快地交谈起来。

老葛和老王是几十年的朋友，虽然我在 20 世纪 60 年代已经认识王金友，但是我认识他，他不认识我，逐渐熟悉是在和老葛的几次聚餐中，多次相遇成朋友，我和老姚也加入了他们两人的队伍。老人要抓住稍纵即逝的时光，朋友小聚是晚年快乐所在。

眼前九十高龄的老人，是我们四个人中的老大了，由于年龄增长，朋友们身体总不如从前健朗，近几年来逐渐减少了活动。看到老葛、老王两位老人，颤颤巍巍地将抖动着的双手紧握在一起，双方对视着彼此激动的眼神，这一瞬间，勾起了我半个世纪前的回忆……

那是在1966年，我参加了当时绍兴县的贫下中农代表大会。会前王金友刚从北京参加完国庆典礼回来，他在大会上做了在北京参加会议，并和国家领导人在天安门城楼上进行国庆观礼的全程汇报。讲台上的他，戴一顶绍兴乌毡帽，一身朴素的农民衣裳，一口地道的方言。从坐上飞机找"绳子"（去之前他听人家说坐飞机要用绳子系住身子），讲到人民大会堂的会场："（会场）起码有几十亩田那么大，屋顶上有木佬佬（方言，很多的意思）的电灯泡，走进大会堂里头，日里和夜头都分不清……"听着他朴实的汇报讲话，我的眼前也出现了一幕幕人民大会堂宏伟辉煌的景象。

从宴席上一道道的菜，总理夫人邓颖超的席间招待，周恩来总理的夜间看望，到国庆观礼的激动景象，代表们听得聚精会神，甚至时常屏住呼吸。讲着讲着，王金友突然站起来，高声呼起了"毛主席万岁！中国共产党万岁！"到会代表也情不自禁地跟着站起来，全场高呼口号。在热烈的掌声中王金友的报告也结束了。这个真实发生过的故事已经隔了半个多世纪。改革开放之后，沧海桑田，绍兴这方热土，走在中国改革开放的前沿，现在的咸亨大酒店，就是当年绍兴县人民大会堂的旧址。

那个年代能选上代表，来县里开会，是一件非常光荣的事。会议期间，代表们能够享受到生活上的优厚待遇。记得会议一结束，开饭时间一到，人人争先恐后排队领饭菜，王金友总是笑眯眯地立在旁边，等排队的人不多了，他才站在队尾。每当饭后，饭盒子堆满在水槽旁，总能见到一个戴着乌毡帽的人在洗饭盒子，他就是王金友同志——他在休息时间帮助食堂人员洗着一堆一堆的饭盒子。

那次会议期间，会议组安排我们去上旺大队参观，上旺是江南绍兴的"大寨"，绍兴的农业标兵。会议组安排从绍兴乘轮船到富盛埠头。从富盛埠头到上旺，走完平原水乡石板路，逐渐变成山路，虽不算是陡峭的峻岭，却也是渐行渐往高处，这十来里的路程，让人觉得时间漫长，而我们这一行人，看起来又浩浩荡荡。代表们一路上高唱歌曲，欢呼雀跃，队伍前行井然有序。记得那时天气晴朗，上了富盛老岭往下观望，视野前方的南部山坳一览无余，一时惊叹之声四起。不远处一个圆圆的山头，被苍翠欲滴的绿色包裹着，一畦畦排列整齐的茶树丛，像条条青龙在盘旋，小山头的周边用石块垒起了一道道石坎，像电影中的层层梯田。只是，这里不是层层梯田，而是层层山地，是垄垄茶园。山坡高处，毛竹园绿茵如海，毛竹节节高，枝梢弓腰如迎客。我们从平原水乡来，看到毛竹眼睛会发红，因为当年的农具，日常的扫帚、畚箕、箩、筐、篮、笸、凉席等生活用具的制作都需要用到毛竹。毛竹是计划物资，要凭票购买，所以，眼前这片取之不尽的毛竹才让代表们发出声声惊叹。

这是五十四年前，绍兴南部的一个半山区，像是世外桃源，美不胜收。绍兴农民的奇迹在这里开创。我清楚地记得，那餐午饭是由上旺村的村民接待的，主人非常热情，而代表们纷纷称赞的最好吃的一道菜，是上旺特产的毛笋烧肉，那美味让我至今记忆犹新。

"老丁，喝茶！"我从沉思中回神，看到老王和老葛紧握的双手松开了，面对面坐着品茶，两人之间的亲热劲使人羡慕，这是人间难能可贵的真情。虽然他俩都话语不多，但激动的心情溢于言表，双方的眼神始终没有离开对方，从问候生活起居到日常饮食，老王说他还是能够应对的。据老王的女儿说，老王脑子还是清楚的，但话不多了，行动也不大方便，所以平时只能够在房间内活动一下，这样的身体状况对九十岁的老人来说算是不错了。

我们提出要为他拍个照片，他要求换一件衣服，拍的时候也再三地挪动着身体的位置，直到照相的角度让他满意了，我们才按下手机的摄像按钮。临别之时不说惜别，只说下次再来看望。望着这位曾经叱咤绍兴的风云人物，蓦地，我突然意识到，岁月易逝，人生易老，人都是从同一条起跑线出发的，在生命的道路上，平凡或伟大，富贵或贫穷，都不如健康好。他的女儿送了我们每人一本书，书名是《中国农民王金友》，我要好好读一读，而且准备一回家就读。这个中国农民王金友，是我们绍兴人，他是如何带领上旺老百姓吃上饱饭、走出贫困、走上富裕的呢？答案可能就在这本书中。

二

因为兴致正浓，我回家就翻开了这本书，是沈建乐、陈文丽、沈朝宁三位老师写的，书名那几个字，大气遒劲。

上旺在绍兴会稽山东南方，接壤上虞，曾经是个山地贫瘠、满目荒凉的半山区，癞头山上石头露，终年不见寸草生；遇见今年收成好，饥饿能吃"六谷糊"（方言，指玉米糊糊）。王金友家里孤儿寡母更比人家苦。他幼年丧父，孤儿寡母生活在水深火热之中，童年时衣不蔽体，根本没有条件进入学校读书，是每天割草砍柴，抓鱼摸虾，才与母亲一起度过的苦难日子，从小吃的"六谷糊"，走的饼子路（方言，指山路上由小石头铺成的凹凸不平的路）。十五六岁就挑着茶叶，去绍兴茶叶市场卖，来回要走近百来里的路，穿着草鞋踏在这种路上，没有脚底的硬茧，是根本吃不消的。生活的贫穷，日常的辛苦，磨炼出了王金友吃苦耐劳的精神。他从小就有着要摆脱贫困，改变人生的壮志。看着书中的他想到当年的我，深有同感。

我的眼睛在字里行间慢慢变得湿润，见到王金友才十九岁就被选举为村长，而且是全体村民一致同意他当，我湿润模糊的双眼顿时倍觉明亮，因为王金友从此就有了用武之地，这是一个起点，他带领着上旺村民向山要粮，改造起这座贫瘠的穷山来。他立志要改变上旺穷山恶水的现状，心中装着一颗跟共产党走的红心，从互助组、初级社到高级社，在漫长的日日夜夜里，他始终如一地拥有一个信念：帮助当地老百姓吃饱肚子。从当上村长开始，他就带领着村民，与天奋斗抗洪灾，与地奋斗造梯田，书中的"擘画经营、筚路蓝缕、夙夜在公、备尝艰辛"四个词真实地形容了王金友身上肩负的重担，以及为改变上旺而奋斗的敬业精神。我读着想着，思绪沉浸在书里，随着书中的叙述，一起走进了当年的上旺。

上旺原名上王，大概是村里王姓的村民居多，为了能使村民过好日子，大家就在上王村的"王"字旁加上"日"字，祈愿村里今后能够兴旺发达。王金友把"靠山吃山，靠海吃海"这句话，作为改变家乡面貌的方向，准备向荒山要钱要粮。王金友还牢记毛主席在1945年延安干部会议上的讲话："我们的方针要放在什么基点上？放在自己力量的基点上，叫作自力更生。"他更记住了1949年毛主席讲的"艰苦奋斗"，他把毛主席的话牢记在心并付诸行动。

1958年10月20日，农历九月初八，这是属于上旺人的特别纪念日。那一天，王金友带领14名社员，其中有3名党员，向荒山进发，这就是闻名全国的"八把山锄创大业"，就是这八把山锄，开辟出了上旺的新天地。

从刚开始的15人发展到后来的120多人，腊月寒风在大伙高涨的热情中败下了阵，热汗融化了冰天雪地，上旺人开荒造地，大年三十也不休息，过了新年，正月初三又开工，直到阳春三月春意盎然，一番辛苦拼搏终结出硕果。这一年村民们开垦造地100多亩，将开荒得来的柴梗树根卖给供销社收购站，并用这些钱买回2万斤茶籽，为上旺"旺"起来的生活开了一个好头。

看着书里的故事，我似乎也走进了这支开荒队伍中，听到了肚子饥饿的咕噜声，感觉到了凛冽西风的寒冷，但这些都难不倒垦荒人。为了赶上开荒工程，大伙劳累一天也不嫌苦，甚至加开夜工。手足皲裂了，药物又奇缺，就用土办法，把贴过的治疗跌倒损伤的旧膏药上的药膏刮下，加热化成膏药黏液，再涂到皲裂的疮口上。贴上疮口时是必须咬紧牙关的，因为伤口中是鲜嫩发红的血肉，这高温的膏药黏液，像是用生铁补镀，让人刹那间疼痛钻心。但开荒者们坚强异常，顷刻之间就会忘了疼痛，甩开膀子继续干，寒冬里流淌着热汗，在高唱着"下定决心，不怕牺牲，排除万难，去争取胜利"的歌声中，开辟出一畦畦茶园。

锲而不舍，金石可镂。荒山上垒起石墙，形成一道道一圈圈的梯形地。但贫瘠的山头还是裸露着岩石，薄土如何种茶？下了决心的金友继续想着办法。他和党员、干部商量，决定除了把山脚下的一部分土挑上山，还要把从河底挖出来的砂土一点一点挑上山。村民们起早摸黑，每人每天上下十多次，像填海的精卫鸟，担土填山开茶园，硬踏出来的上山便道，成了现在还在沿用的一条山路。新开的山地终于覆盖上了一层厚厚的水底砂土。正如鲁迅先生所说："其实地上本没有路，走的人多了，也便成了路。"

书中上旺实现的一个一个数字，是实实在在没有掺水的成绩单：从1958年开始，王金友带领上旺村民连续苦干三个冬春，先后开垦了11座荒山，开辟了500多亩荒地，总共把10多万担沃土送到山上。1958年之前，上旺只有茶山近20亩，到1964年已有茶园569亩，至1972年又扩大到619亩，茶叶产量从1958年的12担到1964年的267担，到1972年上升到1356担，增加了112倍。这些数字的背后，是王金友带领上旺全村百姓筚路蓝缕，艰苦奋斗后得来的硕果，这是开山造地的成果。1958年前，上旺村人均耕地面积2分2厘，到1972年人均耕地面积达到了3分6厘，茶农除了不吃国家供应粮之外，还卖余粮给国家，这些都是艰苦奋斗出来的成果。

"咬定青山不放松，立根原在破岩中。千磨万击还坚劲，任尔东西南北风。"郑板桥的《竹石》一诗，可以当成为上旺的竹茶而作。王金友有一股耿直的性子，他认为当干部就是要为村民办实事，最重要的就是让每个人都吃饱肚子，无论发生什么，都不能耽误生产大队的集体工作。当时，"大跃进"和人民公社化运动愈演愈烈，使得以高指标、瞎指挥、浮夸风为主要标志的"左"倾错误严重泛滥。为了急于求成，出现了各种"数字喜报"，但是王金友不随大流，面对狂热的运动，他清醒地认识到，只有因地制宜、实事求是，才能帮助广大上旺村民脱贫。

1964年1月1日，王金友去参观了大寨，2月10日《人民日报》发表社论《用革命精神建设山区的好榜样》，号召全国人民，尤其是农业部门，要学习大寨人的革命精神，这可以说是对了王金友的胃口。上旺村早已经实践了大寨精神，在1958年就已经开荒造地。

癞头山虽然已经是绿色的茶园，但是，因为上旺人均耕地还是很少，每年要吃国家供应粮，王金友便一直朝着这个方向默默努力：自力更生，把粮食产量搞上去，让全村村民吃饱饭，茶农不吃供应粮。造茶园的"八把山锄"不能够休息，不能"马放青山、刀枪入库"，要用这"八把山锄"去造田，"八把山锄"的精神要继续发扬。

"文革"时期，王金友的头脑仍非常清醒。他坚持"农业生产是农民的本行，农民必须吃饱饭"的宗旨，因此当年的"文革"对上旺的抓生产冲击不大。

三

人生道路上的跌宕起伏，是一种修炼；努力拼搏，战胜天灾，也是上天给人的锻炼机会。山里人饮用的是溪水，万物生长都离不开水，萧绍平原靠的是江河湖泊水，半山区的上旺靠的是溪水。溪水终日流不尽，水大水小听声音。清泉石上激湍过，回味无情胜有情。上旺的溪流养育了上旺人，滋润着上旺的青茶、绿竹。有史以来，上旺这条小溪流入富盛江这条大溪，据《水利志》上所说，富盛江是流入镜湖的三十六溪之一。

然而，山里的溪水和平原上的江河湖泊不同，大雨一下，溪水就会暴涨，再也不是充满诗情画意的潺潺流水，而是面目狰狞，吼声如雷，一路奔腾的山洪。如果大雨不停，土内蓄积之水饱和，就会使山体崩塌，溪水裹着泥沙、石头汹涌地奔流而下，成为泥石流，破坏威力巨大。

　　1962 年 9 月 3 日至 6 日，特大台风登陆绍兴沿海，光顾了南部山区，给上旺带来了一天一夜的特大暴雨，总雨量达到了 320 毫米，上旺暴发了泥石流，这是百年未遇的特大洪灾。上旺人 5 年来，辛辛苦苦建造起来的 40 多条石坎被冲塌，40 多口水塘被泥石流填平，两条大溪坝被冲毁，32 亩田地被泥石流覆盖，农作物被淹没，40 多亩茶园被吞噬，大半个村子进了水，48 间住房倒塌，方家坞水库大坝岌岌可危，损失之大为历史罕见。这个时候，王金友日夜守候在危险的最前线。

　　邻居来告诉王金友，他家屋里进水了，屋也快被冲塌，怕保不住了，然而，面对灾情，王金友头脑始终清醒，他想到的最危险的地点是水库。要保住水库，大坝是总机关。水库大坝保不住，会导致全村覆灭，没有大家哪有小家。家里进水是小事，只要保住水库就能够保田、保地、保家。在他的带领下，全体党员、大队干部站到水库大坝第一线，保证水库泄洪畅通，他们用沙袋石块加固大坝，并立即采取关键的三项措施：第一，把老、幼、病人转移到安全地方，保证抢险救灾的青壮年、民兵无后顾之忧；第二，保护好集体粮食，保证仓库、茶厂的绝对安全，尽量减少物资损失；第三，党员、干部要带领群众站在抗灾第一线。

　　心急如焚的王金友三天三夜没有休息，带领全村党员群众在抗洪救灾第一线，力争把灾害损失降到最低。他挨家挨户摸清灾情，竭力安慰村民，大声地对村民说："不要难过，不要灰心，这次洪水冲倒了几间房子、几条石坎，没有什么了不起的，只要我们人在，集体的财产没有损失，有中国共产党的领导，有人、有粮，就什么都不用怕！我们要坚定信心，振作精神，把上旺建设得更加好！"

　　王金友大无畏的精神鼓舞、凝聚了上旺的人心，有了信心，下定了决心，大伙就不怕牺牲，排除万难，去争取胜利。当年，又增开了 5 亩新田，补种上秋季农作物。那一年，全大队粮食产量增收 5 万多斤，茶叶产量增加了三成，整修、加固、新盖房屋 86 间。

　　水灾过后，王金友为了使村民不再住泥坯草房，大胆设想，由大队集体统一建新房，对受灾坍塌和虽未坍塌但零散在各处的住房进行调查，做好统一建设新房的规划，这是一幅上旺新农村的蓝图，可以说，这个设想当时在全国都是十分罕见的。

自己建土砖窑，烧制砖瓦，历经三年多的时间，一个占地 22 亩，共 13 排的两层楼房在上旺的土地上拔地而起。房子共 24 幢，204 间房间，建筑面积达 8460 平方米。右边配一排矮平房，共 20 幢，200 间房间，面积 5760 平方米，即现在所称的附属房。附属房是农民放农具杂物，关家禽、猪、羊必需的房子，可见王金友同志考虑得多么周到。零星房子屋基地收回，屋前屋后空间土地就被调整出来，上旺因此多出了 43 亩土地，这个办法在现在的新农村建设中，就是属于"空心村"改造、宅基地置换，王金友在半个多世纪前就已经想到做到了。这就是书中所写的"擘画经营，谋划上旺的发展"一篇，上旺新村开创了当年农村发展的新模式。

山里怕发洪水，也怕干旱，一段时间不下雨，溪流就会干涸，塘底朝天，旱情显露，作物无收，百姓日常饮水也无处可找。书中记载了 1949 年之后上旺的历次旱灾：

1951 年 7 月 18 日至 8 月 18 日，大旱。

1953 年 7 月 1 日至 8 月 26 日，干旱 50 余天，粮食歉收。

1956 年 10 月始，秋冬连旱，60 多天无雨。

1958 年 5 月底开始，晴热少雨近百天，农田受害，溪沟断流，塘库干涸。

1960 年秋大旱，农田受灾，人畜饮水困难，真的是应了"十个日头，晒破石头，十日无雨，渴死黄牛"的说法。

1967 年 6 月 24 日至 7 月 20 日滴雨未下，旱情延续至 10 月 31 日，历时 130 余天。一场空前绝后的旱灾降临，王金友看在眼里，急在心里，如何带领乡亲们寻找水源，战胜旱灾，是压在他心里的一块大石。他召开大队支部会议，以共产党员为核心，带领全村干部、青年，在有水源迹象的斑竹园溪滩旁，抢起山锄，挖掘砂石让道，开到岩石冒火星，连续挖掘三天三夜，用手撬出了几百吨的砾石，手掌鲜血染红了山锄木柄。第四天，泉眼终于出现，流出了涓涓清澈的泉水。

王金友听取了群众意见，挖成了长 60 米、宽 5 米、深 4 米的暗沟，小沟两端挖成两口水井，水沟上面加盖，盖上覆土种田，成了名副其实的地下水库，成为上旺人生活用水和灌溉作物的地下宝库（地下水库至今保存完好）。田地供水、百姓喝水都得以解决。据介绍，在战胜了旱灾的当年，上旺村硬是夺回了 3.6 万多斤的粮食。美玉是雕琢出来的，好钢是锻打出来的，上旺如今的美好是艰苦奋斗出来的。

尝到了这个地下水库的甜头，王金友就带领上旺"相亲"，于 1971 年，又在这个斑竹园溪滩附近，建造了一个长 80 米、宽 5 米、深 6 米的"地下水库"。到 1973 年，上旺已经有了 4 个这样的地下水库，这 4 个地下水库，是血汗铸成的结晶，至今还被完整保存。

一心为公，全心全意为人民服务。这是王金友在上旺创业发展的过程中，不断进行自身建设的结果。在改造客观世界的同时，他能动地改造了自己的主观世界，这让他站得更高，看得更远。在十三排农民新房分配时，村民们没吵没闹，是什么法子使大伙分房如此平静？原因简单又清楚，他自己分得了那间最差的房子，在做通家人思想工作的同时，他还调剂出半间屋子给了隔壁邻居家，因为邻居家儿子要结婚。

王金友不同意自己的女儿当公务员。当年，他的女儿是共青团绍兴县委副书记、共青团全国代表大会代表、浙江省第五届共青团委委员、新长征突击手，完全有资格、有条件被录用为国家干部。可是王金友就是不同意自己的女儿进入国家干部的队伍，理由是这个干部指标要让给"知青"，让给那些曾被错误划成"右派"的知识分子。无论上级领导怎样劝说，周围同事怎样做工作，王金友都不同意在女儿的这件事上让步。他决然地说："我宁可对女儿歉疚一辈子，也要把这个名额让给别人。"从当下的角度去审视，这个思想和做法似乎欠妥，为党和社会输送人才是第一位的，但那个年代的这种思想，既善良又单纯，充满了王金友朴素的一心为公的精神，让人感动万分。

四

鸟语声声，车动笛鸣，窗外人声不停，拉开窗帘已经是晨曦微露。一夜看完了一本书，我的脑海里回味着很多熟悉的内容，这勾起了我许多回忆，有惆怅，有惋惜。

无可奈何花落去，似曾相识燕归来。那个年代去参观过上旺的人，都是怀揣一颗羡慕的心回去。一句话，当年的上旺真的不简单。上旺的成绩，是真真正正艰苦奋斗出来的。离上一次去上旺已经 55 年了，我想要再去一次，因为那里是我钦佩的地方，是大寨精神的江南实践地。甚至当年的"八把山锄创大业"比农业学大寨的时间还足足早了 6 年。

朋友姚剑秋，是个 73 岁的"小伙子"，他有车，也会开车，我于是请他一同去往上旺，他欣然同意。到富盛镇，打电话给在镇里工作的沈宇鹏，他是一个二十多岁的小伙子，由他带着我们到上旺村里转转。上旺村现在和岩里村合并，村名仍旧是上旺。行政规模大了一点，上旺的原貌模糊了一点，这是一个新的上旺村。

上旺的山，还是连接着会稽山，溪水，照样流入富盛江。一畦畦像青龙似的茶蓬，整齐地环绕在一个个小山头上，传说中的"癞头山"不"秃"了，像姑娘头上长满了青丝秀发。远望群山一览无余，满目青山翠绿的是茶园，环顾四周还是茶园。不同的是，这些茶园属于一户户不同的主人，有着农户自己知道的分界线，毛竹园、茶山、农田都已经分到了农户个人。

不远处的毛竹山上，竹梢低弯，如今已是五月天，竹林深处隐约还有人在寻找毛笋。这是一种很难长出来的竹笋，笋尖受到外力压迫，或者被压在板结的硬土之下，或者被压在石块之下。毛笋是在受压迫的夹缝中求生的，它顽强向上的精神不就是上旺艰苦奋斗精神的写照吗？

讲解员带我们两人去了上旺村的陈列馆。一进入陈列馆，讲解员就按序介绍，有条不紊，滔滔不绝。所讲事情与陈列的内容环环相扣，馆内珍藏着各个年代上旺村获得的奖状、奖牌，琳琅满目，从区、县到省里，乃至党中央、国务院，都曾颁给上旺各项荣誉。墙上挂着各级领导走访上旺时的照片，另外，还有一百几十位国际友人也参观过上旺。

看了上旺当年的"十三排"新居，保存基本完好，还有几户村民住着，右手边的附属房也整齐排立，依然在使用中。几间平房简单、整洁，是当年的"知青屋"。随着改革开放的春风，绍兴农民的新房、自建的别墅，如雨后春笋般立了起来。"美丽乡村"建设在全面推进，农村面貌一再换新，这个上旺的"十三排"新居，正是时代变迁中的历史见证者。

村口一个设有栏杆的井台，就是当年地下水库的出口，曾经是保证村里人生活用水的地方。但现在的村民，很少饮用井水了，因为小舜江的自来水，已经通到了绍兴南部山区的千家万户。当年的地下水库，作为一个抗旱标本，依旧静静地躺在村口的地下。

回到村口，我用手机拍下了高耸于路口的"八把山锄创大业"的简易牌坊和"八把山锄"开荒的一组雕像。牌坊和雕像似乎都蒙上了尘土，像穿了一件褪了色的衣裳。我想，应该把这蒙上的尘土掸掉，换上新装，上旺应该继续旺起来，继承前辈解放思想、实事求是、艰苦奋斗的精神，以更饱满和自信的姿态面对新时期乡村建设的各项挑战。上旺要大声地告诉后人，做人要靠自己，艰苦奋斗，奋发图强。艰苦朴素是做人本质，永远不要忘记！

对现代化、机械化的今天来说，上旺当年的创业，似乎只是一个小工程。开山挖土，现在有挖掘机、凿岩机、大功率风钻，实在不行还可以用炸药定向爆破。然而，当年的上旺人是靠双手、靠体力、靠十几年不间断的艰苦奋斗才让村里的旧貌换了新颜。我们不能忘记上旺人"奋发图强、艰苦奋斗"的创业精神，这是共产党人的精神。

将要告别这个游览了半天的上旺，然而，却似品茶回味无穷，脑海里也生出点新想法。曾经的上旺，一直走在绍兴各个农村的前列，今天的上旺不知道什么原因，在"美丽乡村"建设的步伐中，显得有点落伍了。青山不老人已老，我仿佛看见上旺像一个坐在阳台的老人，虽然步履蹒跚，但思路依旧清晰，他每天在阳台上望着日出日落，心里怀着一丝淡淡的忧伤，无言胜有言，看得出他有一个期盼的梦。

王金友和上旺的故事讲不完，半个多世纪的沧桑巨变写不全，在"美丽乡村"建设中，把上旺接地气的故事、上旺艰苦奋斗创业的事迹、上旺人朴实的农民文化、上旺的绿水青山，画成一幅翰墨长卷，建成一个教育后人的美丽乡村。上旺需要"美丽乡村"建设，"美丽乡村"建设需要上旺，我想，这就是王金友老人期盼的梦。

挑战钱江潮
——嘉绍大桥工程建设纪实

周智敏　陈全苗

2013 年 7 月 18 日，绍兴的历史，注定会记住这个日子。

这天上午，天气有些燥热，万里无云。钱塘江似乎也不像往常一样狂躁不安。刚刚撩开迷人面纱的嘉绍大桥，此时静静地横卧在钱塘江之上。6 支高耸入云的主塔，被数百根钢索斜拉着，在骄阳的照射下，闪着炫目的光亮。

8 点 58 分，嘉绍大桥正式通车。"一桥飞架南北，天堑变通途！"沪绍之间的距离，瞬间得以拉近。绍兴去上海的车程，可以缩短一个半小时。

那么，请让我们记住——嘉绍大桥，全长 10.137 千米，投资 62.8 亿元。它是当时世界上最长、最宽的多塔斜拉桥，拥有世界首创的刚性铰构造，以及世界上最大规模、最大直径的单桩独柱结构……

一、直面钱江潮

钱江大潮，举世闻名，被誉为天下第一潮、世界自然之奇观。"八月十八潮，壮观天下无"，北宋文学家苏东坡一诗定乾坤，为钱塘秋潮做了最深入人心的咏赞。

钱江大潮，排山倒海，势如破竹，岂是壮观、震撼二词可以形容？在世界三大强潮区中，钱江大潮的威力，远胜于另外两大强潮区——巴西的亚马孙河大潮、南亚的恒河涌潮。而嘉绍大桥，就建在这一壮观威猛的钱江大潮头上。

翻开浙江省地图，就会发现：靠近杭州市的那一段钱塘江，从地图上来看，还只是一段细线。拐出彭埠、萧山，并经下沙大桥之后，细线开始一点点变粗，再行经海宁市盐官镇、丁桥镇之后，标线才变成了一个很大的喇叭口。之后，钱江水还需转过一个相对窄小的夹口，才浩浩荡荡向东奔突而去……

嘉绍大桥，就要建在这一个"夹口"上。

称其为夹口，是因为它活像一个稍稍扎紧的袋口。北岸是海宁市的尖山经济开发区，南岸是绍兴滨海新城。

选择在天然的夹口造桥，固然是因为这里江面最窄，可以降低一定的成本，但最重要也最具决定性的，是它在北岸可对接沪杭高速、杭浦高速、乍嘉苏高速，而在南面可对接沽渚枢纽。东西方向的杭甬高速、南北方向的上三高速，在沽渚交互成一个"丁"字。

嘉绍通道工程，就是要把这"丁"字变为"十"字。

那么，在这个夹口上能造桥吗？当时的事实是，在嘉绍大桥位置上下游 50 千米左右的钱塘江水域范围内，历史上根本没有出现过任何水上建筑，就连航标一类的建筑也未曾有过。

难怪，2008 年 12 月 14 日这天，新华社向全球发出嘉绍大桥开工的消息，在地球的另一端，很快就有国际桥梁专家在网上发出评论："嘉绍大桥……是中国在向强潮区发起挑战……"

也难怪，国内一些专家在一开始就强调，嘉绍大桥是在"最不适宜建桥的地方建桥"。

为摸清钱塘江的脾气，嘉绍大桥工程指挥部组织了细致的测量评估工作。但测量到的结果，让所有人倒吸了一口冷气！大家这才真正明白，"最不适宜"的具体含义是什么了——大潮的最高潮差达到了 9 米，最大流速达到了每秒 7.5 米以上，其势比山洪暴发还厉害。

它的水下状况，也是诡谲多变，危机四伏。每次大潮来袭，江底的泥沙冲淤变化剧烈，一直处于不停地翻涌、偏移之中。

气候条件也极其复杂多变，江面之上，忽阴忽晴，忽雨忽风，变幻莫测，特别是受台风、潮汛、洪水的影响很大，一年的实际施工天数只有 280 天左右。

更让人伤透脑筋的是，钱塘江一天的大部分时间不是在涨潮，就是在退潮。涨潮时，大船小船都不能进；退潮时，两边的大部分水域又非常浅，"大船进不来，小船停不住"，因此只能利用涨潮、退潮之间的一个中间段——高平潮来施工。可它持续的时间，竟不到一个小时。

这还不够！国家水利部门又给嘉绍大桥建设送来了一个"紧箍咒"——为了不影响钱塘江涌潮景观，大桥结构的阻水率，必须控制在 5% 以下！而当时，全世界没有一座大桥的阻水率是小于 5% 的。

阻水率，是对大桥工程的一个常规要求。通俗地说，阻水率就是一座大桥的所有桥墩、承台、桩基础对水流造成的影响。

基于在钱江大潮上建桥的超高难度，交通运输部动用了部里现任总工程师和前两任总工程师协同合作这样的强大力量，"驰援"嘉绍大桥。

也因此，在浙江省人民政府、中华人民共和国交通运输部的牵头下，全国桥梁界最具权威的 21 名专家，为嘉绍大桥"攻关"！

二、设计的困惑

环境的恶劣，阻水率的要求，最终都将转化为设计、施工等方面的一个个具体的困难与挑战。

没人会想到，设计嘉绍大桥，首先是从寻找主桥开始的。

主桥，按专业术语说，应该叫主航道桥，是专供通航用的，它的净高、跨径、抗撞性等，都有设计上的特殊要求。

一般的主桥，大多在桥的中间，辨识度很高。但例外还是让嘉绍大桥碰上了。

经过一次次的实地勘察，以及采取相应的河床动态模型实验之后发现，钱塘江最深的地方，不在江的中间，而在明显靠近南岸的位置。

更让人吃惊的是，受涨潮、退潮的影响，深水区竟是不确定的，一忽儿南，一忽儿北，经过多次实测，最大摆幅竟达到了 2.3 千米！

最后，主桥的位置，只能选择南移；主桥的长度，也只能适应深水区最大摆幅达 2.3 千米的实际。

2.3 千米，如此长度的主桥，当时在全世界还是第一座——因为无论是跨江还是跨海，谁需要这么宽大的主航道啊！

同时，还有明确的通航要求：3000 吨级，航道高度 35 米。

面对这一连串的设计难题，无异于戴着镣铐跳舞。这让中交公路规划设计院院长王仁贵感到非常为难。最后，他提出了 6 塔、5 跨斜拉桥的设想。

这个方案一提出，又引出了一系列的问题：这是一座矮桥，净高只有 35 米，宽度却很大，每跨 428 米。学过力学的人都知道，高度低，宽度大，这 6 支主塔如何"拎"得动？主塔应该造多高、多大？主桥的热胀冷缩问题，又该如何解决？

"没办法，我们只能是有什么问题，就解决什么问题。一个一个地提出方案，再一个一个地做实验，直至一个一个地解决。"王仁贵说。

2008 年 11 月，距计划中的大桥开工仅有 1 个月时间了。8 日，嘉绍大桥施工设计评审会在杭州召开。这是一次非同寻常的会议，连着开了 5 天。

会上，设计团队提出的单桩独柱，成了争议的焦点。到最后，浙江省交通运输厅总工程师卞均需，也是技术专家组的副组长，签下了这三个字："请慎用。"

看到这三个字，王仁贵实在急得不行！他立即冲出门去，要去找卞总。

"又是一次非同寻常的会议。"王仁贵说，因为此时已经到了设计的第二阶段，一般只是对方案进行修改、补充和完善，很少会被否决。

争议源自设计的胆大。方案居然将占全桥三分之二、7.5 千米长的水中区引桥的桥墩，设计成了 150 根"单桩独柱"，每根直径 3.8 米，长达 110 米。

"3.8 米桩？单桩独柱？为什么要这样设计？""为什么不设承台？能保证大桥的安全吗？""这样设计，对钱江大潮倒是影响小了，但它撑得起这么大体量的一座桥吗？"设计方需要给所有人一个足以信服的理由。

"因为，我们如果设计一个庞大的基础承台，把它建在河床上，会明显增加阻水率而影响钱江大潮景观，这肯定不行。如果把它深埋在河床以下，从设计上说是可行的，而且也不会影响大潮，但承台之下，就要群桩。问题就来了：在强潮区，应该怎么施工啊？所以也不行！"

"最后我们只能用'单桩独柱'进行设计，目的就是取消承台，避免与涌潮发生关系。这样一来，以前每个桥墩要打几十个桩，现在变成了一个桩、一个钢护筒就可以了，工程量可以减少很多。"

为什么是 3.8 米桩？就因为是"独苗"，为了保障安全，必须最大限度地采用大直径的桩柱。

在当时，世界上直径最大的桩就是 3.8 米，但采用量很小，且都是辅助性的。在这里，不但数量最多，更关键的是，它们都是真正的顶梁柱，起的是决定性的作用。

两天后，卞均需总工亲临试桩现场，并在现场附近开了一个会，对设计方提出的单桩独柱设计方案，最终做出了"同意"的批示。

随着设计工作不断取得突破，这个最难啃的堡垒，终于露出了松动的迹象。这昭示着，离开工的日子已不再遥远，曙光正一点点地亮出钱江水面……

三、打通"生命线"

2008 年 12 月 14 日，嘉绍大桥暨南北接线工程开工典礼，在钱塘江南岸九六丘举行。

这天，天气不错，艳阳高照，但风有些大，彩旗在寒风中猎猎作响。

这里是距钱塘江 1 千米左右的地方，距最近的上虞沥海镇有 10 多千米路。抬眼远望，周围是一望无际的围垦海涂，田畴阡陌，几无屋舍村居。

这里，曾经为许多人所不知。但今天，这里却跳动着一颗颗激动的心，漾动着一张张激动的脸。所有人都在等待一个难忘时刻的来临。

下午 3 点，典礼正式举行。省委书记赵洪祝庄重宣布：嘉绍大桥暨南北接线工程开工！

礼炮齐鸣，鼓乐阵阵，掌声如潮。现场一片欢腾！这是一个绍兴人民期待了很久的时刻！也是嘉绍大桥指挥部期待了很久的时刻！

其实，12 月 14 日的开工，只是辅助工程——栈桥的开工。大桥主体工程的全面开工，一直要到 2009 年 7 月。

栈桥，虽是临时性的非主体工程，在"功成"之后，还必须"身退"，但即使如此，它依然享有这样的"待遇"。

原因很简单，它既是一条保证大桥施工作业的水上交通线，也是一条关乎人员安全、材料安全、设备安全、运输安全和施工安全的生命线。待施工作业全面展开之后，它还是数千建设者决战钱江大潮的水上大舞台。

一般而言，能够实施船上作业的，谁愿意去建造这一"多出来"的工程，既耗时费力，又增加成本。这也是极少有大桥采用栈桥施工的原因所在。

但在嘉绍大桥，却别无选择。

显而易见的是，它虽有临时之名，但在未来四五年的建设期内，它必须保证工程所需的数以百万吨计的钢材、混凝土、大型设备，以及数千人马的安全与畅通。大桥一日不建成，它就一日不能生病、罢工。

这就意味着，这座临时之桥，不能用临时之心待它，而必须像主体工程一样，把它做到万无一失！

可这谈何容易！

栈桥，全长近 9 千米，仅比大桥短了 1 千米，行车宽度 8 米，形状宛如一座跨海大桥，只是它更贴近水面，仅高 10 米左右，大潮袭来时，常常会遭到正面冲击。

大桥实行的是全栈桥施工，栈桥就是他们的"陆地"，所有大型设备都将经这里运输至各个作业平台，因此，它的设计荷载达到了200吨，超过许多的城乡桥梁。

栈桥分为南北两段，北段长6千米多，南段长2千米多。为方便通航，在主航道桥的位置，留了一个与主航道桥跨径428米相同宽度的口子。

也因为这个口子，南北近在咫尺，却天水两隔，由于潮大水急，根本不可能摆船开渡。在此后四五年间，无论是北往还是南来，谁都得绕行杭州，带来的麻烦与不便，可想而知。

栈桥采用的是全钢结构，桥面为钢板，桥墩也全由钢管桩支撑，钢管的直径均为1米，每根深入江底河床50至60米，密密麻麻的，共同簇拥起这座栈桥。

栈桥与大桥桥墩相接的地方，建有一个个巨大的作业平台，每个面积在1400平方米左右，比3个篮球场还要大。最大的一个平台，有将近半个足球场那么大，煞是壮观。

四、安插"定海神针"

2009年6月8日，嘉绍大桥主体工程的第一根桩——直径3.8米、长度110米的单桩独柱，就将正式开钻了。

3.8米桩，是嘉绍大桥的骄傲。

嘉绍大桥共有这种3.8米桩150根，每两根间的距离为70米，是水中区引桥的"桥墩"，分布在主航道桥的南北两侧。

由于主桥明显偏南，因此，南水中区引桥只有1.3千米长，仅有20根3.8米桩，由中交二航局中标承建；北水中区引桥则有5千米长，共有130根3.8米桩，由中铁大桥局承建。

在嘉绍大桥，很多人更喜欢称这个桩为"定海神针"。

首先，它特别粗、特别长，在外形上，很像神话故事中矗立在苍茫南海的那一根"定海神针"。

但更深层的含义，则是一种寄托与希望，所有人都希望它能够一击成功、一锤定音，为全桥建设开启一个最为精彩的开局。

领受这第一桩任务的，就是中交二航局！

我们已经知道，这单桩独柱，其实是一根，是从水面一杆插到河床深处，目的就是取消水下的基础承台，减少对大潮的影响。

由常规的几十个桩，变成了现在的 1 个桩，其唯一性、不可替代性，颇像独生子女对于一个家庭的重要性。

现在，请让我们设想一下：直径 3.8 米的一根桩柱，它的横截面积，是不是与我们家中的小书房差不多大？ 110 米的长度，是不是与 30 层的楼房差不多高？

天！如此庞大的一个"小书房"，要将它打入地下，该是何等震撼！

这里说的打桩，并不是将事先浇筑好的桩打入河床底下，而是得先钻孔。

工序大致是这样的：先确定打桩的位置，然后用吊机将一个钢护筒沉放到江底，接着就要对它进行精确调整，以确保钢护筒对准桩位，之后，用一种专用的锤，将它打入河床底下数十米，再用大型钻机，在桩心位置钻出一个直径 3.8 米的深孔，成孔之后，再沉放钢筋笼，最后，用混凝土一次性灌注成桩，才算大功告成。

工序很复杂，而且必须一次成功，技术要求很高，风险很大。

要说风险最大的一步，就是钢护筒的沉放。

钢护筒，是一个围水结构，由全钢板制成，既有挡水、围水的作用，也可保证水对钻机的均衡压力，同时它也是钻机的一条轨道。它的功能很多，沉放要求也非常高，最关键的是不能偏位，必须正对测量所标出的桩位中心，位置偏差不能大于 5 厘米，倾斜度不能大于 1%。这个要求，对于一个重达 140 吨的庞然大物来说，完全可用苛刻来形容。

钢护筒自身重量也非常可观，重达 140 多吨。在一般的江河湖海，这样的自重，能基本保证沉放的精准度，只需做微调即可。

麻烦的是，这里是强潮区，山洪一般的大潮，滚滚奔腾，区区 100 多吨的钢护筒，显然经受不了它的强烈冲击。

那就摸着潮水试桩。试桩工作，由大桥指挥部、设计单位中交院和相关专家牵头组织，地点选择在南岸，由中铁四局负责。

2008 年 9 月 1 日至 2009 年 1 月 10 日，进行了工艺桩试验。

果然试出了不少问题。在强潮的冲击下，钢护筒出现了沉放不到位的情况，其中一侧河床，竟被冲刷出了一个 20 多米深的大坑……

所有的疑问指向了设计方。"第一次试桩时，每一步都有问题。首先是钢护筒沉不下去，施工方就向我们提出了疑问，认为有风险，问设计是否太冒进了……"

为了攻克这一个个问题，仅试桩就试了半年！

经过试桩，暴露出的问题一一得到了改进，因此在以后的施工中，150 根桩，根根都很顺利。

2009 年 6 月 8 日下午 1 点，世界上最大规模的 3.8 米桩施工作业，就这样拉开了帷幕。

"钢护筒是分 2 节打的，一节就有 70 吨，用振动锤一点一点振入河床。在第一节护筒顶部将要入水时，安好定位架，开始将第二节护筒吊装对接，再进行现场焊接，之后再接着打……从起吊到护筒入泥，一共用了 20 多个小时。"项目部总工程师唐衡介绍说。

沉放只是第一步，接下来就是钻孔。

钻孔时，又出现了问题：河床下的地质覆盖层厚度达 80 米。唐衡说："因为这里的土层太厚了，所以必须打到岩层，才能保证质量，才是好的桩。"

钱塘江底下地质十分特殊，而且软硬交错，有好几次都打不下去。

而有的地方，钻啊钻的，就是钻不到岩层。最深的一个孔，竟打到了133 米，是当时全国最深的。

同样堪称奇迹的，还有超大体量的混凝土灌注。

灌注混凝土，看似简单，其实是钻孔桩的一个关键节点。因为桩特别大，所以用的混凝土量也特别大，竟达到了破天荒的 1300 立方米！用的是特别配制的可防海水腐蚀的"海工混凝土"。

它是如此巨量，却又必须在 12 个小时内连续不断地把 1300 立方米灌完，否则，就容易出现断桩，而一旦断桩，你就是想废也很难废掉它。

如此巨大的体量，中交二航局项目部副经理何承海是第一次碰到。原先的设备肯定不行，只得专门配置了每小时能拌 120 立方米的大型搅拌站，采用了直径 400 毫米的超大导管。

何承海说，在其他大桥，一般都用 300 毫米的导管，规模大的，350 毫米导管也足够了，可这里不行，量太大了，是当时全国所有桥梁桩柱中一次性用量最大的！

在指挥部与二航项目部的精心组织下，连续奋战了整整 12 个小时，1300 立方米的大体量混凝土，终于完成灌注。这昭示着全桥第一根 3.8 米大直径深桩浇筑成功！

一俟北岸栈桥建成，中铁大桥局也是快马加鞭，捷报频传。

7 月 26 日，北岸水中区引桥第一根 3.8 米大直径深桩也浇筑成功了。

为了保证这个超级大桩的质量与进度，他们还与中铁大桥局集团武汉桥梁科学研究院合作，专门为嘉绍大桥研制出了大功率、大扭矩、大直径的 KTY4000 钻机。有了这一国内最先进的钻孔设备，工作效率大幅度提升，最快的十多天就可完成一孔。

"每一根桩都是第一根！"这是指挥部对参建单位提出的一个口号，更是一道"紧箍咒"。

因为这种单桩独柱，有 150 根，每一根都不能出现失误。因此要求每一根都当第一根来施工，每一根都得认真做，不能有问题。

2011 年 5 月 17 日，随着中铁大桥局 B80 右墩的混凝土浇筑完成，全桥水中区引桥的下部结构施工全部结束。

经检测，两个标段的 150 根单桩独柱，全部都是 I 类桩，所有技术指标全部达标！

五、高空的"舞蹈"

插好"定海神针"，接下来的任务，就是架设梁板了。

一座桥的梁板是怎么铺设的？最惯常的做法，是将一块事先预制好的梁板，通过吊机，搁到两端的桥墩上。

而在一些大型桥梁，尤其是跨江、跨海、跨峡谷大桥的施工中，因为桥墩间的距离大，梁板特别长，或因为环境不允许使用普通吊机，这时，就需要请出一位"大力神"——架桥机。

嘉绍大桥采用的也是架桥机，但又是与别的大桥不一样的架桥机。

因为不一样，所以又借此创造了多项中国纪录与世界纪录，影响最大的当数"大规模采用海上墩梁固接的连续刚构短线法预制悬拼技术"。

名称很拗口。但它的每一个定语——墩梁固接、连续刚构、短线法预制、悬拼，都是字字含血，个个带泪，又个个都是奇迹。

缘于钱江大潮的特殊，嘉绍大桥被中铁大桥局总部列为在建项目中的头号工程，甚至还派出总公司总工程师，长期蹲点嘉绍项目部。

如此兴师动众，又是为的哪桩？

这是因为，嘉绍大桥确实有让他们亢奋的世界级难题。

他们承建的 VII 标段，长度占到了全桥的 3/4，达 7 千米长，要制作的预制箱梁共有 2878 片，要架梁的区域，共有双幅 26 联 132 孔，每联 5 个孔，每孔 70 米。

这样的数字，并不算多，因为他们参建过的桥梁，还有比这更长的。

那么难在何处？关键就在于它的下部结构——单桩独柱。

设计方坦言："如果不是单桩独柱，也就不必用短线法，更不必用墩梁固接、架桥机自架等工艺与手段，这确实给施工带来了新的难题。"

按目前的通行做法，一个孔要用的梁是一次性预制好的，是整块的，比较简单，这叫长线法。

但在这里，用的却是节段梁，一段一段的，再到桥上去拼接，所以叫短线法。

38岁的杨晖，是中铁大桥局内部培养的第一批研究生。嘉绍大桥是他在浙江参建的第4座大桥。他说："从没做过这么大规模的短线法节段预制，制作非常复杂，工艺非常多，环节非常多，而且环环相扣，中间不能有一口气喘息。我来了之后，压力之弦从没松过，不敢松，松不了，我们一个一个在攻关。"

负责预制的一线技术人员更是没碰到过这个短线法。于是，杨晖想出了许多办法，他说："最笨的一个办法，就是将每一个步骤、每一步要做的检测、每一个检测的数据等，全部标示出来，然后印制成一张卡片，要求每个人像工号一样，挂在身上……"

天天赶，月月赶，一直赶到2012年9月，总算完成了2878片节段箱梁的预制。

真正的难题是用架桥机架梁。

架桥机到底是怎样的一种设备，其工作原理又是怎样的呢？

在现场，我们曾经见识过他们架梁的场景：通过陆地上的引桥，架桥机慢慢滑入最接近的一个桥墩，定位之后，就会伸出一条数十米长的铁臂，凌空伸向另一个桥墩，这时，铁臂前端又会伸出一只"脚"，在桥墩上立定。这样一来，一个"龙门架"就在两个隔水相望的桥墩之间架成了。

接着，就是通过上下两条导轨、滑轮，完成一系列复杂的运梁、喂梁、吊梁等任务。

这种凌空架梁，上演的是一出奇险迭出又壮美无比的"高空舞蹈"，能予人极度的视觉、心灵的双重震撼。

六、沉放钢围堰

6 支 170 多米高的主塔，是嘉绍大桥最光艳夺目的名片。

它们虽然不能说是世间最高，但 6 塔齐齐而立，共入云霄，也是难得一见的壮观景象。

在钱江大潮中，要矗立起 6 支高塔，施工之难，可想而知。然而，相对于它的塔基——水面以下的基础，只能说是"小巫见大巫"了。

大概因为这一原因，在我们的采访中，几乎很少有人提起这 6 塔是怎么矗立起来的，说的竟然全都是它最底部的基础——所有人都看不到的钢围堰是怎么沉放的。

承担这 6 塔施工任务的广东长大、中交二航局也认为，主塔施工，并不是最难的，最难的是水下的承台施工。

而承台施工中最难的，就是钢围堰的沉放。

嘉绍大桥主塔的钢围堰，每个重达 800 吨，如果算上一些辅助设施，总重量达到了 1000 多吨。

对于我们常人而言，或许真想象不出，这样的庞然大物——相当于一座三四十层高的大厦，是怎么吊起来的？又是怎样沉入水中的？为什么称它是世界级难题呢？

钢围堰，简单地说，就是主墩承台施工时的一个围水结构，主要是为了"套"住承台，将水挡在外面，变水中作业为陆上作业。

钢围堰，诚如其名，也是全钢结构，是双壁的，高 26.5 米，外壁直径 43.6 米，壁厚 1.5 米，它是在陆地上一节一节拼接完成之后，再一次性沉放入水的。

显然，它必须一次到位，一锤定音，否则再要移动它，几乎是不可能的。

沉放第一个钢围堰的，就是中交二航局。

2010 年 2 月 22 日，正月初九，许多人还沉浸在过年的喜庆气氛中。可在嘉绍大桥工地上，气氛明显有些紧张。春寒料峭，风声夹杂着潮声，让在施工现场的工人感到既压抑又寒冷。

"开始沉放！"随着指挥人员的一声令下，这个巨无霸开始缓缓下沉。50多个工人操控着大型机械，按照设定的位置，将钢围堰往浊浪滔滔的江中心沉放。

从高处看，这50个人站在巨大的钢围堰边上，简直小如蚂蚁。但不管钢围堰如何巨大，它还是乖乖地听从人的指挥，向预定的目标进发。经过连续20多个小时的作业，钢围堰终于触到了河底。

"不好，不好，偏掉了！"检测人员报告：偏移值达到了9厘米，高于水平误差不能超过5厘米、垂直误差不能超过5%的设计要求！

所有人都倒吸了一口冷气！怎么办啊？

只有华山一条路：纠偏！

为了纠偏，指挥部定下了一个原则："不惜代价，标准不减！"

但为这纠偏，花去了整整4个多月的时间！

吃一堑，才能长一智。中交二航局从这次纠偏中，摸索到了许多技术手段，在其他两个钢围堰的沉放中，他们就采用了这次纠偏中摸索出的一些经验。

比如，用8台350吨千斤顶始终将钢围堰拎着，用计算机精密控制这千斤顶，每一步都控制着它的下沉，以保证不偏，不断调整高度，以保证它的平衡。

国家测绘局第三大队嘉绍大桥测控中心的人员不分白天黑夜，全程监控，边沉放边测量，随时进行纠偏，许多人一次沉放结束，都会瘦一圈，最多的甚至瘦了10斤。

有了二航局的摸索，广东长大的钢围堰沉放，就明显少走了弯路。

2010年5月20日，他们的第一个钢围堰开始沉放。沉放到河床，只花了6个小时，但真正下放到位，即下到设计标高，就要穿透100多米，达到桩的深度，一直到6月21日才完成，花了整整1个月零1天的时间。

钱江大潮一样不会对他们特别仁慈，他们也没有逃过60年一遇特大洪水的袭击，他们一样要面临纠偏的考验。

他们采用的纠偏办法，与二航局大同小异，也是用8个同步千斤顶一直吊着，不断地进行调整。他们根据事先布好的点，将钢围堰下放的情况、受力的情况，还有千斤顶受到了多少力等信息统一采集起来，在电脑上显示，然后通过专用软件进行分析，指导施工。

钢围堰的成功沉放，是整个主塔施工的第一个重大成果。有了这艰难却又成功的开篇，接下来的文章越写越顺利，越写越流畅——

2010年6月23日，南主航道桥Z7主墩钢围堰封底工作完成，标志着全桥正式开始从水下施工转为水上作业。

同年8月31日，中交二航局浇筑完成Z7主墩承台的最后一车混凝土，标志着主航道桥第一个承台顺利完工。

2011年8月23日，第一个主塔Z5号"X"托架由广东长大连续施工8个多小时后完成，标志着主桥施工进入了重大工序转换的阶段。

同年10月25日，广东长大顺利完成Z5塔首个钢锚箱安装，标志着主塔施工正式开始。

主塔施工，较之于它的下部结构，特别是钢围堰沉放，施工作业就相对轻松多了。

主塔从结构上可分为塔冠、塔柱和塔座三个部分，6塔的平均塔高在172米左右，是大桥最为耀眼夺目的形象标志。

主塔施工，采用的是高空建筑中普遍采用的"液压爬模"工艺。这是一种爬升装置、模板装置，是一节一节"爬"上去的，每节约4米高，全塔分40节左右施工。

2012年1月12日，6个主塔中的第一个主塔Z6塔，经过2个多小时的连续作业浇筑，由中交二航局顺利封顶。

2月22日，6个主塔中最后一塔——南主航道桥Z7号主塔，顺利完成最后一方混凝土的浇筑。

第二天，即2月23日，北主航道桥的Z4主塔塔冠也封顶完成。

至此，6 个主塔施工全部结束。接下来，就将迎来更为复杂和艰难的钢箱梁吊装阶段了。

七、吊装钢箱梁

2012 年 1 月 13 日。

元旦刚过，春节将至，在这样一个时间里，很多人怕是已经在做放松的准备了。

但这一天，在嘉绍大桥工地上，有一批人的心里却满是焦虑与不安。

不过，这焦虑与节日无关，他们远离家乡，节日对他们从来都是一种奢侈。倒是这几天一直下着的寒雨，着实淋湿了他们的心绪。

他们本就是"看天吃饭"的。头顶上的这片天，决定了他们今天的吊梁计划能否顺利实施。

老天终于"开脸"。13 日，天气转好了，所有人的心突然间都被拎得高高的，兴奋中有紧张，不安中又有期待。

上午 11 时，来自中交二航局的一批技术人员准时出现在栈桥平台上，一双双目光凝视着茫茫的钱塘江江面，又一点点投向远方，期待着远处出现的那几个"点"……

来了！来了！

中午 12 时许，两个点进入了大家的视线。近了，更近了，两个点变成了四个点、五个点。

人群一阵骚动之后，重归原先的平静。所有的人都守着自己的岗位，气氛一下子变得高度紧张。现场总监手中的对讲机，开始不断有声音传进传出。

是两艘船！运送钢箱梁的专用运输船！在它们左右两侧护航的，是测量船、抛锚船和交通船。

下午 1 点，运梁船一左一右准时驶进 Z9 墩的两侧孔道。此时，在早就等候他们的一只小船上，技术人员迅速抛出粗粗的缆绳，将两船牢牢地固定，接着就是按照指令，完成抛锚、泊位等动作。

这时，50多岁的项目部工长吉有明第一个跳上船，8名技术工人也跟着上船。

在老吉沉着冷静的指挥下，位于桥面上的一台吊机的4根钢索，开始同步起吊，缓缓地，缓缓地……

当重达258吨的一片钢箱梁被稳稳吊起，并精确安放，全场掌声雷动，身后的鞭炮声也随之噼啪作响。

钢箱梁的第一次运输与吊装——有着决定性意义的又一场大战役，以一种完美的姿态，拉开了它的序幕。

这也是全桥374片钢箱梁中的第一片。

一开始，指挥部总指挥杨文孝还担心这整个过程会花费比较长的时间。现在看来，一切尽在掌控之中，比设想的还要完美。

完美，来自前期准备的细致与周全。

完美，更来自"黄金一小时"引致的倒逼！

1个小时，60分钟，能做多少事情？

1个小时，如果有10多个程序必须一个不少地进行，分配到每个程序，又有几分钟？

1个小时，如果这10多个程序有一个没有做到位，那么这1个小时，就将全部作废，又将是怎样的一种情状？

如果再告诉你，这1个小时，是一天24小时中仅可利用的有效工作时间，你们又会做何感想？

这样的设问，似乎是在玩绕口令。而且，世上哪有这样苛刻的事啊！如果真有，该是何等艰难！

但这样的艰难，却让嘉绍大桥给碰上了，确切地说，是主航道桥建设中，运输、吊装钢箱梁时给遇上了。

这样的1小时，大家更愿意，或者说更不情愿地称其为"黄金一小时"。

钱江大潮一天两潮，高平潮期才1个小时，只有这高平潮期，才是一天中最稳定的一个时间段。它会每天往后推迟一小时。这时，整个江面水势平缓，风平浪静，完全没有了先前的咆哮与狂野。也只有这时，水势最高，最适宜大型船舶的航行。

但问题也来了：在这1小时内，运梁船必须准时从位于秦山核电站的大件运输码头——白塔山锚地起航，到位后，必须迅速准确地泊位。然后，就是4台变幅式架桥机同时挂钩、起吊、提升、下放、调位、拼接……其间的数十道工艺，都是按"分钟"来计算的，只要一个环节不到位，稍有差池，一切又得等到第二天，甚至第三、第四天……

有一次，运梁船到了，结果起吊时2台吊机不平衡，错过了"黄金一小时"，最后运梁船只得"原轿来了原轿回"。

运梁、吊梁是嘉绍大桥的超级大战役之一，除了施工单位所有主要人员全部上场之外，指挥部、总工、监理、测控等也同时进入一级战备状态。

在吊装现场，监控就是全场的灵魂，什么时候挂钩，什么时候起吊，吊到位后，什么时候挂索，全部由监控下指令。他的每一个指令，通过现场总指挥，再传达到相关的人员。

承担监控任务的，是西南交大监控团队，是国内目前斜拉桥监控方面最好的团队之一。担任现场指挥的，则是武汉桥梁建筑工程监理有限公司嘉绍大桥JL-2监理办，也就是大家习惯称呼的"第二监理办"。

监理办总监刘德清，肉肉的脸，壮壮的身板，戴上安全头盔，确有现场总指挥的范儿。

有意思的是，我们就是在他的一声"喝止"中，第一次结识他的。

那是2012年11月29日上午，当时我们正在北岸采访，听说这一天吊梁，就直接上了栈桥，来不及准备一顶安全头盔。结果在吊梁现场，迎面过来一人，大喝一声："谁叫你们不戴安全帽的，不准过来！"这就是刘德清。

不过，知道我们的来意后，刘德清立即给我们找来了安全帽，还让我们亲历了吊梁的全过程。

八、走进"战场"深处

6 个主塔，就有 24 个作业面。在钢箱梁开始吊装之后，24 个作业面全部启动，24 台桥面吊机各自占据着一个据点，伸着 48 只"巨手"，像是随时准备抓取什么。

有意思的是，北主航道桥上，广东长大的 12 台桥面吊机，全部被漆成了蓝色；南主航道桥上，中交二航局的 12 台吊机，则全是清一色的大红。而他们的分界线，就是为船只通行特意留下的一个栈桥豁口，宽 428 米。

平日里，他们只能两两相依，又两两相望，可闻其声，却难见其面。他们在施工中的你追我赶，让嘉绍大桥建设的脚步迈得更快、更实。

这样的场景，其实更像一个战场。

现在，就让我们走近他们，近距离地看看，他们到底是怎样战斗的。

嘉绍大桥被称为多塔双幅四索面斜拉桥，听起来很长很复杂，殊不知，这每一个组合的名称，代表的都是一种高科技，当然也代表的是高难度。

比如这"多塔"，就让大桥建设者吃苦不少；这"双幅"，意味着名义上是一座桥，但对设计者、施工者来说，却是不折不扣的两座桥；这"四索面"，就是因这双幅桥而起，也因此，嘉绍大桥成了世界上极少见的一座四索面斜拉桥。

四索面，看似简单，但嘉绍大桥的斜拉索量特别大，总数达到了 576 根，也就是说，每一支塔的两边，各有 48 根索。从桥梁力学的角度上说，要保证这 4 个面的每一根索都能够均匀受力，难度不小。

嘉绍大桥第一根斜拉索的顺利安装，是在南岸的 Z8 号主塔，时间是 2012 年 10 月 4 日，施工单位是中交二航局。

不过，我们此次要感受的，是广东长大的两次斜拉索张拉的经历。

钢箱梁吊到位之后，并没有万事大吉，两道同样关键的工序——精调、张拉的战斗，才刚刚打响。

2012 年 11 月 29 日，广东长大项目部又开始了新一轮的吊梁工作。

这次吊装的是北岸 Z5 塔的第 7 个节段，即第 115 到 118 片梁。他们要吊的梁一共有 187 片。另外，全桥合龙的最后 2 片钢箱梁，叫刚性铰，由广东长大与中交二航局共同抬吊。

经过 2 个小时的航行，运梁船于中午 12 点 40 分，准时抵达泊位。下午 1 点 19 分起吊，2 点 30 分吊到位。

下午 2 点 40 分，刚吊上来的新梁，开始与早先吊上来的老梁进行匹配，再用巨大的拉杆与螺栓，对新梁与老梁以及左右两片梁，一一进行临时连接，下午 3 点连接完成。

吊梁工作至此结束。除留下一些人做清理与其他准备工作外，管理人员开始撤退，就等天黑下来。

有两项工作必须在晚上做。

第一个是钢箱梁的精确调整。它不能在有太阳直射的时候做，因为有的地方背阳，相对温度就低，有的地方太阳能照到，温度就高。热胀冷缩容易使其发生偏转等现象，最夸张的时候竟有 1 至 2 厘米的偏差。而按精度要求，轴心偏差不能超过 2 厘米，调距不能超过 2 毫米。

第二个是斜拉索第二次张拉（简称"二张"）。张拉，简单地说，就是把索拉紧。也是因为精度的原因，"二张"必须在晚上进行。

晚上 7 点，一批人马来到了大桥上。他们中，包括测量 4 人，工程部 2 人，操作工人 3 人，监控组 5 人，再加上桥上值班的桥工班 2 人。

首先是梁段精调。先测量梁段的标高，根据监控指令，再调标高；第二步是调轴线，也是根据监控指令，进行比对，然后对轴线偏离的情况进行调整。在上下左右都调整好后，就进行临时焊接。这之后，就交给另一个单位进行正式焊接。

焊完后，才能挂斜拉索。先临时进行上下固定，再按监控指令，开始第一次张拉（简称"一张"）。

晚上 12 点左右，"一张"完成。测量组人员还得再花 1 个多小时，进行数据采集。

再说说"二张"。"二张"在时间上更长一些，一般要六七个小时才能完成。完成了这一步，这4片梁的吊装任务，才算是真正结束。

我们有所不知，170多米高的主塔，它靠近桥面的部分是实心的混凝土浇注，顶部位置却是空心的，是一个个特制的钢锚箱，像搭积木一样，一节一节连接在一起，每个钢锚箱外部长7.6米，宽4米，留在外面的，是一个个小孔，专门用来挂索的。

塔里面虽是空心的，但实际操作空间却只有20平方米左右，这就是12个张拉工人和1个技术员的作业空间，十分拥挤。

每吊一次4个节段，就有8根斜拉索要进行这样的张拉，主要是用千斤顶把斜拉索拉紧。12人在塔内操作，其他12个人在桥面配合。

一天天的努力，一个个的故事，共同奏响着一曲曲动听的乐章。2013年1月31日，全桥7个合龙口，只剩北岸广东长大承担的最南的Z5塔和南岸中交二航局承担的最北的Z6塔之间的最后一个合龙口。

全桥合龙贯通，即将梦想成真！

九、大桥合龙

日历翻到了2013年2月3日！嘉绍大桥建设迎来了最辉煌的一天——全桥即将合龙贯通！

而补上全桥最后一个缺口的，正是神秘的"铰姑娘"！

"铰姑娘"，到底是何方神圣？它其实是一种工艺，也是一种结构。从本质上说，它也是钢箱梁，只是因为它工艺特别，性能特异，要求特殊，才有了这么一个神秘的名字。

相比其他的372片钢箱梁，单从外表上看，"铰姑娘"与别的钢箱梁区别不大，而在重量上，却比别的梁重了近一倍，达到了405吨。它以一片梁的形式，拼装在主航道桥最中间的位置。

它确实非常神秘。就连名声在外、在钢结构制造领域已浸淫了数十年的武船重工，一开始也是无从着手。

因为它不同于此前偶有使用的小型刚性铰，它是在全球第一次被设计成一座大型桥梁最为核心、最为关键、最具决定性作用的一个关键性工艺装置。

2007年10月，嘉绍大桥设计团队第一次抛出刚性铰这个概念时，在全国桥梁业界，引起了极大反响。

因为主航道桥的净高要求只有35米，是一座矮桥，但长度却有2680米，是当时世界上最长的。随着温度变化而产生的热胀冷缩，会导致主桥出现牵拉、变形等问题。

为解决这一难题，大桥设计者只能将主桥设计成两段，中间再用刚性铰连接。

在它的内部，还有4个小箱梁，是整个刚性铰的核心，它与外壳的结构关系，有点像电脑U盘的插口，又有点像抽屉，是可以推移的。

它的与众不同，就体现在结构设计的独特上，不但可修、可换，而且可看——安装在里面的48个探头，让监控中心在办公室也能看到。必要时，人还可以进去。

在刚性铰内部，设置了隔热系统、降温系统、除湿系统、密封系统等。在外部，还设置了可以在大桥各个位置滑行的持篮式维修车，这也是一个首创。

2013年2月3日。这天，指挥部的气氛有些紧张。从上午开始，大楼不断有人员进进出出，且个个步履匆匆，神情严肃。

显然，在他们的心目中，这天的全部意义，就是全桥合龙贯通，就是兴奋与激动，再就是近1500个日日夜夜的付出，终于将修成正果。

其实，为了这一天，所有人都等到心痛！

要知道，昨天，前天，大前天……连着这几天，一直都是雨雪交加，还伴着大风，下得大家心里也一片阴冷。

到了3日，竟是雨敛雪收，云开日出，到下午，真的成了一个朗朗晴日，和煦的太阳直到傍晚，还是迟迟不肯落下。

下午 2 点，指挥部、施工单位、监控、监理等各路人马陆续进场。

下午 4 点 30 分，钱江大潮准时进入 1 小时的高平潮期，运梁船也准时进入了大家的视线。

所有人都屏住了呼吸，现场突然间进入了一个无声期，唯有第二监理办总监刘德清手中的对讲机，嘀嘀嘀地响个不停。

就像是女娲补天。今天要补的，就是主航道桥 Z5 塔与 Z6 塔中间的最后一个缺口——长仅 10.4 米的缺口。

每片 24 米宽、10.4 米长、4 米高的两片刚性铰，此刻就静静地并卧在同一艘运梁船上，在落日余晖的映照下，熠熠生光。

站在栈桥上，再抬头仰望，整座大桥宛如两条长长的银色绸带，绵绵地却又坚定地伸向远方，气宇轩昂，气势非凡。4000 多名建设者，50 个月日日夜夜，此时此刻，一切都将臻至完美。

"第一次加载！ 50 吨！"随着挂索工作的完成，刘总监浑厚的声音响起……

"第五次加载！ 500 吨！"5 点 05 分，第五次加载开始，合龙口两端的 4 台桥面吊机，密切配合，又一次将吊索提了几分，8 根粗大的钢索顿时完全绷紧、绷直。

"各部门再检查一次……注意了！准备！起吊！"5 点 15 分，每片重达 470 吨的 2 片刚性铰，缓缓地吊离了船体……哗！第一波欢呼声突然响起。

5 次加载，依次递增 50 吨，耗时近 30 分钟，远远多于此前吊梁的 1 次或 2 次加载，时间也延长了一倍。

原来，为查验吊索是否正确系挂，吊索是否有断裂、扭转、弯曲等现象，在正式起吊之前，都必须进行这样的分级加载。而刚性铰，因其长度较其他钢箱梁要短一些，重量又是它们的两倍，再加上它被赋予了基于整座大桥的特殊作用，须谨慎再谨慎，小心再小心。

还有一个重要原因是，这是一次抬吊，由分属两个施工单位的吊机第一次进行合作。此前，以这个合龙口为界，南三塔由中交二航局施工，北三塔由广东长大施工，现在，南北主桥要握手了，两家单位当然也要握手。

啪！啪！啪！几乎是在同时，震耳的鞭炮声骤然炸响，原本静寂一片的现场，刹那间就热闹异常。谁放的？原来是运梁单位。也是，对他们来说，刚性铰离开船体的那一瞬，就意味着他们已安全、圆满地完成了持续几年的艰苦运梁任务。

暮色已重，天色渐暗，一盏盏大功率的"小太阳"次第点亮。两片刚性铰，也在徐徐抬升。突然，它们停住了，悬在了10米高度的位置。

怎么回事？是出什么故障了吗？不知情的人心头一紧。但见这时，开始有几个吊球一类的东西，从桥面上慢慢挂了下来。哦，这不是故障！原来，这是一种专用的尺子，在测量刚性铰的上下是否保持百分之百的水平，前后左右有没有出现偏位。

上上下下一番测量之后，接着就是繁复而细致的微调。这是为这次抬吊专门增设的一道工序。

的确不能有任何的偏差。因为这2片刚性铰，肚里还各藏着4个抽屉，一旦发生了倾侧，依然有滑落的巨大风险。因此，每提升10米，就要悬停、检测一次。结果，仅仅40米的路程，就悬停了3次，等它第4次悬停在合龙口时，一共花了90分钟！

晚上8点，刚性铰终于进入了合龙口，严丝合缝，完全符合要求！大功告成！此时，一阵更猛烈、更劲爆的鞭炮声，再一次映红了钱江夜空。

大功告成的中交二航局、广东长大，上上下下，都在疯狂地喊，无拘地笑，尽情地宣泄。

杨文孝、钟海、吕为昱、张敏、顾世明、桂炎德、陈菊根、王加升等指挥部领导，也在笑，也在乐。但细心的人会发现，他们的笑，有一点儿矜持，他们的乐，有一点儿节制，他们的眼睛，好像一直被什么东西牵挂着……

原来，刚刚嵌入合龙口才几分钟的两片刚性铰，盖板突然启开，竟露出了里面的五脏六腑！不是已经合龙了吗？这又是怎么回事？

此次合龙，其实还没有真正完成呢！刚性铰归位，这场千里姻缘的确是大功告成了。但这只能算是小合龙，接下来，还要进行一次大合龙。

大合龙的关键，就是将刚性铰里面的机关——4个小箱梁与旁边的梁段进行匹配、连接。先是解除包扎，将小箱梁给解放出来，让它能够自由地滑动。之后，将4颗直径48毫米的大销钉与旁边的钢箱梁连接，接着再连接30毫米的小销钉。

时针正指向晚上9点30分，指挥部领导才接到正式报告："大合龙完成了，匹配很成功，很顺利……"

大桥成功合龙，这样的重要新闻对媒体来说，当然不会错过。按照通行的做法，合龙的当天晚上，指挥部就会以最快的速度，向全国人民报喜。想不到的是，他们竟然还与现场的记者来了个约法三章：大桥合龙的消息，不能立即发布！什么时候发布，静等指挥部通知！

此等大喜事，难道还要藏着掖着？

殊不知，即使是完成了大合龙，也不等于完全到位。合龙仅仅只是第一步，接下去还要精调、挂索、张拉，而每一步都伴随着风险，每一步都有可能出现变故。

直到第三天，在完成了十分复杂、十分耗时间的精调并确认无误之后，指挥部才举行了一个简短的新闻发布会，正式向新闻媒体宣布——

嘉绍大桥全线合龙贯通！

历史会记住这一天的！

历史会记住为之奋斗、为之奉献的大桥建设者的！